William Goldman

Fieber

Roman

BASTEI
LÜBBE

BASTEI-LÜBBE-TASCHENBUCH
Allgemeine Reihe
Band 13 106

Erste Auflage: Oktober 1987

Deutsche Lizenzausgabe 1987
Bastei-Verlag Gustav H. Lübbe GmbH & Co., Bergisch Gladbach
Originaltitel: Heat
Ins Deutsche übertragen von Elke Bahr
Titelfoto: Renée Brown
Umschlaggestaltung: Quadro-Grafik, Bensberg
Druck und Verarbeitung:
Brodard & Taupin, La Flèche, Frankreich
Printed in France
ISBN 3-404-13106-1

ERSTER TEIL

Kapitel 1

Holly und die lichtlose Nacht

Immerhin – gebrochen war nichts.

Das wußte sie. Obwohl – der Überfall war so plötzlich gekommen, daß sie sonst so gut wie nichts wußte.

Aber es war wirklich nichts gebrochen; das fühlte sie.

Sie wollte auch daran glauben, denn es war grundsätzlich besser, positiv zu denken. Ihr Vater hatte ihr dies als wichtigste Lebensweisheit mit auf den Weg gegeben. »Holly«, hatte er zu ihr gesagt, »ich kann dir kein Geld hinterlassen, aber ich kann dir Gold geben: Du wirst immer Glück haben im Leben. Egal, wie schlimm es kommen mag, in jedem Übel steckt etwas Gutes, denn es gibt keine Nacht ohne Licht. Und nach diesem Licht mußt du Ausschau halten. Dann wird es dir immer gutgehen . . .«

› . . . Es wird mir immer gutgehen‹, wiederholte Holly still für sich. Nicht mit Worten; es war mehr der Ausdruck eines Gefühls. Ein Gedankenblitz, ausgelöst von jenem Körperteil, der für Erinnerungen zuständig ist.

Was für ein Teil war das bloß?

Sie lag da und forschte nach der Antwort. Tatsächlich – sie lag. Aber wo? Auf etwas Hartem jedenfalls. Hart und kantig. Stufen? Ja, das war's wohl.

Und wie hieß noch dieser Körperteil?

Richtig – Gehirn! Dort saßen sie, die Erinnerungen! Volltreffer, Holly, Hauptgewinn . . .

Das mit dem ›Hauptgewinn‹ hatte sie von ihrer Mutter, die ganz allein über alle Siegespreise dieser Welt verfügte. Ein Hauptgewinn wurde beispielsweise in Aussicht gestellt für tadelloses Aufräumen des Zimmers. Und ›tadellos‹ bedeutete selbstverständlich: ohne den *geringsten* Tadel . . . Holly versuchte alles, um den heißersehnten Preis zu gewinnen, und einmal reichte es wenigstens zu einem halben Hauptgewinn.

Das war und blieb ihr bestes Ergebnis. Was immer sie tat – ob sie sich mit ihrem Zimmer herumplackte, mit dem schmutzigen Geschirr, den Hausaufgaben oder mit ihren Babysitter-Jobs, bei denen sie selbst bösartige Bälger gleichbleibend freundlich behandelte –, niemals gab es mehr als die Hälfte des Hauptgewinns. »Eines Tages wirst du es schaffen«, pflegte ihre Mutter zu sagen, wenn Hollys Herz zu zerspringen drohte. Wenn sie sich wieder einmal mit allerhand Hausarbeit abgemüht hatte und für einen Moment aufbegehrte. Dann hieß es auch: »Wenn der Sieg so leicht zu erringen wäre, wer würde ihn dann noch wollen?«

Ich! Ich würde ihn wollen, dachte Holly in diesen Augenblikken, aber sie sprach es nie aus. »Es gibt nur wenige, die gewinnen«, predigte ihre Mutter, »aber ich bin sicher: Du hast das Zeug dazu. Und dann, meine Kleine, dann wirst du etwas Besonderes sein . . .«

Ich werde etwas Besonderes sein, wiederholte Holly jetzt. Nicht mit Worten. Es war mehr so ein Gefühl, ausgelöst von . . . von . . . richtig – vom Gehirn!

Diesmal hatte es besser geklappt. Diesmal, Holly, hast du die Lösung fast ohne Umwege gefunden. Und das bedeutet, daß du wieder Licht siehst, daß es dir schon besser geht.

Holly lag sehr ruhig auf den harten Stufen und schloß die Augen. Eine Frage bereitete ihr noch Kopfzerbrechen: Wenn es ihr wirklich besser ging, wie kam es dann, daß etwas aus ihr heraustropfte, stärker und stärker?

Kein Zweifel, sie war ernsthaft verletzt. Das mußte Blut sein.

Sie öffnete die Augen und schaute zur Decke. Am Rande ihres Gesichtskreises bewegte sich etwas. Sie zwang sich, von der Decke wegzublicken und entdeckte, was sich da regte. Es waren Zehen. Oder nein. Zehen saßen doch viel weiter unten am Körper. Das hier sah zwar aus wie Zehen, aber es hing an den . . . an den *Händen*.

»Finger« – das war das Wort, wonach sie suchte. Tatsächlich, es waren Finger, die sie da erblickte. Ihre eigenen? Offenbar. Sie beugte den Arm, der diese Finger mit dem übrigen Körper verband und begann nach Verletzungen zu suchen.

Zuerst berührte sie ihre Augen, nahm dann die Finger weg,

um sie betrachten zu können. Sie sahen wirklich wie Finger aus, also waren es wohl nicht die Augen, aus denen das Blut austrat. Aber die Nase war's. Sie faßte an ihre Nasenflügel und führte die Finger wieder zum Auge. Diesmal waren die Finger rot und feucht. Auch ihr Mund blutete, wie die Finger feststellten. Nein, nicht der ganze Mund, nur die Lippen. Die bluteten allerdings ziemlich stark. Sie spürte die Feuchtigkeit des Blutes auf ihrer Haut, eine Finger- und Augenprobe war überflüssig.

Es wird mir immer gutgehen, munterte sich Holly auf. Na schön, da waren ein paar Wunden, aber die würden heilen. Was sollten sie denn auch sonst tun bei jemandem, der ein Glückspilz war?

Dummerweise waren da noch mehr Verletzungen, schlimmere. Holly schloß die Augen, dachte intensiv an das Licht, das unweigerlich hinter diesem Dunkel sein mußte, und ließ ihre Finger an ihrem Kleid hinunterwandern (an ihrem »Party-Kleid«, wie ihre Mutter es genannt hätte, weil es ihr bestes war). Der Kragen war in Ordnung, fühlte sich ganz normal an. Der Rest des Oberteils hingegen nicht. Die Nähte waren aufgerissen, der Stoff hing in Fetzen, so daß Holly ihre bloßen Brüste fühlte. Sie trug nie einen BH, brauchte keinen, auch jetzt nicht, mit dreißig Jahren. Sie war zierlich gebaut, ihre Haut fest und straff. Ihr Busen war eher klein, aber damit hatte sie keine Probleme. Was ihr hingegen Probleme machte, war das Gefühl, daß etwas aus ihren Brustwarzen sickerte. Sie hob die Hand und blickte prüfend auf ihre Finger. Sie waren feucht und rot.

Für einen Augenblick fiel es ihr recht schwer, sich für einen Glückspilz zu halten. Aber Tränen hätten an ihrer Lage nichts geändert. Außerdem weinte Holly grundsätzlich nicht. Das hätte bedeutet, daß das Glück vielleicht nicht existierte – und das durfte einfach nicht wahr sein.

Sie hatte sich wieder in der Gewalt. Wen kümmerte es, ob ihre Brustwarzen aufgerissen waren? Sie würden heilen wie alle anderen Schrammen auch. Und schließlich – welche Frau in ihrem Alter konnte schon von sich sagen »Nein, ich habe nie einen BH getragen – und wahrhaftig nicht, weil ich wie ein Junge gebaut bin . . .?«

Es gab noch eine Wunde.

Holly nahm die linke Hand zu Hilfe, frische, noch unbesudelte Finger. Sie zögerte, ließ dann die Hand abwärtsgleiten zu der ›speziellen Stelle‹ (ein Ausdruck, der von ihrer Mutter stammte), berührte sie oberflächlich und ganz kurz, denn im Innern schmerzte es zu sehr.

Das war wohl die schlimmste Verletzung. Höchste Zeit für ein bißchen Glück, dachte Holly. Ich brauche einen Lichtblick. Ganz dringend, jetzt sofort, bitte . . .

Wirklich ein Problem, noch einen Hoffnungsschimmer zu finden in dieser lichtlosen Nacht . . . Aber nur Geduld – bisher hatte sie doch immer Glück gehabt . . . Und wieviel Frauen ihres Alters konnten schon von sich behaupten »Nein, ich habe nie einen BH getragen – und wahrhaftig nicht, weil . . .«

Beinahe – wenn ihre Lage das erlaubt hätte – hätte sich Holly geschüttelt, um sich zur Ordnung zu rufen. Es war einfach ein Fehler, den falschen Glücksvorstellungen nachzuhängen. Was hatte das mit Glück zu tun, ihre »spezielle Stelle«? Und außerdem – sie hatte sich dieser Stelle doch schon bedient . . .

In diesem Augenblick – als Holly sich schon für zimperlich hielt, für unfähig, mit ihrem Elend fertigzuwerden, weil sie in der Falle saß, in einem finsteren Loch ohne den geringsten Hoffnungsschimmer – erschien ihr Ritter Galahad und sagte in einer seltsamen Sprache:

```
          h     l
s      ni    hi     u
 e    n    e    c    e    a
   k e      r i      n r
     o      n      f
```

Kein Zweifel, das war keine Gartenzwergausgabe von Ritter Galahad. Holly betrachtete ihn genauer, als er sich neben sie auf die Knie niederließ. Seine Haut war schwarz, und er trug goldene Gewänder. Nein, keine Gewänder – eher einen Anzug oder eine Uniform mit der Aufschrift CROESUS quer über der Brust. Dann wieder diese fremde Sprache:

h l
s n i hi u
e n e c e a
ke ri nr
o n f

Holly schloß ganz fest ihre Augen. War sie schon völlig verrückt? Unsinn, sie mußte nur ein wenig nachdenken. CROESUS bedeutete »Croesus-Hotel«, und folglich lag sie dort auf irgendwelchen Stufen. Außerdem sprach ihr Retter Englisch, ganz normales Englisch. Oder besser gesagt: schwarzes Englisch, aber damit konnte sie fertig werden. Eher jedenfalls als mit dem Geräusch dieser Wellen, die dauernd über sie hinweggingen.

Sie bemühte sich, die Wasser zum Stillstand zu bringen. Dieses »Se« – das hieß sicher »Sie«, und »koenn« war auch genuschelt und bedeutete »können«. Zusammen machte das also »Sie können«. Nicht schlecht, Holly, weiter so!

»Nich« war sonnenklar: »nicht«. Dann kam »hier«. Und »lien« – das war noch ein Problem, aber sie kam schnell auf die Lösung: Es war eine ziemlich schlampige Version von »liegen«, und damit hatte sie den ganzen Satz »Sie können hier nicht liegen, Frau.« Manche Aufgaben waren gar nicht so schwer, wenn man sich nur genügend bemühte, und das hatte sie wahrhaftig getan. Volltreffer, Holly, Hauptgewinn!

Der Mann schüttelte sie, und sie stöhnte, bis er von ihr abließ. Dann versuchte er, sie zu heben, aber ihr fast lebloser Körper war zu schwer, und er gab auf.

»Sie, Sie müssn aufstehen, Sie müssn raus hier. Bißchen Bewegung, verstanden? Das hier ist die Personaltreppe, un' die is' für uns, fürs Personal, klar?«

Holly war alles klar – mit Ausnahme einer Frage: Wie um alles in der Welt sollte sie hier rauskommen?

Der Schwarze – vielleicht ein Kellner oder jemand vom Zimmerservice erhob sich. »Ich werd 'n Hausdetektiv hol'n, Sie bleib'n hier lien.« Sprach's und war fort.

Holly hatte durchaus Sinn für Humor, vor allem wenn sie im Vollbesitz ihrer Kräfte war oder wenn ihre Sinne ›intakt‹ waren (das stammte von Salinger und zwar aus seinem Buch »For Esme, With Love and Squalor«. Daß ihr dieses Zitat jetzt einfiel, war wohl ein Zeichen dafür, daß es ihr besser ging; na also). Wie gesagt, normalerweise und mit intakten Sinnen hatte sie Sinn für Humor. Und nun hatte dieser Schwarze gesagt »Sie bleiben hier liegen« – Kunststück, wo ihr gar nichts anderes übrigblieb. Wenn das nicht ein Witz war . . .

Und plötzlich entdeckte Holly das Licht, nach welchem sie vorher so lange vergebens gesucht hatte: Sie war tatsächlich noch imstande, an die Möglichkeit von Späßen zu glauben. Demnach lag sie noch nicht im Sterben, und das war wohl der beste Lichtblick überhaupt . . .

Der Hausdetektiv trug graue Haare und das Wort CROESUS quer auf der uniformierten Brust. Mit einem alten Laken in der Hand kniete er neben Holly nieder.

»Sie kann nich' von alleine hoch.« Das war Ritter Galahads Stimme von irgendwo da oben, wo sich die Wellen gerade zurückzogen. Holly war nicht imstande zu sprechen, schon gar nicht laut – noch nicht. Aber sie konnte verstehen, zumindest einiges. Sie betrachtete den Mann vom Sicherheitsdienst etwas näher. Sein Gesicht hatte einen fürsorglichen Ausdruck. Während er Holly in das Laken wickelte, sprach er: »Daß mir das Blut von dieser Biene bloß nicht die Uniform versaut . . .«

Soviel zu seinem fürsorglichen Ausdruck.

Holly stand schon auf den Füßen, und der Arm des Hausdetektivs drückte sie mit rauhem Griff an seinen Leib. »Alles klar?«

»Der Flur is' frei.« Das mußte wieder Galahad sein. »Man kann 'n Gästen wirklich nich' zumuten, diese Sauerei zu sehen.«

Holly bewegte sich langsam die Personaltreppe hinauf. Nach einer Pause ging es weiter. Den Hotelflur entlang zum Personalaufzug, dessen Tür blockiert war und offenstand. Hinein in den Fahrstuhl, fort mit der Sperre – die Türen schwangen zu. Abwärts nun zum . . . zum . . . Holly versuchte herauszufinden, welcher Knopf aufleuchtete: S. B.

Irgendwie kam ihr das bekannt vor. Gleich würde es ihr wieder einfallen.

Die Fahrstuhltüren öffneten sich, und dahinter erschienen

Betonpfeiler und Autos. Ein Mann trat hinzu:, »Bring sie zum Memorial Hospital und wirf sie an der Notaufnahme ab. Hat der Wagen eine Aufschrift vom Hotel?«

»Nein.«

»Okay. Also werd' sie los, und dann nichts wie zurück hierher. Wenn du dort bist, schlepp sie aus dem Wagen. Allein kann sie sich nicht rühren.«

Die hintere Wagenklappe wurde geöffnet, und Holly landete unsanft auf dem Fahrzeugboden. Der Wagen setzte sich in Bewegung, sein Motorengeräusch hallte wider von den Betonwänden des »sub basement«. Richtig, das war's: S. B. bedeutete »sub basement« – Untergeschoß, Keller.

Das Brüllen des Motors wurde schwächer. Sie hatten offenbar die Betonkulisse hinter sich und fuhren in die Nacht. Der Wagen bog um die erste Kurve, dann die zweite.

Ihr Körper, ihr Gesicht, alles war bedeckt mit dem Laken. Kein Stück von ihr schaute mehr hervor. Der Fahrer jagte die Straßen entlang, der Wagen holperte über das Pflaster. Jeder Stoß ein Schmerz. Holly lag da mit dem Gesicht nach unten, und jeder dieser Schläge verschlimmerte den Zustand ihrer geschwollenen Nase und ihrer geplatzten Lippen.

Sie war benommen. Ihr Zeitgefühl war dahin . . .

. . . Nun hält der Wagen, die Fahrertür öffnet sich, dann die hintere Klappe. Hände ziehen sie heraus. Das Laken ist verschwunden, und sie liegt auf dem Boden. Auf kaltem Boden. Der Wagen entfernt sich. Da sind Lichter, eine Leuchtschrift. Ziemlich langes Wort. Vielleicht »Notaufnahme?« Ach ja, bitte, lieber Gott! Und jetzt kriechen – hin zu diesem langen Wort . . . Die Knie schmerzen . . . aber das Wort ist wichtig . . . muß erreicht werden . . .

Kurz vor dem Ziel verließen sie ihre Kräfte. Und dann erschien plötzlich ein Mann, ein Sanitäter, und begann zu rufen. Von irgendwoher tauchte ein Stuhl auf, ein Stuhl mit Rädern, und schon ging es die Flure entlang zu einem Bett. Der Sanitäter legte Holly hinein, und kurz darauf erschienen zwei Männer in weißen Kitteln, zwei Ärzte. Der weiße Vorhang am Bett wurde zugezogen, um sie abzuschirmen, und Holly – endlich in Sicherheit – nahm alle Kraft zusammen, um zu sprechen.

». . . mmm . . .«, brachte sie heraus, ». . . meh . . .«

»Was versucht sie da zu sagen?« fragte der erste Arzt und legte sein Ohr ganz dicht an ihren blutenden Mund.

Holly versuchte es noch einmal, dann wieder und wieder.

»Nun?« fragte der zweite Arzt, der aufrecht neben dem Bett stand.

»Es macht keinen Sinn«, antwortete der erste. »Klingt aber so, als wiederholte sie immer wieder: ›Der Mex‹.«

»Ich vermute . . .« sprach der zweite Arzt mit einer Autorität, als hätte er seinen Doktor im Fach ›Blutvergießen‹ gemacht, ». . . ich vermute stark, daß mit dem ›Mex‹ ein mexikanischer Gentleman gemeint ist, der ihr das angetan hat.«

Kapitel 2

D. D. vor Tagesanbruch

Als D. D. das fast leere Lokal betrat und den dicken Mexikaner erblickte, der allein auf seinem Barhocker saß, hatte sie sofort ein Gefühl, das sie normalerweise nicht kannte: Angst.

Sie hätte nicht sagen können warum. Sie war nicht einmal sicher, ob es sich wirklich um einen Mexikaner handelte. Er hatte nur dieses Killergesicht, das sie an den damals fast vierzigjährigen Pancho Gonzales erinnerte. Dieser alte Mann hier hatte eindeutig einen Gonzales-Schädel . . . Gonzales, der Größte, der »Beste am Ball«, wie man ihn genannt hatte. Gonzales, der sie mitgenommen hatte zu dieser miesen Vorführung, zu diesem Schaukampf, bei dem es um nichts Besonderes ging. Bis zu dem Augenblick in der zweiten Hälfte des Spiels, als Gonzales schwer stürzte und einen Punkt verlor. Und da – D. D.s Herz war fast stehengeblieben – da hatte Gonzales den Boden angestarrt mit einem Ausdruck, als wolle er ihn strafen. Er hatte seinen Schläger hoch über seinen Kopf gehoben wie eine Axt und war einen Moment in dieser Haltung wie erstarrt stehengeblieben.

D. D. war wie behext von der dumpfen Kraft dieses Armes,

von den flammenden Augen in diesem Gesicht, das den Frauen zu sagen schien: »Ich kann jedes von euch gottverdammten Weibern haben. Ihr wißt es, und ich weiß es« – und da, in der Eisesstarre dieser wütenden Enttäuschung, entdeckte D. D., daß Gonzales beschlossen hatte, dieses Stück Erde mit seinem Schläger zu unterwerfen. Und die Erde würde keine Wahl haben, mußte sich zerreißen lassen, sich ducken unter die überlegene Kraft, die gegen sie entfesselt war.

An diesem Tag und auf diesem Spielfeld hatte Gonzales seine Selbstbeherrschung wiedergefunden. Aber für D. D. auf der Zuschauertribüne änderte das nichts mehr. Wohin immer Gonzales lief, sie sah ihn weiter in dieser gefrorenen Pose, mit dem erhobenen Schläger. Ein König, außer sich vor Zorn . . .

Und nun dieser Typ hier, der aussah wie Pancho Gonzales und der sie durch den Spiegel musterte. Er schien zu grinsen, aber das ließ sich nicht genau sagen, weil es schummrig war und sie ziemlich weit voneinander entfernt waren.

Als er sich dann auf seinem Barhocker zu ihr herumdrehte, waren ihre Zweifel beseitigt, und sie schaute schnell auf ihre Uhr. Fünf vor vier.

Der Mexikaner fixierte sie immer noch.

D. D. blickte hinaus in die Nacht und fragte sich, ob es wohl besser sei, im Wagen zu warten, statt hier in dieser verdammten Mausefalle. Andererseits kam ihr das reichlich dumm vor, denn eines war sicher: Auf Osgood Percy war Verlaß. Wenn er sich mit ihr um vier verabredet hatte, dann hieß das vier. Also mußte sie nur noch fünf Minuten durchstehen – und immerhin war sie schon ein großes Mädchen.

Ein ziemlich großes Mädchen sogar. Vor allem an der Stelle, die der Mexikaner so intensiv betrachtete. Aber was konnte sie schon dafür, so auffällige Brüste zu haben? Mit elf hatten sie schon zu sprießen angefangen. Wahrhaftig – eine Gottesstrafe!

Oder nein – wenn sie ehrlich war, mußte sie zugeben, daß sie sich auf eine Weise anzog, die die Blicke der Männer darauf lenkte. Anfangs war es nur ein Spaß gewesen, um zu sehen, wie man sie verstohlen betrachtete. Außerdem hatte es ihr Vergnügen gemacht, die Ehefrauen zu beobachten, die ihre Männer im Auge behielten, während diese Blicke warfen.

Aber jetzt fragte sie sich selbst, warum sie so herausfordernd gekleidet war. Wozu dieser enge Rock, der hautnahe, weiße Pullover und der breite, schwarze Gürtel, der das Bild abrundete? Zu dumm, sie hatte es wirklich nicht nötig, das Interesse von Osgood Percy zu erregen, von dessen Interesse hatte sie mehr als genug. Aus diesem Grund hatte er auch diese dumme Vorstadt-Pinte gewählt für ihr Treffen, von dem er behauptete, es sei »das wichtigste Gespräch, das sie beide je haben würden«.

In der Stadt war nach seiner Ansicht nichts Vertrauliches möglich. Und was seine Wohnung oder ihre anging – die machten ihn ganz verrückt. Da fiel ihm nichts anderes ein als Liebeserklärungen oder Handgreiflichkeiten, die sie abwehrte oder zuließ – je nachdem, wie geschafft sie war vom ›Golden Nugget‹, wo sie Getränke servierte.

Drei Uhr 56. D. D. ging zum äußersten Ende des Tresen, lenkte die Aufmerksamkeit des dösenden Barkeepers auf sich und bestellte eine Diät-Pepsi. Sie zahlte, trug die Pepsi in die hinterste Ecke des Lokals und nahm bedrückt Platz.

Drei Uhr 59.

Osgood Percy – Großer Gott, was um alles in der Welt sollte sie ihm antworten? Es war zum Verrücktwerden, wenn man seine Tugenden auflistete. Er war so rechtschaffen, aufrichtig und treu – fast schon übertrieben. Und er war mutig, rein, zuvorkommend.

Außerdem verehrte er sie. Allerdings mit Maßen.

Und er sah nicht schlecht aus. Jedenfalls nicht hausbacken. Er war knapp unter einsachtzig, einen halben Kopf größer als sie. Sein Idealgewicht betrug 155 Pfund und schwankte nie um mehr als 500 Gramm, weil er das nicht zugelassen hatte. Er war einfach flott und außerdem irgendwie lustig. Er hätte keine Runzeln, konnte aber öfter, als man ihm zugetraut hätte, Lachfalten hervorzaubern. Er lachte wirklich gern, und das war ein Pluspunkt auf jedermanns Konto.

Percys Karriere war solide und konnte nur weiter nach oben führen. An dieser Karriere aber lag es, daß ihm Floskeln wie »wichtigstes Gespräch unseres Lebens« so leicht über die Lippen kamen.

Eine Minute nach vier – D. D. nahm noch ein Schlückchen von ihrer Diät-Pepsi. Bei einem gewöhnlichen Menschen lohnte es sich nicht, über eine Minute Verspätung nachzudenken. Aber bei Osgood Percy war es schon merkwürdig.

In einem plötzlichen Anfall von Einsicht wurde D. D. bewußt, daß sie immer an ihn als an »Osgood Percy« dachte. Sogar dann, wenn sie allein war und er ihr im Kopf herumging. Sie dachte nicht »Oz« oder »Ozzie«, auch nicht »Goody« oder »Perce«. Nein, es war immer der komplette Name. Der ganze schreckliche Name. Schrecklich und förmlich.

Was für ein Irrsinn – da hatte sie den besten Mann, der ihr je begegnet war oder zumindest den anständigsten Menschen, der jemals scharf auf sie gewesen und beileibe keine taube Nuß war – und trotzdem. Sie schaffte es einfach nicht, sich einzubilden, er wäre Errol Flynn, wenn er sie liebte. Dabei war er nicht einmal schlecht. Auf Kochrezepte konnte sie sich jedenfalls nicht konzentrieren . . .

Er war einfach – um es milde auszudrücken – zu förmlich. Nie verlor er die Kontrolle über sich, nie wurde er wild, nie gelang es ihm, sie oder sich selbst aufzuwühlen – er war zu bewußt.

Wahrscheinlich lag alles an diesem verdammten Toupet. Das war noch bei weitem schlimmer als Osgood Percys Name. Ständig faßte er nach dem Toupet, um festzustellen, ob es sich seit der letzten Berührung – die vielleicht zehn Sekunden zurücklag – möglicherweise in Luft aufgelöst hatte.

Eigentlich war es ein hübsches Toupet. Schwarz und kurzgeschnitten und zweifellos teuer. Es saß tadellos. Wenn er das verflixte Ding nur in Ruhe gelassen hätte – wahrscheinlich wäre niemand auf die Idee gekommen, daß er eins trug. Aber das gelang ihm nicht, war ihm einfach unmöglich.

D. D. erinnerte sich wieder an die schreckliche halbe Stunde gegen Ende des ersten Monats ihrer Bekanntschaft. Errötend und mit traurigen Augen hatte er ihr gestanden, daß er nicht so jung sei, wie sie möglicherweise angenommen habe. Er sei schon achtunddreißig, und sein jugendliches Aussehen läge an . . . an . . . es läge an . . . »Nun, wir sollten keine Geheimnisse voreinander haben . . .«

Es war zum Totlachen, fand D. D. und wäre am liebsten herausgeplatzt: »Du meinst deine Perücke? Dein albernes Tellerdeckchen von Skalp?« Natürlich sagte sie nichts dergleichen, rückte auch nicht näher zu ihm, obwohl er sich so schwertat, weil ihm viel an ihr lag. Er hatte sie übrigens gleich in ihrer ersten Nacht in Las Vegas ausfindig gemacht, noch bevor sie überhaupt wußte, ob sie dort bleiben wollte. Sie spazierte gerade durch Caesars Spielkasino, wo er als Aufseher arbeitete. Er fragte, ob er sie später noch sehen könne, und da er ein wichtiger Mann war, sagte sie ja. Später wollte er wissen, ob sie einen Job habe. Sie antwortete nein, und er besorgte ihr eine Stelle im ›Golden Nugget‹. Sie hatte die Bestellungen der Spieler von der Bar zu den Tischen zu tragen.

Sie schuldete ihm so viel. Als er endlich herausbrachte: »Mein Haar . . . es ist zwar echt, aber nur ein Teil davon. Du solltest das besser wissen . . .«, meinte sie ganz aufrichtig: »Ist mir doch egal. Du bist jedenfalls echt, du insgesamt, und das ist alles, was mich interessiert.«

Fromme Lügen dieser Art konnten einen bei Gott in den schönsten Schlamassel bringen. – Fünf nach vier.

D. D. sah sich aufmerksam um. Sie war bestürzt und erschreckt, als sie hinter sich den Mexikaner bemerkte, der auf sie zukam. Er war betrunken, versuchte es aber mit Anstand zu verbergen. Der Mann war wirklich so mächtig, wie sie vermutet hatte – über zwei Meter, massiv, annähernd 200 Pfund schwer, mit kräftigen Armen und muskulösen Schultern. Und er war höchstwahrscheinlich scharf auf sie, dachte D. D. und wünschte zugleich, einmal etwas anderes im Kopf zu haben. Aber was sollte einer Frau von fünfunddreißig schon einfallen, wenn sie gut gebaut und dreimal geschieden war – immer vom Typ Sexprotz, Wüstling oder Hengst?

»Willst mich verrückt machen, was?« fragte der Mexikaner, als er ihre Ecke erreichte.

D. D. schaute in ihre Diät-Pepsi und schwieg. Er sprach nicht wie irgendein schäbiger Einwanderer von jenseits der Südgrenze. Sie konnte seinen Akzent nirgendwo unterbringen. Offensichtlich war er ziemlich volltrunken, aber das tarnte er nicht schlecht. Während sie so still dasaß, wünschte sich D. D., einen nicht so entlegenen Sitzplatz gewählt zu haben. In der Nähe des Barkeepers, das wäre gescheiter gewesen. Er war zwar alt, aber immerhin dicht am Telefon und konnte Hilfe rufen, falls es Ärger gab.

Sie schaute hoch zu diesem Mann, der aussah wie ein jüngerer Pancho Gonzales. Ihre Furcht war größer geworden, als sie wieder wegblickte.

Es schien tatsächlich Ärger zu geben. Er war darauf aus, sie kannte das. Kein Wunder nach drei Ehemännern, die erst richtig Spaß bekamen, wenn sie auf jemanden einschlagen konnten. Gewalttätigkeit hatte immer das gleiche Gesicht.

»Okay, hast mich verrückt machen wollen«, sagte er noch einmal, während er dastand mit seinem Glas voll dunkler Flüssigkeit in der Hand. »Du siehst aus wie eine, der's Spaß macht.«

Acht Minuten nach vier – wo bleibst du, Osgood Percy?

»Hab' ich gleich gewußt, als du reinkamst: ›Der Kleinen macht's Spaß‹.«

»Richtig, ich hab' gern Spaß«, antwortete D. D.

»Mit Diät-Pepsi?« fragte er und stellte das Glas, das er in seiner Hand hielt, vor sie auf den Tisch. »Siehste, ich hab' dem Barkeeper gesagt, er soll einen einschütten von dem Zeug, das du trinkst, damit ich es vorbeibringen kann. Ich dachte, du nimmst Whisky. Und als er was Alkoholfreies gab . . .« Er hob seine breiten Schultern. »Ich war wirklich überrascht, wenn du verstehst, was ich meine.« Er blickte auf den leeren Aschenbecher. »Rauchen tust du auch nicht?«

D. D. schüttelte den Kopf.

»Keine Laster, was?«

»Reichlich Laster. Aber Trinken und Rauchen eben nicht«, antwortete D. D. und setzte im Geiste fort: Du bist nicht normal, D. D. Hast du den Verstand verloren? Hör endlich auf, mit diesem Typen zu sprechen, bevor er auf dumme Gedanken kommt.

Es war schon zu spät. Er war schon mittendrin in dummen Gedanken. Aber wenigstens mußte sie aufhören, ihn zu ermutigen.

Er trat näher an den Tisch und begann sachte, sein Becken vor und zurück zu schwingen. Vor und zurück. »Erzähl von deinen Lastern.« Er lächelte zu ihr hinunter.

»Hören Sie, Mister – mein Freund hat sich verspätet. Ich danke Ihnen also für den Drink und alles übrige, aber – bitte! –

es ist sehr wichtig, daß ich meine Zeit nutze. Ich habe viel nachzudenken.«

»Oh, ich möchte nicht stören«, sagte er und schien ein Lachen zurückzuhalten. »Sagen Sie mir nur Ihren Namen, und ich verschwinde für immer. ›Ich brauche Ihren Namen und setz ihn in den Rahmen.‹ Kleines Gedicht, wie Sie sehen. Wenn ich so an Sie denke, wie Sie da hereingekommen sind mit Ihrem weißen Pullover, dann brauch' ich einfach einen Namen, bevor ich wieder gehe. Sie sind ein tolles Weib, und ich möchte wetten, daß ich Ihre Laster kenne.«

»D. D.«

»Ihren *Namen*, hab' ich gesagt. Nicht diesen Quatsch mit Initialen.« Er legte seine große Hand auf seinen Mund und heuchelte Verlegenheit. »Verzeihung. Fluchen tun Sie wahrscheinlich auch nicht.«

»Es ist mein Name, mein offizieller Name. Wirklich.«

»Macht aber keinen Sinn.«

»Schon – wenn Sie meine Mutter kennen würden. Sie hatte nur Doris Day im Kopf, als sie mit mir schwanger ging . . .« D. D. hielt inne. Er hatte sie doch tatsächlich beinahe so weit gebracht, die Wahrheit zu erzählen. Die bestand schlicht darin, daß Doris Days erster Film aus den späten Fünfzigern die Entscheidung ihrer Mutter bewirkt hatte. Aber wenn sie das zugab – und er rechnen konnte – würde er wissen, daß sie fünfunddreißig war statt der achtundzwanzig, die sie freiwillig zugestand. »So, nun wissen Sie alles über meinen Namen. Auf Wiedersehen.«

»Wiedersehen, D. D.«, sagte er und dann – bevor er sich umdrehte – fügte er hinzu, »wissen Sie, was ich glaube?«

D. D. schüttelte den Kopf.

»Ich glaube, Sie und ich – wir sollten's miteinander versuchen.«

Damit ging er zurück zur Bar. Als sie sicher war, unbeobachtet zu sein, warf D. D. ihm einen Blick nach. Ein Angeber – sie hatte es gleich gewußt. Er ging wie John Wayne, wichtig und langsam und wackelte dabei reichlich mit dem Hintern.

Dann schaute sie auf ihre beiden Diät-Pepsis. Immerhin war sie jetzt allein (für den Augenblick, aber wer konnte wissen, wie lange es dauerte, bis diesen Latino wieder der Hafer stechen würde?). D. D. betrachtete nüchtern ihre Möglichkeiten. Sie konnte bei Caesars anrufen und nach Osgood Percy fragen. Aber das war schlecht, weil das Telefon in der Nähe dieses Pepsi-Spenders stand, der immer noch alleine trank. Wenn sie hinging, würde er glauben, sie sei an ihm interessiert. Sie könnte sich in ihr Auto setzen, draußen, allein auf dem dunklen Platz. Das war nicht viel besser, weil er ihr folgen würde, dessen war sie sicher.

Am besten wäre es, mit dem Auto nach Hause zu fahren. Und genau das wollte sie tun, hätte sie getan – wenn Osgood Percy nicht gewesen wäre. Es würde ihn umwerfen, wenn er hörte, daß sie vor »dem wichtigsten Gespräch, das sie beide je haben würden«, nach Hause gefahren war.

Immerhin sollte es in diesem Gespräch um die Zukunft gehen. Um ihre und Osgood Percys Zukunft, wobei sich die Frage stellte, ob es eine gemeinsame Zukunft überhaupt gab.

Erst vor wenigen Wochen hatten sich die Dinge geändert. Bis dahin hatte er diesen Aufseher-Job bei Caesars gehabt, dann war er gefragt worden, ob er eine neue Aufgabe übernehmen und Chef der Abteilung Roulette in der Filiale von Atlantic City werden wolle. Hinter diesem Angebot steckte natürlich mehr: Wenn er seine Sache gut machen würde – und daran bestand kein Zweifel, denn er liebte die Arbeit im Casino –, wollte man ihn zum Schichtleiter befördern. Das bedeutete immerhin die Verantwortung für sämtliche Spiele während einer der drei Acht-Stunden-Schichten in einem der größten Casino-Hotels der Welt. Keine schlechten Aussichten für einen Mann von nicht einmal vierzig Jahren – es war klar, daß er seinen Weg machen würde.

Es gab eigentlich nur ein Problem: Sie wußte, daß Osgood Percy nicht nach Atlantic City wollte, wenn sie nicht mit ihm ging. Bis morgen mußte er sich endgültig entschieden haben. D. D.s Wahl mußte also heute nacht getroffen werden.

Wie gewohnt hatte sich Osgood Percy auch in dieser Angelegenheit hochanständig verhalten und erklärt, es bringe ihn nicht um, in Las Vegas zu bleiben. Auch dort würde es ihm sicher gelingen, an die Spitze zu kommen. Wahrscheinlich würde das länger dauern – möglicherweise viele Jahre , aber der Zeitgewinn bedeute ihm nichts. Denn was um alles in der

Welt solle er mit seiner Zeit anfangen, wenn er sie nicht mit ihr verbringen könne?

Niemals vorher in ihrem Leben hatte D. D. einen Mann so sicher an der Angel gehabt. Sie fühlte das und beobachtete diesen Vorgang mit einer Art klinischem Interesse. Nicht, daß sie etwas von einer Sadistin gehabt hätte, sie konnte nur nicht umhin, es faszinierend zu finden, über einen Sklaven zu verfügen.

Außerdem hatte sie ihn wirklich gern, diesen Osgood Percy, wirklich und aufrichtig. Aber – um Himmels willen – Atlantic City lag in New Jersey, und das bedeutete lausige Kälte mit Eis und Schnee! Unvorstellbar für eine Treibhauspflanze wie sie, geboren und aufgewachsen in San Diego, mit Ferienaufenthalten auf Hawaii. Von dort stammten auch zwei ihrer Ehemänner. Ein Indiz dafür, daß sie ihr Leben hauptsächlich danach eingerichtet hatte, der Kälte zu entgehen.

Aber das Problem ging weit über diese Wetterfragen hinaus. Denn Osgood Percys Drängen, sie mitzunehmen, zielte unausgesprochen darauf ab, mit ihr zu leben. Sie wußte, was das hieß: Liebe und Ehe. Und die schreckliche Wahrheit war, daß sie sich nicht entscheiden konnte. Las Vegas bedeutete Leben und Wärme, aber Las Vegas bedeutete auch, sich im ›Golden Nugget‹ krumm zu schuften, Beleidigungen, Annäherungsversuche und alle übrigen Rohheiten der Fremont Street hinnehmen zu müssen. Im Vergleich dazu bot Atlantic City möglicherweise auch Leben und in jedem Falle Kälte – aber sie würde nicht arbeiten müssen, weil Osgood Percy genug verdienen würde.

Es sollte ein Neuanfang werden, und sie würde einer gemeinsamen Bleibe – die sie ganz nach ihren Wünschen einrichten konnte – als Dekoration dienen, weil das zeigte, wie bedeutend ihr Mann war.

Und das nach drei Ehemännern, deren Gesamteinkünfte in ihren besten Jahren nicht einmal dreißigtausend Dollar erreicht hatten. Ein ausgedienter Fußballer, ein Tauchlehrer und ein Bodybuilder, der Vitaminpräparate an Haustüren verkaufte, wenn er nicht gerade damit beschäftigt war, sich im Spiegel zu betrachten. (Ihr erster war übrigens tatsächlich der »Junge von nebenan« gewesen, hatte ein paar Häuser weiter unten in diesem Block in San Diego gelebt, dem sie mitsamt Mann entflohen war. Die beiden anderen waren ihre »Wunder der Südsee« gewesen.)

Was, um Himmels willen, soll ich machen? fragte sich D. D. Eine Münze werfen, Kopf: Las Vegas, Zahl: New Jersey? Was sollte sie antworten, was, um alles in der Welt, würde wohl über ihre Lippen kommen, wenn ihr Osgood Percy gegenüber sitzen und sie ansehen würde? Mit all dieser Liebe in seinem Gesicht, das unter einer Perücke hervorschaute, die er ständig befingerte?

»Der muß ja wirklich alle ... lauter Asse in der Tasche haben ...«

D. D. riß sich aus ihren Gedanken und blinzelte. Der Mexikaner war zurückgekommen. Noch betrunkener stand er nahe bei ihrem Tisch und schaute auf sie hinab. »Brauchte 'n bißchen ... bißchen Bewegung ... Will Ihnen ja nicht zu nahe treten, Sie verstehen ... aber ein Mann ... dieser Freund, der Ihnen so'n Kopfzerbrechen macht ... bei dem steh'n die Ladies wohl Schlange, was? Also, was ich sagen wollte: Ich bin schließlich auch'n Mann, und Sie sollten mit dem Quatsch aufhören. Ich meine – es ist schon fast halb fünf!«

Halb fünf! D. D. konnte kaum glauben, was ihre Uhr da anzeigte. Aber den Ärger, den sie in den Augen dieses dunkelhäutigen Säufers sah – den mußte sie wohl glauben. Und wie immer, wenn sie sich wirklich fürchtete, versuchte sie, sich nichts anmerken zu lassen. »Mein Freund existiert, und er wird kommen. In Ordnung?«

Der Mexikaner dachte gar nicht daran, sich einschüchtern zu lassen. »Kommen Sie, tanzen wir!«

»Wie bitte???«

Er streckte eine riesige Hand nach ihr aus. »Nun kommen Sie schon ... Ja, Sie und ich ...«

D. D. schüttelte den Kopf. »Das ist kein Tanzlokal, Tanzen ist hier verboten.«

»Keine Bange, ich hab' dem Alten ein bißchen Kleingeld gegeben, ihm ist egal, was wir machen. Sie brauchen nur zu sagen, was Sie hören wollen, und schon werf' ich die Musikbox an.«

D. D. antwortete nicht.
»Die Stones. Mögen Sie die Stones?«
Keine Antwort.
»Verdammt! Irgend jemanden müssen Sie doch mögen!«
». . . Manilow . . .«
Nach einer Pause: »Na schön, ich leg' was von Manilow auf!«
»Ich möchte nicht tanzen – wirklich und wahrhaftig nicht! Ich bin nicht in Stimmung. Bitte!«
»Vielleicht sind Sie danach in Stimmung.«
Stille. Dann schrie er: »Antworten Sie!«
»Vielleicht später.«
»Aha, ›später‹ heißt die Parole, was?«
»Sie haben's erkannt«, sagte D. D., und es war ihr ziemlich gleichgültig, was er von ihrer Antwort hielt. Denn gerade als der Mexikaner sich wieder davonmachte, sah sie einen Wagen auf den Vorplatz fahren und neben ihrem Auto anhalten. Kurz darauf stürzte Osgood Percy ins Lokal.

Er blieb einen Augenblick im Türrahmen stehen, entdeckte D. D. und lief sofort auf sie zu. Mit einem »Tut mir leid, tut mir unendlich leid, es war einfach ein Alptraum . . .« ließ er sich ihr gegenüber nieder und ergriff ihre Hände.

»Laß uns von hier weggehen«, sagte D. D.

»Doris, ich bin gerade gekommen . . .«, sprach Osgood Percy, und seine blauen Augen blickten überrascht.

D. D. wunderte sich wieder einmal, warum sie immer seine blauen Augen vergaß. Dabei hatte sie doch eine Schwäche für Blau. Nur einer ihrer drei Ehemänner hatte blaue Augen gehabt, der einzige übrigens, von dem auch Osgood Percy wußte. Sie hatte ihm wahrheitsgemäß erklärt, geschieden zu sein. Wozu ihn mit näheren Einzelheiten belasten?

Dann war da noch seine Art, sie manchmal »Doris« zu nennen. Kein anderer hatte das je getan, und es gefiel ihr. Warum mußte sie auch das dauernd vergessen?

»Dieser Betrunkene da macht sich an mich heran. Wir sollten aufbrechen und zu meiner Wohnung fahren, bevor hier noch etwas passiert.«

»Ich bin jetzt da, und es wird gar nichts passieren. Und bitte, erinnere dich, *warum* wir hier sind. Ich habe nicht die Absicht, mit dir zu schmusen oder Erklärungen über meine Gefühle zu dir abzugeben. Ich möchte vernünftig mit dir reden, von Mensch zu Mensch und ohne Ablenkungen. Einverstanden?«

Sie zögerte und nickte dann. »Jetzt, wo du da bist, fühl' ich mich besser.«

»Sehr schmeichelhaft, das zu hören. Und wenn du dich immer so fühlen würdest, hätten wir keine Probleme. Aber ich fürchte, du meinst, daß du dich nur für den Moment besser fühlst mit mir. Weil du eine schöne Frau bist, dich allein gefühlt hast und irgendein Betrunkener dich belästigt hat.«

»Du bist zu gut für mich, das kannst du nicht abstreiten.«

»Punkt A: Ich lasse mich nicht auf dieses Gleis schieben. Ich bin *nicht* zu gut für dich, und wir können dieses Thema fallenlassen, weil wir dazu nicht hergekommen sind. Punkt B: Du würdest nie auf die Idee kommen, mich für so gut zu halten, wenn du den Grund für meine Verspätung wüßtest.«

»Laß hören.«

Osgood Percy lehnte sich zurück und faltete seine schmalen Hände mit den perfekt gepflegten Fingernägeln. »Es waren zwei Saudis – Prinzen, vermute ich –, jung, dumm und betrunken. Sie setzten unentwegt auf ›Null‹ und verloren dabei über eine Dreiviertelmillion. Warfen ihr Geld zum Fenster raus . . . Natürlich macht ihnen das nicht viel aus; sie haben ja genug davon. Jedenfalls haben sie ihren Spaß gehabt, bis dann der Schichtwechsel kam. Ich dachte gerade an dich, als die beiden plötzlich ungemütlich wurden. Sie behaupteten, man hätte sie betrogen, wir wären alle an dem Komplott beteiligt, und sie verlangten nach dem Casino-Chef. Also gingen wir in dessen Büro. Ich mußte berichten. Aber ich war so außer mir vor Sorge um dich – weil du hier draußen allein warst und warten mußtest –, daß ich kein vernünftiges Wort herausbrachte. Ich hab' unzusammenhängendes Zeug geredet wie irgendein dummer Schuljunge, der seine Aufgabe nicht gemacht hat und nun vor der Klasse steht. Schließlich löste sich alles in Wohlgefallen auf, aber das kostete Zeit, und das ist der Grund für . . .«

»Jetzt ist es ›später‹«, sagte der dicke Mexikaner, während er auf die Ecke zuschlingerte. Aus der Musikbox ertönte Barry Manilow mit *»I write the songs«*.

Osgood Percy schaute zu dem offensichtlich viel stärkeren Mann hoch, nahm tief Luft und sprach: »Wir unterhalten uns.«

»Das war unsere Parole, Blödmann«, sagte der Mexikaner und streckte die Hand zu D. D. »Bitte sehr: Manilow – ganz wie Sie's gewollt haben.«

Osgood Percy starrte auf D. D. und wartete auf eine Erklärung.

»Ich hab' das nur gesagt, um ihn loszuwerden. Ich hab' gesagt, wir würden vielleicht später miteinander tanzen. Ich wollte nur, daß er wegging.«

»In Ordnung?« fragte Osgood Percy und schaute wieder hoch.

Der Betrunkene schien einen Augenblick lang verwirrt zu sein. »In Ordnung . . .? Das Mädel hat gesagt, sie will mit mir tanzen – und da kommen Sie, sorgen dafür, daß sie ihre Meinung ändert, und fragen mich auch noch, ob ich das in Ordnung finde? Sind wohl nicht ganz dicht? Es ist nicht in Ordnung!«

Er ergriff D. D. am Handgelenk und wollte sie hochziehen. »Komm schon!«

D. D. nahm alle Kraft zusammen und befreite sich. Der Mexikaner taumelte ein paar Schritte zurück, bevor er sein Gleichgewicht wiederfand. »Ganz schön stark«, sagte er. »Das ist ein gutes Zeichen. Ich mag es, wenn Frauen anfangs stark sind, weil – wenn ich mit ihnen fertig bin, sind sie ganz lieb und schwach. Würde dir das auch gefallen, D. D.?«

»Du hast ihm deinen Namen gesagt . . .?« fragte Osgood Percy.

»Ich mußte ihn loswerden, das hab' ich dir doch schon erklärt.«

»Was hast du ihm noch erzählt, während ich mich von diesen arabischen Rowdies hab' nerven lassen?«

Der Mexikaner ging ein paar Schritte zurück. »Hat mir viel erzählt. Zum Beispiel, daß du ein Jammerlappen bist und keinen mehr hochkriegst. Wie gesagt, sie hat mir viel erzählt, nicht wahr, D. D.?«

»Alles Blödsinn«, sagte D. D.

Der Mexikaner schien zu kichern und trat wieder einen

Schritt näher. Osgood Percy starrte ihn an. »Sie wollen mich wohl wütend machen?« fragte er.

D. D. beobachtete ihn und mußte zugeben, daß jemand, der Osgood Percy nicht kannte, auf den starken Ausdruck in seinem Gesicht hereinfallen konnte. Aber sie kannte ihn und seine Stimme – egal, wie sehr er sich bemühte, es zu verbergen, sie hörte es doch: das schwache Zögern, die trockene Kehle, die Angst.

»Spielt doch euer Spiel alleine«, sagte D. D. »Mir macht's keinen Spaß, ich gehe.« Sie wollte aufstehen.

»So nicht«, knurrte der Mexikaner und stieß sie wieder auf ihren Sitz.

»Sie haben sie schon wieder angefaßt«, sagte Osgood Percy. »Ich warne Sie. Nicht noch einmal, verstanden?«

Der Mexikaner hob seine Hände mit geöffneten Handflächen in Schulterhöhe. »Ich werd' sie nicht mehr berühren«, sagte er. Und nach einer Pause: »Bis sie mich darum bittet.« Dann zwinkerte er D. D. zu. »Eine Frage hätt' ich noch.«

Osgood Percy wartete.

»Was ich gerne wissen würde, ist . . .« begann er und brüllte dann unvermittelt los: »Ist es in Ordnung, wenn ich *dich* anfasse?« Im gleichen Augenblick streckte er seine riesige Hand nach Osgood Percys Kopf aus und riß sein Toupet weg.

Der Angriff war so unerwartet gekommen, daß D. D. nicht einmal Zeit fand, ihre Augen von diesem Schauspiel zu wenden. So bemerkte sie, wie Osgood Percy jäh errötete, ihr einen schnellen Blick zuwarf und dann die Augen senkte. Ihr fiel nichts Besseres ein als ein hilfloses: »Ach, Osgood . . .« Nur diese beiden Worte waren ihr entschlüpft, aber ihr Ton sagte alles über den Mann, den sie da erblickte: ein freundlicher, schwacher Saubermann, der seine Scham nicht verbergen konnte.

Der Mexikaner schwenkte das Toupet vor Osgood Percy hin und her und zog sich langsam zu dem Teil des Raumes zurück, wo die rechtwinkligen Holztische standen. Dabei stieß er zufriedene Laute aus, glücklich wie ein Kind auf dem Spielplatz.

Endlich erhob sich Osgood Percy. Immer noch schamrot im

Gesicht ging er auf den Mann zu und sagte: »Sie geben das jetzt zurück.«

»Komm doch und hol es dir«, antwortete der Mexikaner und zog sich weiter zurück.

»Das gehört mir, und ich will es zurück!«

»Aber hier ist es ja«, sagte der Mexikaner, schwang das Toupet hoch über seinen Kopf, streckte es dann Osgood Percy entgegen und schüttelte es. »Ob es wohl beißt?« fragte er und begann zu lachen, ein breites, betrunkenes Röhren.

»Seien Sie vorsichtig damit«, sagte Osgood Percy und ging rasch auf den Mexikaner zu. Der verschwand hinter einem Tisch, und als Osgood Percy nach ihm greifen wollte, war er schon zwei Meter weiter und lachte.

D. D. starrte verblüfft auf die beiden Männer, die sich gegenüber standen und sich beobachteten. Es sah aus, als wolle ein erwachsener Mann einen gesitteten Jungen zum Kampf herausfordern.

Der Mexikaner bewegte sich weiter rückwärts durch die Tische hindurch, wedelte mit der Perücke und lachte höhnisch, weil es ihm so leicht fiel, Osgood Percy zu entwischen. Im Vergleich zu den Bewegungen, die der dunkelhäutige Mann sogar im Rausch noch vollbrachte, wirkte Osgood Percy stocksteif.

Nun hielten die beiden inne. Ein Tisch war zwischen ihnen. Der Mexikaner hielt das Toupet dicht genug vor Osgood Percy, daß dieser zufassen konnte. Er machte einen Versuch, war aber zu langsam. Seine Hand griff ins Leere.

D. D. sah, wie Osgood ihr einen schnellen Blick zuwarf. Er war immer noch schamrot, aber er schien sich jetzt zusammenzureißen, um seinen Bemühungen mehr Nachdruck zu verleihen. D. D. ahnte, daß das vielleicht sein letzter Vorstoß sein würde, denn daß Osgood Percy unversehrt geblieben war, lag allein daran, daß er dem Mexikaner nicht nahe genug gekommen war. D. D. verließ ihren Eckplatz, lief zu der Tischgruppe, zu Osgood Percy, und rief laut seinen Namen. Er drehte sich nach ihr um, was ihr Zeit gab, ihn zu erreichen. Sie ergriff seine Hände und bat: »Bitte, bring mich hier raus!«

Osgood Percy betrachtete sie einen Augenblick nachdenklich

und meinte dann: »Das Ding kostet einen Haufen Geld. Es ist eine Spezialanfertigung.«

»Pfeif doch auf das Geld, Osgood!«

»Osgood?« meldete sich der Riese. »Ozzz-good? Das ist unmöglich, das ist doch kein Name – Ozzzzzz-good!«

D. D. hob sich auf die Zehenspitzen und flüsterte: »Es geht gar nicht um die Perücke, er will sie nicht. Er will nur Ärger machen, weil er ein Schläger ist. Laß ihn einfach stehen, dann wird ihm die Sache langweilig. So sind diese Typen, glaub mir.«

Osgood Percy zögerte, und D. D. wollte ihn nicht noch mehr in Verlegenheit bringen. Sie kam noch dichter zu ihm und flüsterte ganz sanft in sein Ohr: »Ich hab' Angst. Bitte, denk ein wenig an mich, ja? Ich will hier weg, Osgood, hilf mir.«

Osgood Percy nickte zustimmend. »Wenn das so ist . . .«, sagte er, holte tief Luft, nahm ihren Arm und lenkte sie durch die leere Bar in Richtung Ausgang.

»Schneller, ja?« bat D. D. »Ich hab' wirklich schreckliche Angst.« Sie beschleunigten ihre Schritte, entfernten sich rasch von den Holztischen und kamen an dem Barkeeper vorbei, der dasaß und ihren Rückzug beobachtete.

»Hab' keine Angst«, sagte Osgood Percy und drückte aufmunternd ihren Arm.

»Ich kann nichts dafür. Es liegt an ihm«, antwortete D. D. und schaute rückwärts zu der Stelle, wo der dicke Mexikaner stand und ihnen nachschaute.

»Ich hätte ihn in Schach halten können«, sagte Osgood Percy.

»Ich weiß«, antwortete D. D. schnell.

»Normalerweise mache ich nicht viel Aufhebens davon – aber ich hab' eine ganz gute Handschrift.«

»Natürlich«, sagte D. D. »Die mußt du ja haben, bei deiner Arbeit.«

»Völlig richtig. Wer wie ich als Kartenausteiler in Fremont angefangen hat, der muß auch mit Fäusten austeilen können. Sonst ist er weg vom Fenster.«

D. D. stieß heftig gegen die Glastür, rannte hinaus. Ihr Wagen war klein und billig, ein gebrauchter, brauner Chevette.

Er fuhr einen englischen Rover. Nicht, um aufzufallen, sondern weil der Wagen als sicher galt.

Ihre Wagen parkten in einer Entfernung von etwa zehn Metern, hinter ihnen lag etwa derselbe Abstand bis zum Eingang der Bar. ›Wir sind in der Mitte‹, ging es D. D. durch den Kopf, aber sie wollte sich besser nicht fragen, in welcher Mitte. Sie schaute auf Osgood Percy, dessen rechte Hand über seinen kahlen Schädel fuhr, als wolle er ihn abwischen – eine unwillkürliche Geste.

»Ich hasse große Kerle, die sich einbilden, ihnen gehöre die Welt«, sagte Osgood Percy. »Ich hätte ihn auf den Teppich bringen sollen, verdammt!« Er schwieg und schaute finster in den abnehmenden Mond.

D. D. beobachtete ihn abwartend. Er steckte immer noch in seinem Casinoaufzug: tadellos gebundene Krawatte, weißes Hemd, dunkles Jackett, dunkle Hosen. Wenn er nicht bald aufhörte, seinen Skalp zu massieren, konnte sie nicht mehr für sich garantieren . . . Sie griff nach seinen Händen, zog die manikürten Fingernägel an ihre Lippen und hielt sie da fest.

»Für meinen Job ist es gut, ein Gentleman zu sein. Aber manchmal, Doris, fällt es einem ganz schön schwer. In jedem von uns steckt etwas von einem Tier.«

»Oh, unbedingt!«

»Noch eine Frage: Du hältst mich doch nicht für feige, weil ich rausgegangen bin?«

»Na, hör mal«, sagte D. D. und machte Anstalten, auf ihre Autos zuzugehen. »Wie kannst du mich das bloß fragen, nachdem ich dich doch darum gebeten habe?«

»Ich frage, weil vielleicht doch etwas Wahres dran ist.«

»Du hast wohl einen ›Saudi-Virus‹ gefangen oder sonstwas in der Art. Du denkst nicht mehr klar.«

»Ich bin *wütend*, Doris. Du mußt wissen, ich bin ausgesprochen jähzornig. Du hältst mich für einen Gentleman, weil ich versuche, mich zu beherrschen und weil ich möchte, daß du so von mir denkst. Aber glaub mir, ein Teil von mir ist ziemlich nah am Dschungel . . .«

Plötzlich hielt er inne, weil hinter ihnen ein Geräusch zu hören war. Als sie sich umdrehten, sahen sie, wie der Mexikaner der Tür gerade einen Stoß gab. Er trug Stiefel, enge

Jeans und ein tailliertes Hemd, das seinen Oberkörper fest umspannte.

D. D. bemerkte, daß Osgood Percy nervös blinzelte. Sie hielt immer noch seine Hände und fühlte nun, wie sie anfingen zu zittern.

»Hilf mir in mein Auto«, sagte sie.

»Ja, tu ich«, antwortete er. »Genau das werde ich tun.«

Von hinten aus der Nacht ertönte der Singsang des Mexikaners: »Oh, Ozzie. Ozzie-Wozzie . . .«

Sie wandten sich rasch ihren Autos zu. D. D. holte ihre Wagenschlüssel heraus, sperrte die Fahrertür des Chevette auf und wartete, daß Osgood den Schlag öffnete, damit sie einsteigen konnte. Währenddessen ging es weiter mit »Ozzie-Wozzie«, bis Osgood Percy plötzlich sagte: »Verdammt, nun reicht's aber!«

Der Mexikaner streckte die Hand mit der Perücke aus. »Die will ich nicht, Ozzie-Wozz . . . Ich weiß nicht, womit man die füttert.« Er lachte wieder. »Komm schon, sie gehört dir.« Er schwang das Toupet durch die Dunkelheit.

Osgood Percy wandte sich zu D. D. Sein Blick hatte etwas Starres.

»Laß uns weggehen, ja?« sagte D. D.

Osgood Percy setzte sich in Bewegung. Langsam ging er auf den Mann zu.

»Osgood, um Himmels willen . . .«, warnte D. D.

»Oh, D. D.«, rief der Mexikaner, »wir hätten's wirklich so nett haben können.« Dann, nach einer Pause: »Aber vielleicht wird ja noch was draus . . . Natürlich nur, wenn Ozzie-Wozzie nichts dagegen hat. Hast du was dagegen?«

Osgood Percy gab keine Antwort. Zögernd zwar, aber unbeirrt bewegte er sich auf den viel größeren Mann zu.

»'n richtiger Geschäftsmann, was?« meinte der Mexikaner. »Ein feiner Pinkel, der sich für 'n Plausch zu schade ist, was?«

Sie waren noch etwa drei Meter voneinander entfernt. Osgood Percy hielt an. Dann machte er wieder einen Schritt nach vorn, einen kleineren Schritt. Noch zweieinhalb Meter.

Der Mexikaner wedelte die Perücke, lächelte D. D. an und sagte mit verstellter hoher Stimme: »Guter Junge, braver Junge. Komm, Ozzie, darfst es dir holen.«

Noch eineinhalb Meter.

Hinter dem Lenkrad sitzend, sah D. D., wie Osgood Percy mit seiner Rechten nach dem Toupet griff. Seine Hand war jetzt etwa dreißig Zentimeter von der Perücke entfernt, und dann sagte der Mexikaner »Hoppla«, und die Perücke landete auf dem Pflaster.

Osgood Percy starrte hinunter. »Gehen Sie zurück«, sagte er.

»Warum?«

»Sie sollen nur zurückgehen.«

»Tu ich ja, Ozzie, wenn du mir nur sagst warum.«

»Ich will's mal so sagen: aus Gründen der Vorsicht«, meinte Osgood Percy.

Der Mexikaner gab einen höhnischen Schnaufer von sich. »Du traust mir nicht? Nach allem was wir miteinander durchgemacht haben? Du denkst wirklich, daß ich versuche, dich auszutricksen?«

»Möglich ist alles«, sagte Osgood Percy.

»Ozzie, soll ich dir mal'n ganz heißen Tip geben? Ich brauche keine Tricks!« Dann schaute er zu D. D., die wie erstarrt hinter dem Lenkrad saß, und rief: »D. D., guck dir das jetzt an.«

Osgood Percy drehte sich um, wandte dem Mexikaner seinen Rücken zu, um D. D. anzusehen, und dann fing D. D. an zu schreien.

Sie hatte keinen Grund. Der Mexikaner regte sich nicht, stand nur ruhig lächelnd da, bis Osgood Percy ihn wieder anschaute. »Siehst du, was ich meine?« fragte er. »Wer braucht schon Tricks für einen schwulen Zwerg wie dich?« Noch bevor er zu Ende gesprochen hatte, trat er auf Osgood Percy zu, um seine riesige Faust machtvoll in Osgood Percys Gesicht zu schmettern . . .

D. D. war völlig verdutzt und starrte ungläubig, als Osgood Percy sich duckte, einen flinken Schritt rückwärts machte und noch flinker wieder vorsprang, um einen rechten Haken im Magen des Mexikaners zu landen. Der große Mann verlor das Gleichgewicht, wirbelte herum, und bevor er sich wieder gefangen hatte, war Osgood Percy bei ihm und deckte ihn ein mit einer wahren Explosion von Kolbenschlägen in die Körpermitte. Der Mexikaner ging hart zu Boden, wälzte sich, hielt seinen Bauch und stöhnte.

Mit geballten Fäusten näherte sich Osgood Percy dem gefallenen Zecher. Dicht bei ihm hüpfte er in Boxermanier abwartend hin und her, tadellos ausbalancierend.

»Osgood?« meldete sich D. D., als sie sich von ihrem Staunen erholt hatte.

»Halt den Mund«, befahl Osgood Percy.

»Aber . . .«

»Schließ dein verdammtes Mundwerk, Doris!« Osgood Percy sprach in einem Ton, den sie noch nie von ihm gehört hatte. »Niemand verläßt diesen Platz, ehe das hier vorbei ist.« Er stieß den Mexikaner mit dem Fuß. »Und wann das vorbei ist, bestimmst *du*.«

Benommen richtete sich der Mexikaner zum Sitzen auf und sagte kleinlaut: »Tut mir leid. Ich geh' wirklich zu weit, wenn ich betrunken bin. Mag einfach ein bißchen Spaß, aber manchmal . . . manchmal halt' ich etwas für Spaß, was für andere gar nicht so lustig ist. Tut mir wirklich leid. Und damit ist es vorbei.« Er streckte seine Rechte aus. »Hilf mir hoch, okay?«

D. D. wußte sofort, daß er Theater spielte, aber Osgood Percy, der Einfaltspinsel, ahnte nichts. Bevor D. D. ihn noch warnen konnte, streckte er schon die Hand, faßte nach dem Mexikaner, half ihm hoch . . .

. . . Und da hatte ihn der Mex. Mit beiden Armen umschlang er den schmächtigen Körper seines kleineren Gegners – es war wie die Umarmung eines mächtigen Bären –, hob ihn drei Handbreit vom Boden und schrie: »Du Arschloch, du blödes Arschloch!« Aber noch in der Luft drehte Osgood Percy seinen Körper geschickt von rechts nach links, bis er dem Griff des Riesen entkommen und wieder zum Angriff übergehen konnte. Er grub eine Rechte in den Magen des Mexikaners, und als der versuchte, sich zu decken, landete Osgood einen Haken im Gesicht. Jetzt hob der Mexikaner seine Hände hoch, aber das half nichts, weil Osgood schon wieder seine Leibesmitte angriff.

Der Mexikaner versuchte, sich aus der Reichweite dieser Fäuste zurückzuziehen, aber Osgood gab ihm keine Chance. D. D. beobachtete die Schlacht, die sich zwischen Chevette und Rover abspielte. Sie sah den Mexikaner schreiend zu Boden gehen und sprang aus ihrem Auto. Sie stand mitten im Gefechtslärm und überlegte, was sie tun sollte. In die Bar laufen und die Polizei rufen? Oder um das Auto herum und diesen mexikanischen Bastard mit ihrem Schuh vermöbeln oder mit ihrer Handtasche? Oder sollte sie . . .

Sie tat nichts von allem. Blieb einfach stehen, wo sie war. Wie erstarrt und mit einem beschämten Gefühl.

Der Mexikaner schrie unterdessen pausenlos: »Ich bring' dich um, du dreckige Ratte!« Aber seine Schreie wurden immer leiser. Dann das Geräusch von noch mehr Schlägen, die aber langsamer fielen, und schließlich ein Stöhnen. Ein Kopf, der auf den Boden schlug. Danach, danach . . .

. . . Ruhe.

Nein, das war keine Ruhe. Sie hörte immer noch die schrecklichen Atemzüge in der Dunkelheit – aber keine Worte.

»Osgood?« flüsterte D. D.

Keine Antwort.

»Osgood, bist du in Ordnung?« D. D. wäre gern um den Wagen herumgegangen, um nachzusehen, aber sie hatte Angst. Was tun, wenn Osgood erledigt war und der Mexikaner dort auf sie wartete – mit seinen großen Händen?

»Osgood, komm doch!«

Eigentlich war es gar nicht möglich, daß der Mex dort auf sie wartete, nachdem Osgood so auf ihn eingedroschen hatte. Osgood war viel zu schnell für ihn gewesen, Osgood mußte gewonnen haben. Aber warum antwortete er dann nicht?

Etwas bewegte sich jetzt in der Dunkelheit auf der anderen Seite des Chevette. Eine Bewegung und ein Geräusch – wie ein Husten aus einer aufgeschlitzten Kehle. Und plötzlich auf dem Wagendach.

Große Hände. Groß und rot, blutig. ›So ein Mist‹, dachte D. D.

»Jesus Maria, Osgood! Ich bin's nur . . .«

»Ich hab' dir schon mal gesagt, Doris: Halt deinen verdammten Mund. Lern lieber zuzuhören.« Er sprach mit matter Stimme und stand schwankend auf der anderen Seite. Auf seinem Gesicht war etwas Rotes zu sehen. Auch auf Hemd und Krawatte.

Die dicken Hände rutschten langsam von der Chevette.

Osgood bückte sich, griff die Hände und legte sie zurück auf das Dach. Dann bückte er sich erneut, diesmal etwas weniger tief. Als D. D. sich vorbeugte, sah sie den Mexikaner auftauchen. Osgood zog ihn gerade an den Haaren hoch. Unter dem Haar erschien das Gesicht – besser gesagt: das, was davon noch sichtbar war. Blut tropfte von den Lippen, Blut besudelte sein Kinn, und er blinzelte aus blutunterlaufenen Augen. Osgood zog wieder, bis der Mexikaner fast aufrecht stand. Dann warf er ihn nach vorn, und der schwere Leib fiel über das Wagendach.

Einen Augenblick stand Osgood Percy ruhig, um wieder zu Atem zu kommen. Dann griff er den taumelnden Riesen erneut und zog ihn weg vom Auto. »Okay – ist es jetzt vorbei? Sag's mir deutlich. Aber ich hoffe, du willst mehr, glaub's mir. Ich hab' diese fünf Minuten sehr genossen. Ich könnte die ganze Nacht damit zubringen, dir die Scheiße aus dem Leib zu prügeln.«

Der Mexikaner blinzelte wieder, fuhr dann über seine Augen, um das Blut zu entfernen. Von seinem Mund tropfte es noch immer.

»Ich bestehe auf einer Antwort«, sagte Osgood, machte einige Schritte rückwärts und brachte die Fäuste wieder in Bereitschaft. Aber der Mexikaner gab klein bei – eine vollkommene Kapitulation. Er warf den Kopf zurück, hob abwehrend die Hände und schrie: »Hören Sie auf, bitte! Lassen Sie mich leben!«

Ruhig fragte Osgood: »Ist es vorbei? Haben wir's hinter uns?«

»Herrgott, lassen Sie mich leben! Ich will nichts mit Ihnen zu tun haben. Ich bedaure sehr, es tut mir leid.«

Osgood schien zu einer Rechten auszuholen, der Mexikaner schrie laut auf, stolperte rückwärts. Osgood packte ihn, stellte ihn aufrecht hin. »Dich einfach so zuzurichten – das war nicht nett von mir. Das macht vielleicht ein Tier, aber meine Art ist das nicht. Ich hab's trotzdem getan – und weißt du warum?«

Der Mexikaner schüttelte den Kopf. »Nein.«

»Weil *du* ein Tier bist, und weil du mich dazu gebracht hast. Du ziehst andere hinunter auf *dein* Niveau . . .«

Der Mexikaner schaute verblüfft. Osgood zog seine Hände zurück. »Verstehst du überhaupt, wovon ich rede?«

»Nein.«

Osgood Percy wich zurück, rieb sich die Augen. »Meine Perücke, bitte.«

»O ja, richtig. Tut mir leid«, stammelte der Mex und rannte fast zu der Stelle, wo das Toupet lag. Er griff danach, verfehlte es, kniete nieder, erwischte es und stürzte zurück zu Osgood. »Ich habe nichts kaputtgemacht, sehen Sie?«

Er überreichte die Perücke, Osgood nahm sie. »Nein, du hast nichts kaputtgemacht. Aber du hast's gewollt – du wolltest *mich* kaputtmachen.«

Der Mexikaner schrak zurück. »Nein, wollt' ich nicht. Nicht wirklich . . .«

»Lüg mich nicht an! Wenn du gewonnen hättest, was hättest du dann wohl getan?«

» . . . Nichts . . . Gar nichts! Ich schwöre! Ehrenwort . . .«

Osgood ballte wieder die Faust.

» . . . Vielleicht hätte ich Ihr Geld genommen . . .«

»Und was ist mit ihr?« Osgood deutete auf D. D.

»Weiß nicht.«

»Aber ich weiß«, sagte Osgood. »Du hättest erst mein Geld gestohlen – und dann die Frau, die ich liebe.«

Nach einer Pause antwortete der Mexikaner: »Aber ich hätte ihr nicht wehgetan.«

Osgood Percy packte ihn und stieß ihn gegen den Rover. Der Mex hob schützend seine Arme und sagte: »Ich will nicht, daß Sie mich weiter schlagen. Hören Sie – hab' ich Ihnen nicht die Perücke gebracht, wie Sie gesagt haben? Ich bin wirklich kein schlechter Kerl.«

Osgood Percy blickte zu D. D. »Und davor hast du Angst gehabt . . .«, sagte er. Dann wandte er sich zu dem Mexikaner. »Weißt du, was du bist? Ein Feigling – und außerdem hast du schlechten Atem.« Mit dieser Bemerkung gab er dem Mex einen Wink, sich zum Teufel zu scheren. Der Mann zögerte kurz. Dann stolperte er los, fand sein Gleichgewicht wieder und lief über den Parkplatz. Eine Minute später war er um die Ecke und verschwunden. Osgood Percy sah ihm nach, ohne sich zu rühren.

D. D. beeilte sich, um den Wagen herumzukommen, wollte Osgood umarmen und hielt plötzlich inne. Dieses Rot auf Jackett und Hemd – und die Krawatte war auch noch feucht von Blut. Aber eigentlich blieb sie nicht deshalb stehen, sondern wegen des Ausdrucks in Osgoods Augen. Worüber zerbrach er sich den Kopf? Warum sah er so traurig aus, wenn er doch Grund zum Jubeln gehabt hätte?

»Bist du in Ordnung?«

Keine Reaktion. Dann ein Nicken.

D. D. war unsicher und zögerte, bevor sie seine Hände ergriff. Die Haut war ein wenig rauh, aber nicht verletzt. Sie führte die Hände an ihre Lippen und berührte sie sanft. »Meine Güte, was du aus dem gemacht hast . . .«, begann sie.

»Ich möchte nicht darüber sprechen.«

»Nicht darüber sprechen? Wie willst du das anstellen? Du hast ein verfluchtes Scheusal erledigt, Osgood – das ist nichts, worüber man vornehm schweigt . . . Ich denke, verdammt, es gibt nicht gerade viele Typen . . . Gentlemen . . . wie dich, die sich gut anziehen, mit dem Kopf arbeiten . . . und dann auch noch den Mumm haben, sich ein Miststück von diesem Kaliber vorzunehmen! Ganz zu schweigen von der Art, wie du ihn um Gnade hast winseln lassen . . .«

»Er war betrunken, Doris, hatte einfach sein Gehirn versoffen. Sonst hätte er mich wahrscheinlich auseinandergenommen . . .«

»Quatsch. Ich weiß doch, was ich gesehen habe . . .«

»Ich will nicht länger darüber sprechen, zum Donnerwetter. Verstehst du?« Er starrte sie an, und dieser Blick gefiel ihr nicht.

»Werd jetzt nicht auf mich böse, Osgood, ja?«

Er wurde gleich sanfter. »Ich bin nicht böse auf dich. Nur . . . das war nicht ganz meine Vorstellung von diesem Abend. Wir hatten Wichtiges zu besprechen.«

»Das weiß ich.«

Er ging zurück zur Bar.

»Wo willst du hin, Osgood?«

Er deutete auf das Lokal.

»Wieder da hinein?« fragte sie. »Doch nicht so, wie du aussiehst . . .«

Er zwinkerte, sah an seinem Anzug hinunter und entdeckte

die eingetrocknete rote Schmiere. »Oh«, sagte er. Plötzlich war er nervös und unsicher.

»Du mußt dich ein wenig säubern. Vielleicht brauchst du auch einen Kaffee, denn du scheinst nicht in der Verfassung zu sein, um wichtige Dinge zu besprechen.«

»Bin ich durchaus.« Er sah sich um, noch nervöser.

»Vielleicht solltest du in deine Wohnung fahren, dich frischmachen und dich umziehen. Ich fahr' dir nach.« Sie wies auf die Wagen.

»Vielleicht«, antwortete er, ging zu seinem Rover, sperrte ihn auf und stieg ein. Sie setze sich in ihren Chevette, ließ den Motor an und folgte dem Rover zu seiner Wohnung mit dem ehrbaren Einbettzimmer.

D. D. parkte etwas weiter unten an der Straße, weil vor dem Wohnblock nur Platz für ein Auto war. Er hatte die Tür seiner Wohnung aufgelassen. Als sie eintrat, hatte er schon seinen blutverschmierten Anzug abgelegt und spazierte in Unterwäsche und Strümpfen mit Sockenhaltern herum. Sie haßte diese Sockenhalter, verabscheute sie zutiefst, aber heute etwas weniger tief.

»Ich lasse dir ein Bad einlaufen«, sagte sie und führte ihre Absicht gleich aus. Als die Wanne gefüllt war, rief sie ihn. Er erschien, immer noch in Unterwäsche, aber immerhin waren die Sockenhalter verschwunden. »Laß dich richtig durchweichen«, sagte sie, »du hast es verdient. Und nimm dir Zeit, ich seh' inzwischen fern.«

Sie ging ins Wohnzimmer und schaltete den Fernsehapparat ein. Das Programm bot wahrhaftig keine große Auswahl, wenn man nicht gerade für die verschiedenen Testbilder schwärmte. Mist, dachte D. D., weil ihr nach diesem Angebot augenblicklich nicht der Sinn stand. Sie knipste den Apparat aus, wanderte ein wenig im Zimmer herum und ging dann in den Schlafraum. Dort ließ sie ihre Finger von ihrem breiten, schwarzen Gürtel aufwärts über den weißen Pullover streichen bis zu den Spitzen ihres Büstenhalters. Sie drückte sie ein wenig ein und zupfte sachte an den Brustwarzen.

Im Augenblick wünschte sie sich nur eins: Osgood. Zum ersten Mal fühlte sie diese Intensität – zumindest für ihn. Ja, sie kannte das von ihren drei Ehemännern aus der jeweiligen

Anfangsphase. Aber ihr Drang nach Osgood Percy hatte erst begonnen, als er außerhalb ihrer Sichtweite gekämpft hatte, als der Mexikaner schrie, als sie die Schläge hören konnte und genau wußte, daß sie der Grund für diese Gewalttätigkeiten war. Ihr Aussehen, ihre Art zu gehen und die Macht ihrer Brüste, die sie jetzt streichelte. Es war dieses langsame Wachsen von Begierde gewesen, das sie wie erstarrt an der Seite ihres Wagens festgehalten und ihr dieses Schamgefühl vermittelt hatte.

Sie ging zum Ankleideraum und suchte nach seinem weißen Seidenpyjama. Er hatte nur diesen einen aus Seide – ein Geschenk von ihr –, und nichts erregte ihn mehr, als sie in der Jacke herumstolzieren zu sehen.

Sie legte die weiße Seidenjacke auf sein sorgfältig gerichtetes Bett. Dann zögerte sie, nahm die Jacke wieder weg, riß die Laken und Decken zur Seite, nahm zwei Kissen und legte sie mitten auf die Matratze. Dann zog sie sich langsam aus – bis auf den BH. Vorsichtig streifte sie ihn ein wenig herunter, daß er die Brüste hob und noch üppiger hervorquellen ließ. Sie hatte das bisher nur einmal gemacht für Osgood, und es hatte ihn fast wahnsinnig gemacht. Jetzt streifte sie die Seidenjacke über, ließ nur die oberen beiden Knöpfe offen, zog ihren Bauch ein und begutachtete sich im Spiegel.

In der Tat – wie ein Kind sah sie nicht aus. Sie war zwar nicht jedermanns Typ – einige hielten sie für etwas vorderlastig –, aber an manchen Tagen und für manche Männer war ihre Art genau richtig. Und heute war ein solcher Tag, wie sie fand, als sie sich auf die Zehenspitzen stellte, um ihre Beine länger wirken zu lassen. Sie hatte keinen Zweifel, daß ihrem Osgood Percy bald die Augen aus dem Kopf fallen würden. Um ganz sicherzugehen, nahm sie noch den Leuchter vom Eßtisch und entzündete eine Kerze.

So ausstaffiert trat sie zu der halboffenen Badezimmertür und klopfte.

»Ich suche nach einem Herrn, einem gewissen Rocky Balboa, dem Schrecken aller Riesen. Ist er zufällig da drin?«

»Doris, ich hab' dir schon gesagt, ich will nicht mehr darüber sprechen. Also, was ist los?«

»Mein Haar wird grau vor Langeweile – das ist los.«

»Nun, ich hab' nachdenken müssen, und du hast gesagt, ich könne baden, solange ich will.«

»Da war ich noch jünger . . .«

Er seufzte. »Okay, gib mir noch eine Minute. Ich muß mich auf diese Atlantic-City-Sache einschießen . . .«

»Na dann, gute Nacht!«

»Wie bitte?«

»Ich bin im Moment nicht interessiert an dieser gewissen Angelegenheit. Es gibt ein eiligeres Problem – Schrumpelhaut.«

»Was?«

»Weißt du, wie jemand aussieht, der zu lange im Wasser gelegen hat? Völlig verschrumpelte Haut, ich hasse das!« D. D. schlängelte ihren Arm durch die Badezimmertür, fand den Lichtschalter, knipste ihn aus und trat mit dem Kerzenleuchter in der Hand in den Raum. »Steh auf, Osgood.«

Er machte große Augen.

Sie stellte den Leuchter ab, griff ein weiches Badetuch und schnippte aufmunternd mit den Fingern. »Wirst wohl ein bißchen langsam in deinem hohen Alter? Raus aus dem Wasser, hab' ich gesagt.«

Er stand in der Wanne und streckte eine Hand nach ihr aus.

»Nicht, bevor du trocken bist«, sagte sie, nahm seinen Arm und tupfte ihn sanft ab. »Den anderen«, befahl sie.

Er versuchte wieder, sie anzufassen.

»Werd' nicht zudringlich, zum Donnerwetter.«

»Hör doch . . .«

»Du hast gar nichts zu melden, du Schläger. Und nun sei ein guter Junge und hübsch artig.« Sie trocknete den anderen Arm. »Okay, nun raus aus dem Wasser und rumgedreht!«

Er gehorchte. Dann waren seine Hände plötzlich auf ihren Brüsten.

»Möchtest du gerne meine Brüste küssen?«

»Ja.«

»Unter einer Bedingung . . .«

»Was immer du willst.«

»Verbrenn deine verdammte Perücke!«

Er blinzelte, trat etwas zur Seite und sah sie an. »Ich dachte, du magst meine Perücke . . . oder sie macht dir jedenfalls nichts aus.«

»Sie macht mir etwas aus! Ich hasse sie, und ich will sie nie mehr sehen!« Sie stieß seine Hände weg von ihrem Körper. »Ich hab' noch kein ›Ja‹ gehört . . .«

»Aber sie läßt mich jünger aussehen, sie gibt mir Selbstvertrauen.«

Sie überließ ihm das Badetuch und wandte sich ab. »Trockne dich allein ab. Wenn *ich* dir kein Selbstvertrauen gebe, können wir alles bleiben lassen.«

Er ging ihr nach, umarmte sie, ließ seine Hände über das Seidenhemd gleiten und streichelte ihre Brüste mit sanften, kreisenden Bewegungen.

»Willst du mich damit umstimmen? Daraus wird nichts – ich ändere meine Meinung nur, wenn du ›Ja‹ sagst.«

»In Ordnung: Ja. Ja – verdammt noch mal, ich werde sie verbrennen. Und wenn's dich glücklich macht, lad' ich die Nachbarn dazu ein.«

D. D. wandte sich zu ihm und griff wieder nach dem Badetuch. Sie küßte ihn, stieß ihre Zunge in seinen Mund, aber nur für einen Augenblick, dann begann sie, seinen Brustkorb abzutrocknen. Ganz langsam arbeitete sie sich abwärts zu seinem Bauch, fuhr dicht an seinem Geschlecht vorbei, ohne es zu berühren. Sie trocknete seine Oberschenkel, ließ ihre Finger wieder höher wandern und berührte ihn. Er war ganz hart. Das überraschte sie nicht, aber sie wunderte sich über seine Größe. War er immer so stark gewesen? Vielleicht – vielleicht war das wie mit seinen blauen Augen –, sie hatte einfach nie darauf geachtet. Jetzt kniete sie sich nieder, und während sie seine Beine trockenrieb, nahm sie ihn mit dem Mund und fühlte seine Bewegungen, vor und zurück.

Sie stand auf, umfaßte sein Glied mit beiden Händen und führte ihn daran langsam zum Bett. Sie legte sich mit den Hüften auf die Kissen und zog Osgood zu sich heran. Als er in sie eindrang, keuchte sie vor Lust und begann, sich rhythmisch zu bewegen. Sie umklammerte ihn mit den Schenkeln, schloß die Augen und streichelte seinen festen Körper. Sie fand seine Brustspitzen und knetete sie zart, bis sie hart wurden. Irgendwo, weit entfernt, hörte sie die Schreie des Mexikaners auf dem dunklen Parkplatz, und sie schob ihre Hüften höher zu Osgood Percy, um sich dem Rhythmus seines Körpers anzupassen. Ihr war, als müßte sie laut herausschreien. Sie biß in ihr Handgelenk, war schon auf der Reise zum Höhepunkt, einem wunderbaren Geschenk dieses schüchternen, starken Mannes über ihr. Er gehörte ihr, war ihr Tier – nur für sie allein –, und sie war ganz erstaunt. Wer hätte das noch vor einer Stunde für möglich gehalten?

»Wann werden wir abfahren?« fragte sie.

Er unterbrach seine Bewegung und schaute auf sie herab.

»Hör nicht auf . . .«

Er hörte nicht auf und fragte stockend: »Atlantic . . . Cit . . .y?«

»Ja!«

Er schüttelte sie. »Warum?«

D. D. zögerte. Sie wußte genau, was er wollte, aber das wäre nicht wahr gewesen. Die Wahrheit lag irgendwo zwischen »Warum nicht?« und »Ich probier' alles einmal aus« oder »So schlimm wird's schon nicht werden.« Aber das alles konnte sie ihm nicht sagen, diesem nackten Mann, der die Lüge so gern hören wollte. Und so antwortete sie: »Liebe. Ich liebe dich.«

Es war nicht ganz gelogen, sie mochte ihn – etwas. Und vielleicht würde ja alles zu dem guten Ende kommen, das er sich wünschte. Die Abreise, dann vielleicht Liebe und schließlich die Ehe. Alles war doch möglich. Und wenn es nicht klappte – nun, sie war gewiß keine Leuchte im Rechnen, und ihr Geschmack in punkto Männern mußte nach drei Fehlschlägen wohl als fragwürdig angesehen werden – einerlei! Aber eins wußte sie genau: Es würde eine großartige Scheidung geben . . .

Kapitel 3

Ein Tag im Leben des Nick Escalante

Der frühe Morgen war wirklich nicht seine Tageszeit. Am allerwenigsten, wenn er wie heute – zum ungefähr fünftausendsten Mal – ausgerechnet in Las Vegas aufwachen mußte. Sein Widerwillen gegen Philadelphia war bereits legendär, aber im Vergleich zu Vegas war ›Philly‹ geradezu das Paradies.

Mit derlei Überlegungen begann Nick Escalante sein gewohntes morgendliches Verzögerungsmanöver. Er ließ seine Gedanken schweifen auf der Suche nach einem lohnenden Ziel, und als sein Bewußtsein allmählich zu arbeiten begann, entschied er sich für Nepal. Seit Monaten war er nicht in Nepal gewesen. Ein Fehler, wenn er bedachte, was dort auf ihn wartete.

Die engen Saumpfade des Himalaya, wie oft war er dort schon entlanggezogen? Die Ausblicke, die keine Fotokamera wiedergeben konnte . . . Die Sicht auf sein Reiseziel, ein Dorf namens Tatopani, was ›Heißes Wasser‹ bedeutete. Es war ein ganz besonderes Dorf, und es lag im tiefsten Schlund der Erde. Ganz nah zu beiden Seiten des Ortes lagen unglaublich hohe Berge, Gipfel mit berühmten Namen wie der des Annapurna.

Es war nicht leicht, in das Tal vorzudringen. Man riskierte, zu verhungern oder zu erfrieren, aber das Erlebnis war diese Gefahren wert. Wichtig war, sich zum richtigen Zeitpunkt auf den Weg zu machen. Wenn man mittags startete, konnte man noch beizeiten einen Eindruck gewinnen. Am besten war es, in der Morgendämmerung aufzubrechen und sich mit dem Abstieg vom Dorf in die immer dunkler werdende Schlucht zu beeilen. Dann drehte man sich um nach Westen und konnte dort den Annapurna in voller Größe sehen – eingetaucht in die gelben Strahlen der Morgensonne, in hellem Feuer vom Fuß bis zum Gipfel. Ein Schauspiel, exklusiv für den Betrachter dort unten in der Kälte der Schlucht. Man vergaß die Kälte, schaute nur zu, wie die Sonne an der Seite des Annapurna höherstieg, wie das Gelb in den Höhen fahler wurde und zugleich satter am Fuße des

Berges. Wo – in welchem Land, in welchem Erdteil, in welcher Welt überhaupt – hätte man noch einmal ein solches Gelb erblicken können?

Man erzählte sich, daß manch einem dieses Gelb zum Verhängnis geworden war. Diese Menschen hatten das Gelb genau und lange betrachtet und mit aller Macht versucht, es ewig dauern zu lassen, daß sie darüber die Zeit vergaßen – und die Kälte. Man erzählte sich, daß einige von ihnen anderntags gefunden wurden. Alte Frauen, die nach Holz – dem wichtigsten Brennmaterial dieser Gegend – unterwegs waren, hatten die Opfer entdeckt.

Wer aber diese Morgendämmerung überlebte und sich zurückbegab in das Dorf namens ›Heißes Wasser‹ – dem blieb die Gewißheit, daß ihm nie jemand dieses Gelb nehmen konnte. Man verfügte fortan darüber, war Eigentümer eines hellen Tupfens inmitten einer grauen, langweiligen Welt. Wer diesen Lichtfleck in sich trug, konnte nicht von Unzufriedenheit heimgesucht werden. Jedenfalls konnte er seine Unzufriedenheit bekämpfen oder zumindest . . .

Nick Escalantes morgendliche Wachtraumphase begann nachzulassen. Seine Konzentration wurde schwächer, er änderte abrupt seine Ruhestellung. Bald würden seine Lider anfangen zu zittern.

Wenn man seine Unzufriedenheit nicht bekämpfen konnte, dann . . . dann . . .

Er zwang seine Gedanken jetzt mühsam zurück in die tiefe Schlucht, die er gern wieder aufgesucht hätte. Es konnte doch nicht so schwer sein, dorthin zu kommen, denn neuerdings konnte man von allen möglichen Orten aus nach Nepal fliegen – von Bangkok, Kalkutta, Neu-Delhi –, und wenn man erst einmal gelandet war, konnte man mit dem Auto ganz nahe an die Annapurna-Bergkette herankommen. Den Rest erledigte man zu Fuß, wanderte und wanderte und war bald an der ersehnten Stelle, zwischen Morgendämmerung und . . .

Und?

Die Lider zitterten und öffneten sich schließlich. Es war 10 Uhr morgens, wie ihm seine innere Uhr mitteilte. Er erwachte immer um 10 Uhr, genauso sicher, wie er nicht vor Morgengrauen einschlief. In diesem Augenblick ahnte er noch nicht, daß bis zum nächsten Einschlafen eine Menge Blut fließen würde. Nicht nur sein eigenes.

Er duschte, rasierte sich, kleidete sich wie üblich – Tennisschuhe, weiße Socken, khakifarbene Baumwollhosen, blaues Hemd mit langen Ärmeln – und ging zu dem verhaßten Bunker, in dem sich sein Büro befand.

Um diese Zeit – eine Woche vor Weihnachten – lag Las Vegas wie ausgestorben. Alle Vergnügungslokale waren bis zum 26. Dezember geschlossen, danach würde wieder heftiger Betrieb einsetzen. Aber für den Augenblick regte sich nichts, außer einem Wüstenwind, der nur Kälte bescherte.

Die Post hatte zehn Briefe gebracht, drei Reklamesendungen und sieben persönliche Schreiben. Er wußte schon vor dem Öffnen, daß keine dieser sieben Botschaften von einem Freund oder einer Freundin stammen würde, die ihn vermißten. Alle diese Briefe würden überflüssig sein.

Lieber Mister Escalante,

Sie sind ein vielbeschäftigter Mann, und ich würde Sie nicht stören, wenn Sie nicht der einzige wären, der mir in dieser Angelegenheit helfen könnte. Es handelt sich um den Hund von nebenan, der mich immer anbellt – und das schon seit Jahren. Daran habe ich mich schon gewöhnt, aber vorigen Monat hat dieser Teufelsbraten angefangen, sein Geschäft auf den Stufen vor meiner Haustür zu erledigen. Also habe ich dem Besitzer gesagt, er solle sein Tier besser erziehen. Er hat mir nur geantwortet, ich solle mich nicht so aufspielen.

Darauf habe ich die Polizei gerufen, und die Beamten haben mir ebenfalls gesagt, ich solle die Sache vergessen, sie hätten Wichtigeres zu tun. Nun frage ich Sie:

WO BLEIBEN DA UNSERE BÜRGERRECHTE?

Sie sollten vielleicht noch wissen, daß es sich um einen Schäferhund handelt, also um ein großes Tier. Und wenn das auf ihre Stufen kackt, gibt's einen Riesenhaufen. Der Eigentümer hält das für lustig, aber der Spaß wird ihm vergehen, wenn der Hund tot ist. Und damit komme ich zum Zweck meines Schreibens:

Mister Escalante, wie erwürgt man einen Hund? Sollte es von vorne sein oder sollte man sich wie bei einem Menschen von hinten anschleichen? Soll ich ihn zum Beispiel rufen »Komm, Hundchen, komm«, ihm ein Steak vor die Nase halten und ihn erledigen, sobald er es auffressen will?

Diese Fragen sind wirklich sehr wichtig für mich, und ich bin überzeugt: Wenn irgend jemand die Antwort weiß, dann sind Sie das. Deshalb . . .

Escalante schaute etwas entgeistert auf die Blätter und schüttelte den Kopf. Wie erwürgt man einen Hund? . . . Heiliger Strohsack! Er knüllte den Brief zusammen, warf ihn in Richtung Papierkorb und traf mitten hinein. Kein Kunststück in einem Büro von knapp vier Quadratmetern Grundfläche – außerdem war der Papierkorb groß.

Lieber Nick Escalante –

Ich hoffe, Sie nehmen es mir nicht übel, Sie mit Namen anzusprechen (mit dem Vornamen, meine ich natürlich, wie Sie weiter oben sehen können). Aber Sie müssen verstehen, daß ich Probleme damit habe, Leute mit »Mister« anzureden. Das hat mich übrigens schon einige Jobs gekostet, und damit bin ich auch beim Thema. Ich bin – halten Sie mich bitte nicht für einen Angeber, wenn ich das sage – ein zäher Bursche und schrecke vor nichts zurück, egal um welchen Kampf es sich handelt. Soviel vorweg, nun zu meinem Problem:

Ich habe mich zusammen mit einem Bergwerkskumpel als Söldner für irgendeine Gegend in den Tropen verpflichtet. Man hat uns noch nicht gesagt, wohin es gehen soll – aus Sicherheitsgründen, Sie verstehen –, aber die Bezahlung ist gut, und außerdem bin ich Experte für Feuerwaffen. Mein Kumpel nun ist ganz aus dem Häuschen, daß wir diese Sache zusammen machen werden, und ich habe ihn in dem Glauben gelassen, daß ich auch ganz begeistert bin.

Aber, Nick – ich muß es einfach irgend jemandem sagen –, die Sache ist die: Ich bin furchtbar empfindlich, und Leute mit Dschungelerfahrung haben mir gesagt, daß es dort große schwarze Spinnen gibt und diese kleinen Fische, die einen binnen einer Minute bis aufs Skelett abnagen können . . .

Natürlich kann ich jetzt keinen Rückzieher mehr machen, denn – wie ich schon sagte (siehe oben) – ich schrecke vor nichts zurück. Das ist meine Devise, und dabei muß ich bleiben. Aber neuerdings werde ich nachts wach, und alles, woran ich denken kann, ist irgendeine Pythonschlange, die mich verschlingt. Ich bin wirklich der härteste Bursche, den ich kenne, aber nun frage ich mich: Können harte Burschen überhaupt Angst haben?

Kennen Sie Angst? Haben Sie sich überhaupt gefürchtet?

Ja, dachte Escalante, ich fürchte mich – und zwar genau jetzt! Er knüllte auch diesen Brief zusammen und warf ihn in den Papierkorb.

Er öffnete den nächsten Brief und hatte eben die Grußformel »Sir« gelesen, als das Telefon klingelte. Um diese Uhrzeit schaltete er normalerweise den Anrufbeantworter ein, aber bei dieser Menge von verrückter Post – sieben Briefe lagen weit über dem Tagesdurchschnitt – war ihm jede Zuflucht recht.

Eine merkwürdige Stimme, die einem Mister Cyrus Kinnick gehörte, verkündete, auf der Suche nach Nick Escalante zu sein. Was war nur so seltsam an dieser Stimme? Er schloß für einen Moment die Augen – der Ton war bestimmt und doch sanft, fast schon schwach. Auch der Akzent hatte etwas Seltsames. Es mußte die Stimme eines jüngeren Menschen sein, der Sprecher war sicher noch unter fünfunddreißig. Andererseits war es unvorstellbar, daß jemand mit dem Namen Cyrus jünger als sechzig sein sollte.

Escalante meldete sich jetzt, immer noch beschäftigt mit der Frage, wer sein Gesprächspartner wohl sein könnte. Ihm kam in den Sinn, daß ihm vor Wochen jemand geschrieben hatte mit der Ankündigung, ihn voraussichtlich gegen Ende des Monats zu benötigen. Er blickte in seinen Terminkalender, der keine Eintragung enthielt außer dem Wort »Kinnick«, das er für die Woche vor den Ferien notiert hatte.

»Darf ich offen sein, Mr. Escalante?«

»Vor allem ernsthaft. Und wenn Ihnen danach ist, können Sie meinetwegen auch ein bißchen offen sein.«

»Ich bin nicht sehr humorvoll, Mr. Escalante . . .«

»Nun, ich wohl auch nicht, wie sich eben gezeigt hat, Mr. Kinnick. Sagen Sie mir also, in welcher Angelegenheit Sie offen mit mir reden wollen.«

»Sie stehen nicht im Branchenbuch.«

Escalante wartete stumm, wohin diese Bemerkung führen sollte.

»Ich bin ein vorsichtiger Mann« – die Aussprache von ›vorsichtig‹ klang wirklich merkwürdig – »Wenn ich in einer mir unbekannten Stadt ankomme, versuche ich immer, mich mit Hilfe des Branchenbuchs zu orientieren. In Vegas hat mich die Anzahl der Inserate von weiblichen Begleiterinnen und Hostessen nicht überrascht, die Menge der Annoncen für Kirchen hingegen schon. Und während ich so blätterte, dachte ich, ich sollte mir einmal Ihre Anzeige ansehen. Ich fragte mich, ob sie wohl groß wäre – vielleicht sogar die größte überhaupt und möglicherweise etwas protzig. Wonach ich genau gesucht habe, weiß ich nicht, ich war einfach neugierig und schließlich ganz fassungslos, gar keine Anzeige zu finden. Escalante, ich will nicht prahlen, aber ich bin ein sehr bedeutender Glücksspieler, und für mich ist Sicherheit alles. Und so habe ich nach Ihnen gesucht unter allen möglichen mit Sicherheit zusammenhängenden Begriffen – aber Sie waren nirgendwo zu finden.«

»Sie hätten es mal mit dem Buchstaben A versuchen sollen. Mr. Kinnick. Auch ich will beileibe nicht prahlen – aber Sie sprechen immerhin zu der einzigen männlichen Anstandsdame von Las Vegas und ganz Nevada.«

»Ist es das, was Sie unter Ihrer Arbeit verstehen?«

»Ganz genau. Als man mir erzählte, daß Robert Mitchum von sich selbst als von einem ›Starlet‹ sprach, beschloß ich, daß ich mich ebensogut eine Anstandsdame nennen könnte.«

Es gab eine Pause. »Ich bin in einer verzwickten Lage«, sagte Cyrus Kinnick dann. »Als ich Ihnen aus Boston schrieb . . .«, seine Aussprache von ›Boston‹ war wirklich eigenwillig, auffällig war das Fehlen von Logik in seiner Aussprache. ». . . Ich schrieb Ihnen auf Empfehlung eines Geschäftsfreundes, der Ihre Dienste in Anspruch genommen hat, und ich dachte, es auch einmal zu versuchen. Für einen Spieler ist das erste Ziel natürlich, zu gewinnen. Aber das zweite – und für mich immer sehr wichtige Anliegen – betrifft Stimmungsfragen. Hatten Sie zum Beispiel einen angenehmen Abend? Ich weiß noch nicht, ob ich Sie so besonders vergnüglich finde, Mr. Escalante, und ich fürchte, ich bin zu schwerfällig, um über Ihre

Scherze lachen zu können. Vielleicht sollten Sie mir ein wenig über sich selbst erzählen.«

»Meinen Sie damit meine beruflichen Qualifikationen?«

»So ungefähr.«

»Nun – man hat mich niedergeknüppelt und beschimpft, mich belogen, betrogen und auf mich geschossen. Deshalb überrascht mich nichts mehr außer den Dingen, die Menschen einander antun. Ich bin kein Unschuldslamm – außer vielleicht in meinem tiefsten Innern. Ich habe einen Pilotenschein für alles, was fliegt bis hin zum Düsenjet. Ich habe in Tokio Karate unterrichtet und in Wharton Wirtschaftswissenschaften. Ich kann die erste Seite der NEW YORK TIMES binnen fünf Minuten auswendiglernen und fünf Wochen später wieder aufsagen. Ich kann jedem an jedweden Platz folgen, aus jedweder Richtung. Ich halte es 48 Stunden ohne Schlaf aus, und meine Leistungsfähigkeit wird davon nicht gemindert. Ich kann vierhundertfünfzig Pfund hochstemmen – und das zehnmal hintereinander, ohne Luft zu holen. Ich bin an drei aufeinanderfolgenden Jahren nationaler Meister im Boxen um den Goldenen Handschuh geworden. Ich spreche vier Sprachen fließend und komme in weiteren fünf Sprachen zu einem Abendessen.«

»Jesus . . .« stöhnte Cyrus Kinnick.

» . . . Unterbrechen Sie mich nicht, ich bin noch nicht zu Ende. Es gibt noch mehr!«

»Noch mehr?«

»Ja: Ich bin ein großer Lügner.«

Vom anderen Ende der Leitung ertönte ein überraschender Laut – wie das Kichern eines Kindes. »Waren das alles Lügen, die Sie mir da aufgetischt haben?«

»Nicht alles.«

»Was war gelogen?«

»Die NEW YORK TIMES kostet mich zehn Minuten.«

»Lügen Sie schon wieder?«

»Immer.«

»Ich bin im Bilde, Mr. Escalante. Kommen Sie heute abend um neun vorbei. Vielleicht sind Ihre Späße doch nicht so verkehrt, und vielleicht bin ich tatsächlich zu schwerfällig.«

»Neun Uhr, Mr. Kinnick«, sprach Escalante, legte auf und schaute gedankenverloren auf die Wand. Normalerweise beantwortete er überhaupt keine Fragen zu seiner Qualifikation, aber Kinnick hatte ihn neugierig gemacht, und so hatte er vom Leder gezogen. Lügner machten ihn oft neugierig, jedenfalls zu Anfang. Im Lauf der Jahre hatte Escalante viele Kunden gehabt, aber nur einer war aus Boston gekommen. Und der war schon seit einer Weile tot.

Er durchflog den Rest seiner spleenigen Post. Der letzte Brief brach ihm fast das Herz. Er war mit Bleistift geschrieben von offensichtlich zittriger Hand und enthielt keine Grußformel:

> *Ich bin 62 und habe eine Frage: Bin ich zu alt für einen großen Abenteurer, wie Sie es sind? Ich habe nie geraucht noch getrunken, und mein Gewicht hat sich bis heute nicht geändert.*
>
> *Meine Frau ist kürzlich gestorben, und da habe ich mir gedacht, ich muß die Chance nutzen. Die Frage ist nur: Hab' ich eine Chance?*
>
> *Ist es zu spät für mich, es als Mann der Tat zu schaffen – jetzt, in meinem Alter?*

»Für uns alle ist es zu spät«, sagte Nick Escalante und stand entschlossen auf. Seine innere Uhr meldete ihm, daß er sich nun schon fast eine halbe Stunde in seinem Büro aufhielt, und das war mehr als genug. Länger zu bleiben, war schlecht für den Organismus, um nicht zu sagen gesundheitsgefährdend.

Es hatte ihn nicht gerade Jahre gekostet, um herauszufinden, daß es fast unmöglich war, in Las Vegas ein gutes Essen zu ergattern. Aber wie die meisten alten Hasen (Himmel, war er das wirklich schon? Wahrhaftig – es ließ sich nicht wegdiskutieren, daß inzwischen fünftausendmal die Sonne aufgegangen war) entdeckte er bald, daß das Frühstück die beste Mahlzeit war, weil daran am wenigsten falsch gemacht werden konnte. Und das beste Frühstück dieser Stadt gab es im Silver Spoon Casino Hotel ganz in der Nähe seines Büros. Um genau zu sein: Das beste Frühstück gab es an Tisch Nr. 75. An seinem Tisch, der ständig für ihn reserviert war.

Die Kellnerin hieß Roxy, und sie gehörte zum Inventar seit der Eröffnung des Hotels vor mehr als zwanzig Jahren. Über Tisch Nr. 75 war sie bestens im Bilde. Escalante hatte ihr einmal einen

Dienst erwiesen, und als Gegenleistung erhielt er den Tisch. Jeden Tag um 11 Uhr 30.

Mit den Gesichtern, die einem in Las Vegas begegneten, war es ähnlich wie beim Studium der Nahrungsquellen – nach ein paar Jahren hatte man's heraus: Mit der Zeit begann jeder so auszusehen wie ein Film- oder Fernseh-Star. Roxy beispielsweise schien ihm – entsprechend ihrer Generationszugehörigkeit – wahlweise Thelma Ritter oder Rhea Perlman, jene wundervoll lustige, brünette Kellnerin aus ›Cheers‹, zu verkörpern.

Was den Tisch Nr. 75 gegenüber allen anderen auszeichnete, war eigentlich eine architektonische Panne. Die Decke der Silver-Spoon-Cafeteria war gekrümmt, und das führte zu seltsamen akustischen Verhältnissen. Wer am Tisch Nr. 75 saß, wurde von keinem der angrenzenden Tische gehört. Umgekehrt kam ihm alles, was zwei Tische weiter – an Nr. 78 – passierte, zu Ohren. Sogar das leiseste Flüstern von Nr. 78 schallte fröhlich zu Nr. 75 hinüber.

Tisch Nr. 75 war Escalantes Lieblingsplatz in dieser Stadt – sein inoffizielles Büro, das er von 11 Uhr 30 bis 14 Uhr benutzte und dann wieder zum Nachmittagskaffee ab 16 Uhr bis irgendwann. Jeder, der ihn aufsuchen wollte, wußte, daß er hier zu finden war.

Als er eintrat, winkte ihn Roxy nachdrücklich heran: »Nikki, gerade haben Sie das Bibel-Gesicht verpaßt«, sagte sie, griff eine Speisekarte und steuerte auf Tisch Nr. 75 zu. »Zwanzig Minuten lang hat er an Nr. 78 gesessen.«

»Bibel-Gesicht« war Roxys Bezeichnung für den Assistenten des Managers. Eine sehr treffende Bezeichnung für einen Mann, der aussah wie ein blonder Engel – ein Typ Ricky Schroder mit dreißig –, regelmäßiger Kirchgänger war und wahrscheinlich ein ebensolcher Draufgänger wie die meisten in dieser Stadt. Er hatte seinen Posten in der Nähe des Empfangs, und wann immer sich eine gutaussehende alleinstehende Frau anmeldete, achtete Bibel-Gesicht darauf, daß ihr Zimmer Nr. 899 zugewiesen wurde. Es war das schäbigste Zimmer des ganzen Hotels. Darüberhinaus hatte Bibel-Gesicht den befreundeten Portier bestochen, das Badezimmer in einen permanenten Zustand von Anfälligkeit zu versetzen. Die Absaugpumpe schaltete sich entweder nicht ein oder nicht mehr aus, und die Toilettenspülung funktionierte nur selten. Auf diese Weise erhielt Bibel-Gesicht schon nach wenigen Minuten den erwarteten Notruf aus Zimmer 899. Dann ging er selbst hinauf, zeigte sich bestürzt und begleitete sein schönes Opfer zu einem riesigen Einzelzimmer mit Spiegeldecke und runder Badewanne. Er bat nachdrücklich darum, angerufen zu werden, wenn irgend etwas nicht in Ordnung sein sollte, und händigte seine Karte aus. Sein Händedruck beim Verabschieden war der eines Mannes, auf den man immer zählen konnte, wenn man einsam war.

Während Escalante an Tisch Nr. 75 saß und sich umschaute, sah er Bibel-Gesicht zwei Tische weiter mit einer auffallend gutgekleideten Frau von etwa vierzig. Sie war ziemlich hübsch. ». . . In dieser Stadt kann man niemandem trauen, Marie . . .«, flüsterte Bibel-Gesicht soeben.

»Welches Spiel hat er heute drauf?« fragte Roxy.

»Die ›nicht vertrauenswürdige Stadt‹«, teilte ihr Escalante mit.

»Sie ist fertig, aber hinlegen wird sie sich nicht.«

»Und ob sie das wird! Sie weiß nur noch nicht, wie bald das passieren wird.«

Roxy nickte zustimmend und ging, um ihm seine erste Tasse Kaffee zu holen.

». . . Auch ich habe meinen Beitrag zur Unwahrheit geleistet . . .«, sprach Bibel-Gesicht gerade. » . . . Als ich neu in Las Vegas war, dachte ich, das wäre der Weg zum schnellen Erfolg. Alle anderen machten es jedenfalls so . . .«

». . . Sie haben so ein ehrliches Gesicht, Milton . . .«

». . . Darum war ich auch so gut im Lügen, Marie, und ich würde es immer noch tun, wenn ich nicht in mich gegangen wäre . . .«

». . . Sie sprechen von Ihrem Gewissen . . .?«

». . . Sie begreifen wirklich schnell. Ach ja . . .«

Escalante saß an seinem Tisch und bemühte sich, die Anstrengungen an Tisch 78 zu ignorieren. Wenn er sich recht erinnerte, mußte jetzt die Sache mit dem »außergewöhnlichen Menschen« kommen.

». . . Ich habe sehr jung geheiratet, Marie . . . Ich trage keinen Ring, und Sie hätten nichts davon erfahren, aber ich *will*, daß Sie es wissen . . . Es ist eine furchtbare Ehe, einfach zerrüttet . . .«

». . . Sie meinen ohne Freude . . .?« fragte Marie.

». . . O mein Gott, wie schnell Sie auch das begriffen haben . . .«, sagte Bibel-Gesicht mit einem traurigen Blick zur Tischkante. »Ich kann sie nicht verlassen, wegen der Kinder . . . und meistens macht es mir auch nicht viel aus, aber manchmal . . . jetzt zum Beispiel hat sich das Schicksal einer nicht funktionierenden Toilette bedient, um mich mit einem außergewöhnlichen Menschen wie Ihnen bekanntzumachen. Ihre Einfühlungsgabe hat mir erst richtig gezeigt, was mein Leben hätte sein können . . . Sie reisen heute ab, zurück zu Ihrer Reise-Agentur, zurück zu Ihrem aufregenden, abwechslungsreichen Beruf . . . Und ich bleibe hier mit einer Frau, die unsere geliebten Kinder verabscheut und . . .«

Roxy kam gerade mit dem Kaffee. Escalante legte den Zeigefinger auf die Lippen, damit sie sich still verhielt. Sie setzte sich zu ihm.

Bibel-Gesicht sah der schönen Frau jetzt tief in die Augen und ergriff ihre Hände. »Ich kann mir den Schlüssel zu einer Tausend-Dollar-Suite beschaffen, Marie . . . mit Blick über ganz Las Vegas . . . Sie sind frei – für immer, aber ich bin nur frei bis 1 Uhr . . . Liebste, gib mir etwas, was für mich eine Erinnerung fürs Leben sein wird . . .«

Es gab eine lange Pause, dann nickte sie. Bibel-Gesicht erhob sich und schaute zu Roxy hinüber. »Was hab' ich zu zahlen, Roxy?«

»Schon erledigt, Milt.«

Eng umschlungen verließen die Gäste von Tisch 78 die Cafeteria.

»Er sieht gar nicht so gut aus, ich versteh's nicht«, meinte Roxy und schickte sich an, zu ihrem Posten an der Tür zurückzugehen. »Wahrhaftig, ich versteh's nicht.«

»Er wünscht es sich eben sehr heftig«, sagte Escalante.

Roxy zuckte die Achseln und ging.

Escalante schlürfte seinen schwarzen Kaffee und überlegte, wohin er reisen sollte. Da war zum Beispiel ein Gletscher in Neuseeland, auf dem man fast dreißig Kilometer weit Ski laufen konnte. Dreißig Kilometer ohne Unterbrechung – unfaßbar . . . Nein, das war doch nicht das Richtige. Berge hatte er heute schon gehabt, den Himalaja – und außerdem war es draußen zu frostig. Aber diese Insel in den Kanaren – Lanzarote –, ungefähr hundert Kilometer vor der afrikanischen Küste, das war etwas Besonderes. Lanzarote, das war's. Nicht so sehr wegen der Vulkanlandschaft dort, vielmehr wegen der breiten, langen Strände mit schwarzem Sand. Er war noch nie über schwarzen Sand gelaufen.

Da er alles las, was ihm übers Reisen in die Hände kam, wußte er, daß auf der Insel viele Hotels gebaut worden waren, die sein Lanzarote verschandelten. Das hatte ihn abgeschreckt, denn er hatte sich mit diesem Ort beschäftigt, lange bevor der Gedanke an ein Luxushotel aufgekommen war. Inzwischen hatte er mit den schlechten Neuigkeiten umgehen gelernt und sagte sich, daß man sich von Touristenschwärmen nicht einschüchtern lassen dürfe. Man konnte die Massen auch überlisten, und der einfachste Weg, den schwarzen Strand ganz für sich allein zu haben, war, dort zu schlafen – dicht am blaßblauen Wasser, das auf den dunklen Sand brandete.

Während er in seine Kaffeetasse schaute, ging ihm eine Parallele zu Bibel-Gesicht durch den Kopf. Was für den der Sex war, war für ihn die ständige Bewegung – nie mehr als einmal auf demselben Kissen schlafen. Wenn Escalante einen Gott anbetete, dann den der Bewegung.

Es gab nichts, was er nicht sehen wollte. Er kannte den besten Weg zu den verlassenen Inka-Siedlungen. Der Aufstieg dorthin ging durch Wolkenschichten und war ihm durch eingehende Lektüre vertraut. Auch über New York wußte er Bescheid. Er kannte die Anordnung der Kunstwerke in der Hauptgalerie der Sammlung Frick, er wußte, wo die Turners hingen, die Rembrandts und die Corots. Selbst die Öffnungszeiten hatte er im Kopf: Dienstag bis Samstag von 10 bis 18 Uhr, sonntags von 13 bis 18, montags geschlossen. Eintrittspreis für dieses berühmteste der kleineren Museen: genau 1 Dollar. Außer der Sammlung Frick konnte er mit weiteren Besonderheiten in New York aufwarten. Man konnte zum Beispiel zum Papaya Place im Osten der 86. Straße wandern, um dort den besten Hot dog der Stadt zu essen, der auch noch billig war. Solche Entdeckungen – das war für ihn Reisen und nicht eine organisierte Bootsfahrt durchs Burgund.

Zwanzigtausend Dollar – das war's, was er brauchte. Pro

Jahr. Und ein Jahr reichte nicht aus, weil man dann gerade erst in Schwung gekommen war und kaum anfing, diese fünftausend Tage zu vergessen, die man schon hinter sich hatte.

Keine Frage, er brauchte hunderttausend Dollar. Exakt diese Summe für fünf Jahre Freiheit. Bei nüchterner Betrachtung seiner gesamten Habe machte sein Vermögen derzeit ungefähr dreihundert Dollar aus. Der November war ein schlechter Monat gewesen, und die erste Dezemberwoche hatte auch nicht viel Besserung gebracht. Aber das Glück war bekanntlich wechselhaft. Jedermanns Glück, auch seins. Und er war jetzt dran. Er würde seine hunderttausend bekommen. Bar auf die Hand – ohne Frage. Das Dumme am Glück war nur, daß es sich nirgends lange aufhielt. Man mußte es rasch beim Schopf packen. Die Gelegenheit würde kommen – wahrscheinlich schon bald – und dann mußte er zugreifen. Darauf mußte er gefaßt sein, und – bei Gott – er war bereit. Es würde glücken, das wußte er.

Was er nicht bemerkte, während er sinnierend im Silver Spoon saß, war, wie Osgood Percy sich durch die Eingangstür schob – was er nicht wissen konnte, war, daß er diese hunderttausend in weniger als fünfzehn Stunden in Händen halten würde.

»Es hat geklappt. Verdammt, es hat wirklich geklappt!« rief Osgood Percy, indem er sich gegenüber von Escalante niederließ und mit der Hand über seinen blanken Schädel fuhr, wo einst die Perücke gesessen hatte.

Escalante starrte ihn an. »Wie konnten Sie so ein Mistkerl sein, Oz? Wie konnten Sie es wagen, so mit mir zu sprechen?«

»Wie?«

»Sie haben gesagt, ich wäre ein Feigling und hätte Mundgeruch – das ist keine Beleidigung mehr, das ist Overkill!«

»Das ist mir nur so rausgerutscht im Eifer des Gefechts. Wo wir gerade von Mistkerlen sprechen: Warum haben Sie mir nicht vorher gesagt, daß Ihr Mund so schrecklich bluten würde? Ich hatte schon Angst, ich hätte alles kurz und klein geschlagen.«

»Ich wollte Sie nur in Fahrt bringen.«

Osgood Percy zog seine Brieftasche. »Taufrisch von der Bank.« Er zählte fünf Hundert-Dollar-Scheine ab und legte sie auf die Tischkante.

Escalante schaute auf das Geld. »Der Betrag stimmt nicht.«

Osgood Percy brauchte einen Moment, bevor er antwortete. »Ich bin kein Betrüger.«

»Hat auch niemand gesagt.«

»Ich bin kein Betrüger, und ich bin gut mit Zahlen. Also, das ist der angemessene Betrag, und ich werde es Ihnen beweisen. Es fing damit an, daß ich vor zwei Tagen zu Ihnen kam und Sie fragte: ›Wären Sie damit einverstanden, von mir windelweich geprügelt zu werden?‹ Sie waren etwas erstaunt, fragten wieso, und ich erklärte Ihnen, daß ich eine Freundin habe, der nicht so schrecklich viel daran liegt, mit mir nach Atlantic City zu gehen, weil – wie ich im tiefsten Innern befürchtete – sie mich für einen Schwächling hält. Und wenn sie mich sehen könnte als ganzen Mann, der einen großen Kerl verhaut, würde sie feststellen, was in mir steckt und ihre Meinung ändern. Ist das bis dahin korrekt?«

Escalante nickte.

»Sie waren einverstanden, stellten fest, so etwas noch nie gemacht zu haben, und meinten, das brächte ein wenig Abwechslung. Sie bestimmten den Schauplatz, meine halbstündige Verspätung und alles übrige. Und wir besprachen die Kosten: hundertfünfzig Dollar für Ihren Zeitaufwand und Ihre Beschwerden. Noch einmal hundertfünfzig, wenn sie mitkäme nach Atlantic City. Macht dreihundert. Über einen Bonus haben wir folgendes vereinbart: Wenn sie nur aus Langeweile mitkäme oder weil ich sie so unter Druck gesetzt habe, würde es bei den dreihundert bleiben. Aber für den Fall, daß das einträfe, was im Grunde immer meine Überzeugung war, daß nämlich diese Schlägerei sie endlich dazu bringt, mich richtig zu sehen – dann sollte ein Bonus von zweihundert Dollar herausspringen. Macht summa summarum fünfhundert.«

»Und – ist es so gekommen?«

»Aber ja, genau wie ich gesagt habe. Ich hab' sie nach dem Grund gefragt – nachdem sie gesagt hat, daß sie mitkommen würde. Sie war wohl selbst überrascht, aber dann hat sie's zugegeben: Sie liebt mich, verdammt noch mal!«

Escalante blickte auf die Scheine und dachte an die lebhafte Frau mit dem engen, weißen Pullover. An die Art, wie sie zu ihm aufgesehen und »Manilow« gehaucht hatte. Und daran, daß sie viel zuviel gesprochen und ihm mehr als notwendig erzählt hatte. »Ich nehm' die dreihundert«, sagte Nick Escalante.

Sein Frühstück sah immer so aus wie im Film »Five Easy Pieces«. Er begann vorzugsweise mit einem frischen Grapefruitsaft. Den gab es natürlich in allen Hotels von Las Vegas, aber andernorts verstand man unter »frisch« lediglich »eiskalt«. Seine Gewohnheit bestand hingegen schon seit Jahren darin, mit einer aufgeschnittenen Grapefruit und einem großen Glas Eiswürfeln zu beginnen. Mit der Zeit war er ziemlich geschickt geworden, die Fruchthälften über dem Glas auszupressen, ohne etwas zu verschütten. Es war ein etwas kostspieliges Verfahren und verlangte auch ausdauerndes Rühren, bis der Saft kalt genug war – aber das Ergebnis war jedesmal ein Triumph. Und Triumphe – wenn auch noch so kleine – mußte man sich bescheren, wo immer man konnte.

Escalante rührte gerade seinen Saft um und nippte an seiner zweiten Tasse Kaffee, als der Anruf kam. Roxy winkte ihm von der Kasse aus mit dem Telefonhörer zu. Er nickte, erhob sich und ging hinüber. »Es ist eine Miß Helen Hollister«, sagte sie.

Escalante schaute sie einen Augenblick an, griff dann den Hörer. »Miß Hollister?«

Eine sehr beherrschte Stimme. »Richtig. Ich bin hier in der Wohnung einer Freundin, die auf Urlaub ist. Chestnut Street, Nr. 1108. Das ist in der Innenstadt, auf der Höhe vom Fremont. Ich hatte gehofft, Sie könnten vorbeikommen – in allernächster Zeit. Wenn so etwas möglich ist . . .«

»So etwas ist nur möglich, wenn Sie mir eine Frage beantworten.«

»Sprechen Sie.«

»Was soll dieser Quatsch mit ›Miß Hollister‹, Holly?«

»Weil ich . . .«

Er hörte, wie sie Luft holte. Die Selbstbeherrschung schien nachzulassen. Sie hatte offenbar Schmerzen. Escalante kannte sich da aus.

». . . weil es wichtig ist für mich, daß du rein . . . rein geschäftlich reagierst . . . Ich brauche dich, Nikki, kannst du kommen?«

»In allernächster Zukunft.«

»Hattest du schon deinen Grapefruitsaft? Wenn nicht, laß ihn nicht umkommen.«

Escalante legte kopfschüttelnd auf. Er kannte sie, seit sie vierzehn war, und schon damals hatte sie andere bemuttert.

Es war Viertel vor eins, als er seinen gemieteten Ford vor der Nummer 1108 Chestnut Street parkte. Alles, was Escalante benutzte, war gemietet – seine Wohnung, sein Büro, sein Auto. In der Nähe der Mojave Road, draußen vor der Stadt, hatte er sogar einen Lagerraum gemietet, einen durchgehend geöffneten Platz, wo er wegschließen konnte, was immer er wollte. Meistens handelte es sich dabei um Überbleibsel von Reisen, Bücher und Zeitschriften, die er über Jahre hinweg gesammelt hatte. Wenn er erst seine Hunderttausend haben würde, wenn er erst seine Hände an diesem netten Batzen Bargeld wärmen könnte – dann würde er sich binnen einer Stunde davonmachen. Seine Abreise war bis ins Kleinste geplant – seit Jahren.

Er betätigte die Klingel von Nummer 1108, vernahm ein »Es ist offen« und trat ein. Ein kleines Haus mit zwei Schlafzimmern. Es war dunkel. Hinter einer der beiden Türen ertönte ihre Stimme: »Ich hab' Kaffee für dich in der Küche.« Er fand den Kaffee, füllte eine Tasse und ging ins Wohnzimmer.

»Okay?« Ihre Stimme kam aus dem Schlafzimmer.

»Schmeckt gut.«

»Kann man auch erwarten. Immerhin hundertprozentiger Kolumbia-Kaffee.«

»Holly, wenn du dich verstecken willst, hätten wir ebensogut miteinander telefonieren können.«

»Ich kann mir nicht vorstellen, daß mein Anblick dir Freude macht.«

»Ach, Blödsinn, bin ich etwa in einem Film mit Joan Crawford?«

Eine lange Pause. Dann öffnete sich die Tür, und sie trat langsam ein. Trotz der dämmrigen Beleuchtung im Zimmer sah er gleich die halb geschlossenen Augen, den geschwollenen Mund, die gebrochene Nase. Ihre Bewegungen waren unkoordiniert. Sie trug eine Art Morgenrock, und darunter war vermutlich noch mehr beschädigt.

Er brauchte dringend einen Schluck Kaffee.

»Hallo, Mex«, sagte Holly.

Er nickte ihr zu.

»Ich hab' nach dir gerufen in der Unfallstation – jedenfalls sagte das einer der Ärzte. Vermutlich hab' ich immer wieder ›Mex‹ gesagt, und sie haben geglaubt, du wärst derjenige, der . . .«

Sie machte eine Pause, in der er sie beobachtete. Von allen Mädchen war sie immer die Zäheste gewesen. Das Glückskind, die Optimistin, die niemals zugelassen hätte, daß es eine Nacht ohne Licht gab. Aber jetzt, dachte er, jetzt konnte sie nicht mehr. Jetzt mußte sie klein beigeben.

» . . . der mir dieses Veilchen verpaßt hat . . .«, beendete sie ihren Satz.

Sie war immer noch zäh, riß selbst jetzt noch Witze. Als er sie kennengelernt hatte, war sie gerade im Kino gewesen, und als er sie nach dem Inhalt des Films fragte, erklärte sie, er handle von einem netten Mädchen und einem ekligen Mann, der es verstünde, mit ihr umzugehen. »Und das heißt?« hatte Escalante gefragt. »Das heißt«, war die Antwort der Vierzehnjährigen gewesen, »das heißt, daß er ihr Veilchen schenkt – und zwar direkt aufs Auge.«

»Ist das letzte Nacht passiert?«

»Ich erzähl's dir der Reihe nach.«

»Schieß los.«

Sie gingen zum Sofa und nahmen in den Ecken Platz. Er nippte am Kaffee, während sie versuchte, eine einigermaßen bequeme Position zu finden. Nach einer Weile stellte sie ihre vergeblichen Bemühungen ein. »Ich hatte eine Verabredung gestern. Mit einem netten Typen. Wir verbrachten einen angenehmen Abend, nicht mit irgendwelchen Shows, sondern mit einem guten Essen an einem guten Tisch bei Caesar's. Wir haben dann ein wenig gespielt und noch eine Reihe anderer Lokale aufgesucht, bis er müde wurde. Hab' ich schon gesagt, daß er nicht mehr der Jüngste war?«

Escalante schüttelte den Kopf.

»Also, du konntest zugucken, wie er abbaute. Er versuchte die blödsinnigsten Wetten, hatte eine Menge getrunken, und als er reichlich verloren hatte, schlug ich vor, aufzubrechen. Ich nehme an, er wollte mir den Lebemann vorspielen, aber er war sichtlich erleichtert, als ich mit meinem Vorschlag kam. Ich ging mit nach oben auf sein Zimmer zu einem letzten Drink und so und war bald wieder unten in der Halle, wo ich auf den Fahrstuhl wartete. Die Kabine kam, und darin standen einige Leute. Drei, das heißt eigentlich nur einer.«

»Und was weiter?«

»Der eine war der Boß, das war klar zu sehen. Die beiden langen Kerle waren Helfer, und der Boß – kräftig gebaut, Typ Stallone – hielt sich für den Größten. Er litt ganz offensichtlich nicht an Minderwertigkeitskomplexen und sprach: ›Kommen Sie mit auf die Party.‹ Ich lehnte dankend ab, und er sagte: ›He, ich bin zu schön für einen Korb‹ – und damit zog er mich in den Fahrstuhl. Er lächelte wie eben Italiener lächeln, und ich dachte mir ›Ruhig Blut, mach' keine Szene‹. Sie schienen nicht betrunken oder irgend etwas in der Art zu sein, und ich war nicht zum ersten Mal in einer solchen Situation.« Sie machte eine Pause und schaute auf ihre Hände. »Ich glaube, etwas Kaffee würde mir guttun«, sagte sie und versuchte aufzustehen.

»Ich muß ohnehin nachfüllen«, sagte Escalante, ging in die Küche, kam mit zwei Tassen wieder und reichte ihr eine davon. Sie nahm sie, nickte und blieb eine Weile still. Dann fragte sie: »Wo war ich stehengeblieben?«

»Du warst nicht zum ersten Mal in einer solchen Situation«, sagte Escalante und erntete ein Lächeln.

»Der Fahrstuhl fuhr nach oben. Ich kümmerte mich nicht darum, in welches Stockwerk, ich war mit anderen Fragen beschäftigt. Zum Beispiel, wie ich bei nächster Gelegenheit verschwinden könnte. Dann waren wir in der Suite von diesem Stallone, nur wir vier, und ich fragte: ›Wo ist die Party?‹ Er sagte: ›Du bist die Party‹, und das gefiel mir gar nicht. Dann wollte er wissen, ob mir Champagner zusagen würde. Ich erklärte, ich wollte keinen Alkohol, und er meinte: ›Na, hör mal, das ist Dom Pérignon.‹ Er sagte es auf eine Weise, als müßte ich vor Ehrfurcht in Ohnmacht fallen oder so etwas in der Richtung. Das Dumme war nur, daß dieser Blödmann das aussprach wie ›Dome Pir-igg-non‹, und ich wär' am liebsten vor Lachen geplatzt. Aber – wie ich schon sagte – ich kenne ähnliche Situationen, und so antwortete ich ungefähr: ›Wauh – ein Leben lang hab' ich gewartet auf ein Schlückchen von dem guten, alten Dome Pir-igg-non . . .‹ Ich *mußte* das einfach so aussprechen, verstehst du? Er schnippte mit den Fingern, und einer von den beiden langen blonden Burschen hastete zum Kühlschrank, nahm eine Flasche heraus, und während er sie öffnete, entschuldigte sich dieser Stallone und verschwand im Schlafzimmer. Ich war nun im Wohnraum allein mit den beiden großen Hübschen. Natürlich keine Rede davon, mich unauffällig verdrücken zu können, also stehe ich am Fenster, schaue interessiert auf die Straße und denke über den günstigsten Abgang nach. Ich beschließe, bei der ersten sich bietenden Gelegenheit irgendeine rührselige Geschichte zu erzählen, denn ich weiß – ich kann es förmlich riechen –, daß Stallone in spätestens einer halben Stunde einen Annäherungsversuch machen wird – und er ist nicht der Typ, der gerne eine Abfuhr bekommt.

Kaum denk' ich darüber nach, hör' ich seine Stimme. ›Ich habe es mir ein bißchen bequem gemacht.‹ Ich dreh' mich um und denke: ›Holly, das dauert kein halbes Stündchen mehr.‹ Er hat bereits seine Kleidung abgelegt, trägt nur noch Socken und einen Schlafrock, aber der ist nicht gebunden. Er steht vorne offen, und in diesem Aufzug teilt Stallone den beiden Jungs mit, daß im Fernsehen gerade ihre Lieblingssendung läuft. Die zwei stürzen ins Schlafzimmer, und er schenkt Champagner in diverse Gläser aus. Dann schlendert er herüber zu mir. ›Na du, du ganz besondere kleine Nutte.‹ Und ich sage ›Bin ich immer mit Dome Pir-igg-non.‹ ›Nein‹, sagt er, ›das ist es nicht. Was dich so besonders macht, ist, daß du heute nacht die einzige Braut auf der Welt bist, die ihn anfassen darf.‹ Ich tue so, als ob ich ihn nicht verstehe, schlage die Augen nieder und frage: ›Anfassen? Was?‹ Er lächelt nur, sieht an sich herunter und spricht: ›Den Neid der Männerwelt.‹ Und da bekomme ich zum ersten Mal wirklich Angst, denn ein Typ, der seinem Schwanz einen Namen gibt, hat nicht mehr alle Tassen im Schrank.« Nach dieser Feststellung blieb sie eine Weile schweigend sitzen. Escalante wartete.

»Ich versuchte, ihn abzukühlen, aber da war nichts zu machen. Ich glaube, du möchtest nicht mehr hören.«

»Ich hab' nicht einmal soviel hören wollen.«

Holly nickte. »Von da an kann ich mich sowieso nicht mehr genau erinnern.«

Escalante nickte auch und wunderte sich, warum sie plötzlich anfing zu lügen.

»Ich nehme an, er tat, was er nicht lassen konnte. Dann trieben es die beiden anderen auf mir, kippten mich danach auf die Dienstbotentreppe, und das alles endete in der Unfallstation – blablabla.«

Escalante nickte noch einmal und wartete. Sie zog schließlich einen Geldschein aus einer Tasche ihres Morgenrocks. »Kostest du nicht fünfzig Dollar pro Stunde?«

»Ausgerechnet heute hab' ich die Preise gesenkt. Wofür willst du mich eigentlich bezahlen?«

»Ich will diesen Hurensohn verklagen, Nikki.«

Wieder eine Lüge. »In diesem Fall mußt du einen Anwalt beauftragen, Holly. Und ich bin kein Anwalt, tatsächlich würde ich in diesem Beruf eine jämmerliche Figur machen.«

»Ich kenne seinen Namen nicht, ich habe überhaupt keine Information über ihn – ich weiß weder, wie er heißt, noch in welchem Zimmer er steckte, noch wo er herkommt oder was für eine Verdauung er hat.«

»In diesem Fall mußt du einen Detektiv mieten, Holly. Ich bin kein Detektiv, tatsächlich würde ich mich auch in diesem Beruf schlecht machen.«

»Ich kenne – verdammt noch mal! – keinen Detektiv. Ich kenne dich, und du kennst alle übrigen.«

»Ich kann dir die Namen von einigen zuverlässigen Personen geben.«

»Warum behandelst du mich so, Nikki? Wieso hilfst du mir nicht?«

»Ich versuch's ja, und dabei fällt mir ein, daß es so etwas wie Logik gibt. Und diese Logik sagt mir, daß die drei Gentlemen, die du getroffen hast, sicher keine Vorstandsmitglieder von IBM oder von der Chase Manhattan Bank waren. In welchem Hotel warst du überhaupt?«

»Im Croesus.«

»Es wird schon besser.«

»'ne Menge Leute steigen da ab.«

»Das ist wahr. Und ebenso wahr ist folgendes: Jeder

Oberschüler in Amerika weiß, daß es in diesem Land so etwas wie organisiertes Verbrechen nicht gibt. Und jeder Grundschüler weiß, daß – wann immer organisiertes Verbrechen auch nur im Traum wagen würde eine Zehenspitze in unser großartiges Land zu stecken – dann der letzte Platz für diesen Versuch hier in unserem wundervollen Märchenland Las Vegas wäre. Und in jedem Kindergarten weiß man, daß – wenn organisiertes Verbrechen hier doch Fuß fassen würde – das Croesus-Hotel der letzte Platz wäre, der davon befallen würde . . . Verdammt, Holly, sogar die Revuegirls in diesem feinen Hotel können mühelos ein Telefonbuch auseinanderreißen!«

»Na also, du wirst mir helfen. Ich weiß doch, wenn du so stürmisch wirst, dann bedeutet das, daß du einverstanden bist.«

Er sprang auf, trug die Kaffeetasse in die Küche und kam zurück. Sie saß da wie zuvor.

»Ich bin mit allem einverstanden, was du für mich tun willst, Nikki.«

»Ich hab' die Nase voll von dir.«

»Ich weiß.«

Er setzte sich neben sie. »Ich gehe jetzt, aber ich will eins klarstellen, Holly. Als ich in diese Stadt kam und du noch das kleine, pickelige Mädchen von gegenüber warst . . .«

»Geh zum Teufel, ich hatte immer eine tolle Haut . . .«

». . . in diesem ersten Jahr hat die ehrenwerte Gesellschaft versucht, mich zu kaufen – Baby höchstpersönlich. Er leitete damals nicht die Geschäfte, aber wir sprachen miteinander, und ich sagte: ›Nein, wenn schon Blut fließen muß, dann aus Gründen, die ich bestimme, und nicht irgendein anderer.‹ Baby akzeptierte das, und seither habe ich mich von ihnen ferngehalten und sie sich von mir. Ich weiß nichts über die ehrenwerte Gesellschaft, Holly, und – mein Ehrenwort! – ich habe nicht die geringste Ahnung, wer das Hotel Croesus managt. Ich habe keinen einzigen Kontakt dorthin, das schwöre ich.«

»Ich weiß immer, wann du lügst – und das ist jetzt der Fall!«

Er log wirklich. Offensichtlich konnten sie sich beide gegenseitig lesen, und wahrscheinlich hatte es aus diesem traurigen Grund nie mit ihnen geklappt.

»Stell fest, wer er ist, damit ich ihn verklagen und dafür sorgen kann, daß er hinter Gitter kommt. Ich bleibe hier und warte auf deinen Anruf.«

»Warte nicht. Ich werde nicht anrufen.«

»Mein Mex – der schafft alles«, sagte Holly.

Die Überzeugung, mit der sie sprach, machte ihn wütend, und er flüchtete nach draußen in den Nachmittag. Er stieg in sein Auto, schoß davon, trat wenige Häuserblocks weiter beim Anblick der ersten Telefonzelle auf die Bremsen und stieg aus. Er wählte die Nummer des Hotels Croesus, fragte nach der Hausdame und beschloß, einen falschen Namen anzugeben.

»Geben Sie mir Millicent. Sagen Sie, Godfrey möchte sie sprechen.« Millicent wog ungefähr drei Zentner, was sich auf eine Größe von etwa 1,62 Meter verteilte und einem gewissen Wilt Chamberlain sehr gefiel. Überhaupt waren die Männer immer hinter ihr her gewesen, und da sich daran nichts geändert hatte, verfügte Millicent über ein sonniges Gemüt. Vor wenigen Jahren hatte sie schlechte Zeiten durchmachen müssen, und damals hatte Escalante dazu beigetragen, ihre Lage zu erleichtern.

»Was für ein Godfrey?« fragte Millicent, als sie an den Apparat kam.

»Ich.«

Sie senkte die Stimme. »Man sieht es nicht gerne, wenn wir privat angerufen werden.«

»Ich werd' es kurz machen: Versuche, etwas über einen Burschen herauszufinden, der aussieht wie Stallone und eine Suite bewohnt, vermutlich in den oberen Etagen. Er reist mit zwei sehr langen blonden Gentlemen – Leibwächter.«

Nach einer Pause fragte sie: »Wohnst du immer noch im Viertel der Nackten und Nutten?«

»Immer noch.«

»Kennst du das Lokal von diesem Nigger McDonald's?«

»Klar – da gibt's doch die beste Bouillabaisse der Stadt.«

»Wie bitte?«

»Ach, nichts weiter. Ja, ich weiß, wo der Nigger McDonald's ist.«

»Okay. Ich mach' um vier Schluß. Sei um Viertel nach vier dort. Wenn ich nicht da bin, dann hab' ich nichts erfahren können. Wenn ich da bin, werden wir reden.«

»Da wäre noch etwas . . .« sagte Escalante.

»Beeil dich.«

»Woran werde ich Sie erkennen?«

Ihr Gelächter klang noch in seinem Ohr, als er auflegte und nun Pinky anwählte. Pinky hatte das Büro neben ihm und einen Zweitschlüssel von seinem Zimmer. Wenn er selbst verhindert war, konnte Pinky nachschauen, ob der Anrufbeantworter wichtige Nachrichten aufgezeichnet hatte.

»Lima nach Rio«, meldete sich Pinky. Das war ein Spiel zwischen ihnen beiden. Wann immer Pinky die Flugverbindung zwischen zwei nach seiner Meinung komischen Städten entdeckte, platzte er damit heraus in der Hoffnung, den Mex bei einer Wissenslücke zu ertappen – was ihm allerdings nie gelang.

»Vier Stunden fünfzig Minuten«, sagte Escalante.

»Mist«, antwortete Pinky. Dann kam er zur Sache. »Da sind zwei Nachrichten. Beide klingen ziemlich verrückt. Die erste ist von einem gewissen Kinnick, der sich vergewissern möchte, ob du bewaffnet bist.« Er hielt einen Augenblick inne. »Heißt das etwa: ein Schießeisen, Nikki? Hast du überhaupt eins?«

»Was für eine beleidigende Frage für einen Mann meines Berufs – Du hast verdammt recht: Natürlich besitze ich ein Schießeisen.«

Tatsächlich hatte Escalante eine Magnum mit Holzgriff und metallenem Lauf von der Farbe eines tödlichen Grau. Vor Jahren hatte ihm ein Klient diese Waffe besorgt – in einem Anfall außergewöhnlicher Dankbarkeit.

»Wie lautet die zweite Botschaft?«

»Kein Name, verzerrte Stimme, drei Worte: ›Hochwürden sagt bitte.‹ Kannst du dir einen Reim darauf machen?«

»Leider ja«, sagte Escalante.

Manche Bücher erreichen eine Wirkung, die weit über ihre Auflagenziffern hinausgeht. Es sind meistens Sachbücher wie beispielsweise »Jedes Tempo ist gefährlich« von George Nader. oder »Der Weiblichkeitswahn« von Betty Friedan, und aus dem Jahre 1978 stammte »Owning God« von Darryl Paxton.

»Owning God« war eine sachkundig untersuchte, mit

Einzelheiten belegte Attacke auf die Redlichkeit und das Finanzgebaren eines Dutzends führender Fernsehpriester – Roberts, Swaggart, Falwell, Humbard und anderer. Das Buch war in nüchternem Stil gehalten, vermied Übertreibungen, und der gewaltige Sturm, den es in der Öffentlichkeit entfachte, kreiste um eine simple Tatsache: Darryl Paxton, Hochwürden Darryl Paxton, war bis 1976 ein ebenso erfolgreicher Fernsehpfarrer gewesen wie die Herren, die er jetzt unter die Lupe nahm.

Im Jahre 1976 kam ihm die Erleuchtung, daß er die tugendhaften Pfade des Herrn verlassen hatte, und so verzichtete er reuig und verzweifelt auf sein öffentliches Ansehen und schrieb dieses Buch. Das Kapitel, dem er besondere Strenge widmete, war das seines eigenen Sündenfalls. Er ersparte sich nichts, sezierte gnadenlos seine Beweggründe und beschrieb minutiös seine Verführung und seine frömmelnde Heuchelei. Wenn es in diesem Buch einen Bösewicht gab, dann war es der Autor selbst. Und wenn es in diesem Buch eine Heldengestalt gab, dann war es seine Frau Ashley, deren Mutter während ihrer Schwangerschaft »Vom Winde verweht« gelesen und sich dabei einen Sohn gewünscht hatte.

Als Escalante die beiden kennenlernte, stellte er bald fest, daß Paxton unglaublich ungerecht zu sich selbst war und auch seine Frau noch unterschätzte. Sie war wirklich etwas Besonderes.

Er traf sie im Jahre 1978, ohne diese Begegnung selbst herbeigeführt zu haben. Die beiden waren stadtbekannt, weil ein Teil von Paxtons Fernsehauftritten darin bestand, den Teufel dort austreiben zu wollen, wo er seine Hochburg hatte, in Las Vegas. Paxton hatte die wahrscheinlich größte und reichste Baptisten-Gemeinde der Stadt geleitet, bis er 1976 abdankte. Sie verschwanden aus dem Bewußtsein der Öffentlichkeit und tauchten wieder auf bei der Herausgabe des Buches.

Einer ihrer größten Bewunderer war Chefinspektor Galloway von der städtischen Polizei. Er war es auch, der Escalante herbeirief, weil die Paxtons Morddrohungen erhielten und Schutz brauchten für ihre Vortragsreise.

»Vortragsreise?« hatte Escalante gefragt. »Das klingt so offiziell.«

»Der Erlös fließt mildtätigen Zwecken zu«, sagte Galloway.

»Die beiden sind reich genug, sehr reich, durch Erbschaften. Und ich möchte, daß sie sicher sind, wenn sie die Stadt verlassen. Sie werden bei der Donahue Fernsehshow in Chicago auftreten, und einige der Drohbriefe sind dort abgeschickt worden. Bringen Sie die beiden heil zurück.«

»Warum ich?«

»Weil er Sie ausgesucht hat. Ich hab' ihm einen Haufen Namen gegeben, und auf Ihren hat er sich gestürzt. Er ist ein Diener Gottes – vielleicht hat er eine Schwäche für ethnische Minderheiten.«

»Und wenn ich nein sage?«

»Dann werden *Sie* ein Fall, Sie oberschlauer Mister Mexiko. Ich kann mir nicht vorstellen, daß Sie für den Rest Ihres Lebens Ärger wollen mit jedem Polizisten in dieser Stadt oder?«

»Bringen Sie sie schon her, Ihre frommen Christen«, war alles, was Escalante dazu einfiel.

Darryl Paxton war ein Typ Spencer Tracy. Ein grauhaariger Mittvierziger von stämmigem Körperbau und mit kräftigem Händedruck. Er schaute allen Menschen geradewegs in die Augen, und in allem, was er sagte, lag ein unverkennbarer Ausdruck von Offenheit, Ehrlichkeit, Anstand, Redlichkeit und Güte.

Escalante fand ihn ziemlich widerlich.

»Es ist sehr großmütig von Ihnen, uns weiterzuhelfen, Mr. Escalante.«

(Auch noch »großmütig« zu sagen . . .)

»Ich kann mir vorstellen, daß es nicht gerade der Himmel für Sie sein muß, zwei komische Käuze wie Ashley und mich zu begleiten.«

(. . . und von »komischen Käuzen« zu sprechen . . .)

»Eins möchte ich vorab klarstellen: Ich habe keine Angst mehr. Wenn Sie aber jemals eine Nachricht von mir erhalten mit dem Wortlaut ›Hochwürden sagt Bitte‹ – dann werden Sie wissen, daß ich besorgt bin. Ihre eigentliche Aufgabe ist, sich um Ashley zu kümmern. Wer immer meinem Körper Schaden zufügen will – nun, entweder kann ich selbst auf mich aufpassen, oder der gütige Gott will es nicht anders.«

(. . . ganz zu schweigen von »gütiger Gott«)

Sie standen auf den Vordertreppen des Paxton-Hauses. Es

schien nicht ungewöhnlich groß zu sein, aber es lag nur drei Grundstücke entfernt von Wayne Newtons Besitz. Das ließ darauf schließen, daß Chefinspektor Galloway wohl richtig lag mit seiner Bemerkung, die Paxtons seien wohlhabend.

»Ashley ist hinten«, sagte Paxton. »Schlendern wir zu ihr.«

(Kein Mensch sagte »schlendern« . . .)

Wenn Paxtons Erscheinung ihn an Spencer Tracy erinnerte, so war Ashley Paxton von jeder Ähnlichkeit mit Katherine Hepburn weit entfernt. Um sie zu zeichnen, brauchte man nur Kreise zu ziehen und einen auf den anderen zu packen. Sie war zweifellos übergewichtig, und alles an ihr war rund – Kopf, Arme und sogar die Finger.

Zu dritt plauderten sie etwa eine Viertelstunde, aber schon nach wenigen Minuten hatte Escalante festgestellt, daß die kugelförmige Lady wirklich etwas Außergewöhnliches hatte. Zum Teil entstand dieser Eindruck durch ihr flinkes und natürliches Lächeln, aber noch mehr durch ihre innere Ruhe. Aber beides war nichts im Vergleich zu ihren Augen. Es war nicht deren Farbe – ein ziemlich tiefes Blau –, auch nicht deren Ausmaße – obwohl sie unbestreitbar groß waren –, es war mehr als das. Eine Art tiefes Verständnis, das von irgendwo innen hervorleuchtete. Escalante betrachtete sie mit der Hoffnung, nie irgendwelche Staatsgeheimnisse bewahren zu müssen. Ihm war klar, daß er alles ausplaudern würde, wenn sie ihre Augen forschend auf ihn richtete.

Am darauffolgenden Nachmittag nahmen sie die Ein-Uhr-Maschine nach Chicago zu dem dort vorgesehenen Fernsehauftritt. Er verlief ohne Zwischenfall.

Um ein Uhr flogen sie am anderen Tag von Chicago ab, und binnen zehn Minuten war Darryl Paxton eingeschlafen. Ashley wandte sich erklärend an Escalante: »Er arbeitet so hart, ich bin immer froh, wenn er einen Augenblick ruhen kann.«

Escalante nickte.

»Dieses Buch hat ihn so viel Kraft gekostet – und jetzt erhalten wir eine Drohung nach der anderen. Wissen Sie, die Leute denken, wir hätten die Kirche verraten, und einige sehen Darryl sogar als den Bösen selbst – als jemanden, der vom Teufel besessen ist. Aber ich weiß, daß kein Teufel stark genug ist für meinen Mann.«

»Er wirkt wie ein großmütiges menschliches Wesen.«

Nach einer langen Pause fragte sie: »Kommt es mir nur so vor, oder lag in dieser Bemerkung ein wenig Sarkasmus?«

»Ich bin niemals sarkastisch mit meinen Klienten, Mrs. Paxton.«

»Sie mögen Darryl nicht sehr, oder?«

»Ich gebe niemals persönliche Wertungen ab über meine Klienten, Mrs. Paxton.«

Sie sah aus dem Fenster. »Mir scheint, daß ein feuriger Blitz genau auf Sie zukommt.«

Escalante schwieg.

»Ich weiß warum.«

»Warum?«

»Es liegt daran, daß Darryl einfach so *gut* ist – das macht Sie nervös, nicht wahr? Sie knirschen mit den Zähnen, geben Sie's zu.«

»Sie scheinen eine feine und gescheite Frau zu sein. Darf ich deshalb vorschlagen, daß Sie von Ihrem Verstand Gebrauch machen, um herauszufinden, daß diese Gesprächsrichtung niemandem irgendeinen Nutzen bringen kann?«

»Geben Sie's zu!«

»In Ordnung – Ihr Mann ist tatsächlich schwer zu ertragen. Nicht nur wegen seiner Art zu sprechen, es liegt wohl mehr daran, daß die vollkommene Menschlichkeit für normale Sterbliche ein schwerer Brocken ist. Und wenn er vollkommen ist und Sie seine Gehilfin sind, dann muß ich zu dem Schluß kommen, daß etwas davon auf Sie abgefärbt hat.«

»Sehen Sie sich vor, ich habe eine spitze Zunge.«

»Dessen bin ich sicher.«

»Sie sind ein arrogantes Stück Dreck, Mr. Escalante, und es wäre verlockend, das laut zu sagen. Aber da ich vollkommen bin, würde ich das nie tun.«

Escalante begann zu lachen, nach einer Weile stimmte sie mit ein.

»Wollen wir einen doppelten Whisky trinken und anfangen, uns kennenzulernen?«

Er nickte, und sie tranken Whisky. Beim zweiten Doppelten kam sie langsam zur Sache, zu dem Thema, dem er in gewissem Umfang seine Berühmtheit verdankte.

»Ich fühle mich sehr sicher mit Ihnen und überhaupt«, sagte Ashley. »Ich sorge mich nicht um mich selbst, aber als diese Drohungen über die Buchveröffentlichung begannen, fing Darryl an, sich um meine Sicherheit zu ängstigen. Und da hat er Galloway um Rat gefragt.« Sie legte eine Pause ein. »Sind Sie wirklich so gefährlich?«

»Übertreiben Sie nicht.«

»Galloway sagte es aber.«

»Dafür kann ich nichts.«

»Er hat von Ihnen gelesen, sagte er.«

»Auch dafür kann ich nichts.«

»Sie haben an einem Buch mitgearbeitet – ich bin umgeben von Schriftstellern.«

Escalante nippte an seinem Scotch.

»Wie hieß das Buch? Er hat's mir gesagt, aber ich hab's vergessen.«

»Ich habe kein Wort geschrieben.«

»Aber Sie haben mit dem Autor gesprochen.«

»Was mir ewig leid tun wird . . .«

»Warum haben Sie es dann getan?«

Escalante zuckte die Achseln. »Aus Dummheit. Und weil ich zufällig eine Menge Zeit übrig hatte.«

»Das Buch sagt, daß Sie in die Luft geflogen sind und in einem Krankenhaus zusammengeflickt werden mußten.« Sie öffnete ihre Tasche, entnahm ihr einige fotokopierte Illustriertenausschnitte. »Galloway gab mir das.« Sie richtete ihre Augen auf ihn. »Ich würde es gerne von Ihnen selbst erfahren.«

Escalante nahm einen kräftigen Schluck Scotch. »Ich war bei der Militärpolizei in Saigon. Dieser Offizier kam zu mir, sagte, er habe von mir gehört. Er schrieb gerade an einem Buch, hatte schon einige andere verfaßt, aber dies sollte sein letztes sein: Our Friend Violence.«

»Ja, das ist der Titel, auf den ich nicht kommen konnte. ›Unser Freund, die Gewalt‹ – ziemlich gruselig, wenn Sie mich fragen.«

»Ich bin ganz Ihrer Meinung. Ich sagte nein zu dem Burschen – einem gewissen Captain Dan MacShane. Er war ein berühmter Mann, aber ich hatte keine Ahnung davon. Da draußen herrschte eine ganz besondere Subkultur, in der Namen wie ›Fairbairn von Shanghai‹ ungefähr einen Stellenwert haben wie

Jesus. Fairbairn hatte etwas erfunden, das er den ›Terminkalender des Todes‹ nannte. Wie gesagt, da lungerte ein seltsamer Haufen herum, dessen Angehörige Leuten wie Fairbairn oder Captain Dan MacShane nacheiferten. Wie auch immer – er kam also zu mir ins Krankenhaus und meinte, da ich nichts Besseres zu tun hätte, sollte ich ihm ein paar Fragen beantworten. Ich sagte: ›In Ordnung, wenn Sie nicht ausplaudern, von wem Sie die Antworten haben.‹ Er besuchte mich nun mehrere Wochen lang, fragte mich aus, und ich antwortete. Er machte Notizen und dann – ich glaube, es war 1968 – kam das Buch heraus und wurde für diesen Bereich eine Art Klassiker wie ›Cold Steel or Kill or Get Killed‹. Ich wußte nicht einmal, daß das Buch veröffentlicht war. Bis dann – vor etwa zehn Jahren – MacShane dieses Interview gab.«

Sie schwenkte die Fotokopien. »Dieses?«

Er nickte. »Es wurde ursprünglich veröffentlicht in einem Magazin für Söldner, aber es wurde mehrmals – ungefähr jedes Jahr – neu gedruckt in Zeitschriften für Selbstverteidigung, diesem Zeug für Leute, die davon träumen, Soldat zu sein – vor lauter Erleichterung, daß es ihnen erspart geblieben ist. MacShane sprach darin über sein Buch und sagte, er habe sich etwas von der Seele schreiben müssen, denn er sei ein kranker Mann und wolle nicht gehen müssen mit der Last dieser Dinge auf seinem Gewissen. Nur – zwei Kapitel des Buches stammten gar nicht von ihm.«

Ashley befeuchtete ihre Finger und drehte eine Seite um. »›Give In to Win‹ und ›Everyday Death‹ . . .«

Escalante nickte zustimmend.

»Was ist daran so furchtbar?« fragte Ashley und begann, langsam vorzulesen: »›Diese Kapitel gehen zurück auf die Worte eines jungen Mannes namens Nick Escalante. Es sind starke und wahre Worte, an denen ich kein Verdienst habe. Nick lebt heute in Las Vegas, wo er sich auf private Sicherheitsdienstleistungen spezialisiert hat. Sein Ruf als Militärpolizist – vor seiner Verwundung – war vorbildlich. Und ich schätze, er ist auch unbewaffnet ab sieben Meter Entfernung der zweifellos tödlichste lebende Mann.‹« Sie hielt inne. »Das kann man nicht gerade als schlechte Reklame bezeichnen.«

»Nein, im Gegenteil – und die Ergebnisse waren großartig.

Jeden Tag erhalte ich Briefe von Verrückten, die mich fragen, wie ich es anstellen würde, diesen oder jenen Menschen zu töten – oder das eine und andere Tier. Ich erhalte Anrufe von jungen Türken, die darum bitten, auf Leben und Tod mit mir zu kämpfen. Und wahrhaftig – es hat kein Söldnertreffen oder Kriegssemimar gegeben, zu dem man mich nicht als Redner eingeladen hätte. *Ich hasse das alles, Ashley* – all diese ultrarechten Überlebensstrategen mit ihrem Geschrei nach immer mehr Waffen. Sie warten nur darauf, all die Kommunisten auf Grenada auszupusten und die ganze Welt zu retten, indem sie sie in die Luft jagen. Und sie können mich einfach nicht in Ruhe lassen.«

»Dann sind Sie gar kein gewalttätiger Mann?«

»Ich *bin's* nicht – ich weiß nur, wie's geht.«

Es ging schon auf zwei, als er seinen Wagen vor dem Haus der Paxtons anhielt. Sein erster Besuch lag sechs Jahre zurück, und inzwischen war Wayne Newton weggezogen. Aber die Nachbarschaft hatte diesen Schlag überwunden, und aus unerfindlichen Gründen waren die Grundstückspreise noch gestiegen.

Auch sonst hatte sich eine Menge geändert seit seiner ersten Begegnung mit den Paxtons. Sie waren Freunde geworden, und das war erfreulich. Die Paxtons hatten den Verein »Die Schlinge« gegründet – benannt nach dem alten Motto: Was tun, wenn man am Ende des Seils angekommen ist? Antwort: Eine Schlinge machen und sich darin aufhängen. Der Verein lag in einem der schlimmsten Viertel von Las Vegas, war von öffentlichen Mitteln unabhängig und wurde ausschließlich von den Paxtons finanziert. Jeder konnte »Die Schlinge« aufsuchen für einen Schlafplatz und ein schlichtes Mahl. Mittellose Glücksspieler machten davon Gebrauch, Trinker, die noch nicht bereit waren für die Segnungen der Anonymen Alkoholiker – aber in der Hauptsache waren es Jugendliche. Kinder fast, die auf der Suche nach Gott weiß welchen Dingen in die Stadt gezogen waren, diese Dinge nicht gefunden hatten und nun immer tiefer abrutschten. »Die Schlinge« hatte eine Menge Selbstmorde vereiteln können, und niemand bezweifelte, daß sie eine gute Einrichtung war.

Die einzigen schlechten Veränderungen widerfuhren Ashley. Sie beklagte sich mit keinem Wort, aber sie schien sich gerade durch sieben magere Jahre durchzuschlagen. Es hatte angefangen mit den nassen Fliesen im Badezimmer, auf denen sie ausglitt und sich die Hüfte brach. Eine Arthritis war die Folge, zunächst mit herkömmlichen, dann mit rheumatischen Symptomen, so daß sie ständig Schmerzen hatte und ihre Hände mehr und mehr verkrüppelten. Und dann – vor zwei Jahren, als sie achtundvierzig wurde – war das Problem mit ihren Augenlidern dazugekommen. Medizinisch war der Befund bekannt unter der Bezeichnung Blepharospasmus oder Lidkrampf, und allem Anschein nach handelte es sich dabei um nichts Ungewöhnliches, Tausende von Menschen – wenn nicht mehr – erkrankten daran Jahr für Jahr. Aus noch unbekannten Gründen – vielleicht wegen eines winzigen Hirnschlags wie einige vermuteten – kam es dabei zu einer Blockierung der Lider. Sie trat ohne Vorwarnung auf und ließ sich nicht vom Willen beeinflussen. Die Lider blieben geschlossen, manchmal für Sekunden, manchmal minutenlang, und kein Ziehen und Zerren konnte den Krampf lösen. Die Lider verharrten in dieser Stellung, bis sie sich aus unbekanntem Grund und zu einem nicht voraussagbaren Zeitpunkt wieder entspannten. Das Unkalkulierbare dieser Krankheit führte dazu, daß die meisten Opfer praktisch erblindeten, obwohl ihre Sehkraft vollständig erhalten blieb. Ashley war in diesem Sinne blind seit zwei Jahren. Zu einem chirurgischen Eingriff hatte sie sich nicht entschließen können, weil selbst bei einer gelungenen Operation ein Teil des Gesichts gelähmt geblieben wäre.

Sie tat ihr Bestes, um mit ihrem Leiden fertigzuwerden. Natürlich war sie in vielen Dingen hilflos – sie konnte nicht autofahren, und man konnte nicht darauf vertrauen, daß sie alle Bewegungen richtig ortete, da der Lidverschluß jederzeit eintreten konnte. Und wenn sie versucht hätte, die Straße zu überqueren, konnte das gefährliche, chaotische oder gar tödliche Folgen haben. Tatsächlich konnte man sie nicht gut alleine lassen, und deshalb wich Darryl Paxton nur selten von ihrer Seite. Alles in allem war das keine große Mühe für ihn, denn die beiden waren immer wie siamesische Zwillinge gewesen.

Der einzige, mit dem keine Veränderung vorgegangen war, war Paxton selbst. Er zeigte der Welt weiterhin sein friedliches Spencer-Tracy-Gesicht, »schlenderte« hierhin und dorthin und trug Ashleys Beschwerden leichter, als es bei einer so intensiven Pflege möglich schien.

Dieses Fehlen von Veränderung an Paxton war einer der Gründe für Escalantes Staunen, als die Tür des Paxton-Hauses sich öffnete, bevor er noch hatte klopfen können, und ein gar nicht mehr ausgeglichener und ruhiger Darryl ihm ein Zeichen machte, leise einzutreten. »Ashley soll nichts wissen«, flüsterte Paxton. »Sie schläft gerade.« Er winkte ihm, und Escalante folgte ihm in die Bibliothek. Paxton schloß die Tür.

»Was soll sie nicht wissen?« fragte Escalante.

»Hier – dieser Zettel ist angekommen. Aus Los Angeles.« Er wies auf den Schreibtisch. »Ich habe ihn gelesen und dich sofort angerufen. Es handelt sich um Kindesentführung – und wir haben keine Kinder.«

Selbst für einen Drohbrief war der Inhalt ziemlich schlimm. Escalante las mehrere Male und achtete darauf, den Zettel nicht zu berühren. Es war das Übliche: einzelne Buchstaben und Wörter, aus Zeitungen und Zeitschriften herausgeschnitten, aufgeklebt auf einen großen Bogen braunen Papiers.

Lieber Gottesjünger
Du Ratte von Betbruder, Du Bastard
Deine Zeit ist endlich um –
Die Rache ist mein!
Sogar ein Betrüger und Wichser, Du Gottesjünger, sollte wissen,
Wer das zu Dir sagt.
Willst Du Dein Baby wiedersehen, Dein Dickerchen?
Willst Du sie heil wiederhaben und in Deine Arme nehmen, Du Schwindler?
Wetten, daß Du willst?
Mal sehen, ob Du's tust.

»Was meinst du? Was soll ich machen?« wandte sich Paxton an Escalante.

»Nichts – ich würde den Brief nicht ernstnehmen. Du sagtest doch, er käme aus Los Angeles, das erklärt alles. Und überhaupt

– er enthält keine Anweisungen für dich, etwas zu tun. Ich denke, es ging nur darum, dich zu erschrecken. Wahrscheinlich sind solche Briefe ein Hobby von diesem Kerl.«

»Nichts zu tun, kommt mir falsch vor, Nicholas.«

»Dann geh zur Polizei. Sie kennen dich – und sie mögen dich sogar.«

»Ich glaube nicht, daß ich das will. Bevor ich dich anrief, war ich zwar kurz davor, aber dann . . . Ich hatte Angst, sie würden zuviel Fragen stellen – und nicht nur mir.«

»Das siehst du richtig, sie würden Fragen stellen. Und Ashley hat schon genug Sorgen – das ist es doch, was du meinst?«

Paxton nickte. »Aus diesem Grunde habe ich dich gerufen.«

»Wenn du willst, daß ich etwas unternehme, muß ich den Brief mitnehmen und auf Fingerabdrücke untersuchen lassen. Ich bin zwar sicher, daß man nur deine finden wird – ich könnte Gift darauf nehmen, daß der Typ Handschuhe getragen hat – und sonst hat wohl niemand den Brief berührt, oder?«

»Nein, nur ich.«

»Dann falt ihn zusammen und steck ihn in eine Plastiktüte oder ein sauberes Taschentuch. Ich werde mich darum kümmern.«

»Kennst du jemanden, der die Abdrücke untersuchen kann? Inoffiziell – ohne seine Nase in die Angelegenheit zu stecken?«

»Verlaß dich auf mich. Vor dem Abendessen werde ich zurück sein.«

Nick ging zu seinem Wagen. Den gefalteten Drohbrief trug er bei sich. Paxton hatte ihn in ein Taschentuch gewickelt, dann das Taschentuch in einer Folie und die Folie in einem großen braunen Papiersack verstaut.

Zuerst wollte Escalante »Froggie« aufsuchen, der für seine Fähigkeiten bekannt war. Aber »Froggie« war eigentlich Experte für medizinische Fragen und nicht der richtige Mann für das anstehende Problem. Deshalb machte sich Escalante auf den Weg zu Henderson, einem Mann, der fünfzehn Meilen entfernt lebte und auf den Spitznamen »Laborratte« hörte.

Die Laborratte war inzwischen in die Jahre gekommen – es mochten so an die siebzig sein –, und er war einer der besten

Polizeitechniker in ganz Nevada gewesen. Allerdings hatte er eine zwanghafte Neigung zu Eigentumsdelikten, und einige schwere Einbrüche hatten ihn aus der Bahn geworfen. Als er den Polizeidienst verließ, hatte er genügend Material für ein eigenes Labor in seiner Garage zusammengestohlen, und dorthin machte sich Escalante nun auf den Weg.

Die Aufgabe, die vor ihm lag, war nicht besonders schwierig. Sie würde es erst werden, wenn doch noch ein zweiter Satz Fingerabdrücke auf dem Brief auftauchte, weil diese mit hoher Wahrscheinlichkeit vom Absender stammen mußten. Aber sicher würde es nur eine Sorte Abdrücke geben, Escalante wußte das.

Er wußte auch, daß die Laborratte wieder einmal pleite war, man sah es an der Art, wie Henderson wegguckte bei den Worten »Klar mach' ich das für dich, aber . . .« Escalante hatte genug getan für die Laborratte in den vergangenen Jahren, aber da er eine Schwäche hatte für Unverbesserliche – vor allem für die traurige Sorte, die einmal richtig talentiert gewesen war –, zog er einen Zwanzig-Dollar-Schein aus der Tasche. Er überreichte ihn im Bewußtsein, daß das Geld nicht einmal bis Sonnenuntergang reichen würde.

Der Laden von Nigger McDonald war vollgestopft mit Jungvolk, das seit einigen Tagen Weihnachtsferien hatte. Escalante schlürfte seinen Kaffee und hoffte, daß Millicent nicht auftauchen würde. Aber um Viertel nach vier erschien sie und bahnte sich mit einem Big Mac und Pommes frites einen Weg zu ihm.

»Zu dumm, daß dieses spanische Blut in deinen Adern fließt«, sagte Millicent. »Wenn du Schwarzer wärst, hätte ich dich schon längst verführt.«

»Was du nicht sagst . . .«

»Im Ernst – ich bin wirklich kein Rassist oder so etwas, aber ich meine immer, diese spanische Gattung ist nicht sauber. Du kannst mir glauben, schließlich sprichst du zu einer Hauswirtschafterin – und ich sage dir, ich merke sofort, wenn ein Spanier auch nur seine Nase ins Zimmer gesteckt hat.«

»Und warum meinst du, ich könnte das für rassistisch oder so etwas halten?«

»Um so besser, wenn du's nicht tust. Ich muß schnell essen und dann wieder weg. Dieser Stallone-Typ heißt Danny DeMarco. Suite 3506. Er ist italienischer Abstammung, aus einer guten alten Familie, die sich rein zufällig mit dem Laster beschäftigt. Und zwar in Lexington, was ganz in der Nähe von Cincinnati liegt und reichlich Laster hat, mit denen man sich beschäftigen kann. DeMarco soll seinen alten Herrn ablösen, wenn der sich zurückzieht. Im Moment macht er hier Ferien mit den beiden Riesenbabies, ohne die er keinen Schritt tut. Sein Papa liebt ihn, er ist sein Erbe, und nichts soll ihm zustoßen.« Jetzt widmete sie sich ihrem Big Mac, bis er vertilgt war.

»Wie riesig sind die Jungs? Hast du sie gesehen?«

»Viel riesiger als du auf jeden Fall.« Ihre Aufmerksamkeit wandte sich nun den Pommes frites zu, die im Nu dem Big Mac folgten.

Millicent erhob sich langsam. »Das wird reichen bis zum Abendessen«, sagte sie. »Ruf mich nicht mehr an – für eine Weile.«

Escalante hob zustimmend die rechte Hand.

»Und laß dich nicht mit diesen Burschen ein.«

Er hob die Rechte noch etwas höher.

Millicent verließ langsam das Lokal. Ihren Imbiß miteingerechnet, brachte sie jetzt leicht 295 Pfund auf die Waage – und immer noch die Hälfte der anwesenden Männer dazu, ihr lüstern nachzustarren.

Escalante stand auf und ging zum Telefon. Es war inzwischen lauter denn je um ihn herum, aber das kam ihm gelegen, weil es den Anruf sicher abkürzen würde. Er wählte Hollys Nummer. Als sie abnahm, sagte er: »Ich hab' dich vorhin belogen.«

»Ich weiß, ich hab's dir doch gesagt. Ich merke immer, wenn du lügst.«

»Ich habe jemanden aus dem Croesus-Hotel gesprochen, ein dickes schwarzes Mädchen aus der Abteilung Hauswirtschaft. Gleich nachdem ich dich verlassen hatte, habe ich sie angerufen und ihr gesagt, was ich an Informationen brauche. Sie hat etwas bei mir gutzumachen und versprach, ihr Möglichstes zu tun.«

»Weiter.«

»Sie ist ein Ausfall, hat nichts in Erfahrung bringen können.«

»Ach, Mex . . .« Sie schien schrecklich enttäuscht zu sein.

»Es tut mir leid, Holly. Du sollst nur wissen, daß ich es versucht habe.«

»Mex – ich hasse es, wenn du mich belügst.«

»Ich bin in einer Telefonzelle, und zwei Personen warten. Ich habe getan, was ich konnte.«

»Nein, das hast du nicht. Du hast mich belogen. Ausgerechnet jetzt, wo es drauf ankommt – mehr als je in meinem Leben, Mex. Du mußt wissen: Als er mit mir fertig war, ich meine, als dieser Stallone fertig war – da nahm er einen Revolver und steckte ihn in mich. Damit du Bescheid weißt, ich rede *nicht* etwa von meinem Mund, Nikki . . . Und er sagte: ›Hör zu, du sollst 'ne Chance haben, und zwar diese: Du sagst mir, daß du mich liebst, und wenn ich dir glaube, dann laß ich dich gehen.‹ Ich habe ihn gehaßt, diesen Kerl, aber dieses kalte Ding war in mir, ich blutete, und alles tat weh, und da hab' ich's gesagt. ›O Gott, ja, ich liebe dich, ich liebe dich so sehr, wirklich – ich schwöre, ich liebe dich, liebe dich, liebe dich.‹ Und er sagte: ›Mich kannst du nicht anscheißen‹, und *er drückte auf den Abzug.* Ich schrie, ich wußte, jetzt würden meine Eingeweide über die Tapeten spritzen – und dann hörte ich ein ›Klick‹ . . . Sein Revolver war nicht geladen, er hatte nur ein Spielchen gemacht, ein harmloses Spielchen, Nikki. Ein kleiner, dreckiger Spaß mit dem Leben eines Menschen – und du, Nikki, du sitzt da, weißt, wer er ist und willst ihn davonkommen lassen . . . *Ich will ihn verklagen,* ihm das Handwerk legen lassen – aber du lügst mich an und gehst deiner Wege.«

Fast wäre er schwach geworden, bis sie wieder anfing mit diesem Selbstbetrug, einen Prozeß anstrengen zu wollen. Aber es war trotzdem höchste Zeit, dem Gespräch ein Ende zu machen, denn Hollys Überredungskünste verfehlten selten ihre Wirkung. Zumindest nicht bei ihm.

»Sag mir seinen Namen, Nikki.«

»Ich schwöre – ich weiß nicht mehr als das, was ich schon gesagt habe.«

»Okay, Lügner – dann dir eins: Erinnere dich bitte daran, daß jedesmal, wenn ich dir sagte, daß ich dich mag . . .«

». . . Ich weiß, ich weiß – du hast gelogen . . .«

»Falsch – es war ernst gemeint. Alles Gute, was ich dir je

gesagt habe . . . Und wenn du am Boden warst, hab' ich dir dann nicht immer beigestanden? Ist das nicht so?«

Mit diesen Worten legte sie auf. Er hielt den Hörer nachdenklich in der Hand. Sie hatte recht, sie war immer bei ihm gewesen, hatte ihn immer gefunden – egal, in welcher Ecke er sich gerade verkrochen hatte. So tapfer – oder vielleicht auch töricht – wie sie war kaum einer gewesen, er war in ihrer Schuld. Aber die Wahrheit würde ihn davon nicht freimachen, sie würde ihn höchstens töten, und er war nicht sicher, zum Sterben bereit zu sein. Nicht jetzt schon, nicht heute. Wahrscheinlich, nein – sicher nicht heute!

Es war halb fünf, als er zum zweiten Mal an diesem Tag in die Straße zu den Paxtons einbog. Er griff die braune Papiertüte mit dem Drohbrief und betätigte die Türglocke. Paxton öffnete. Er sah inzwischen weniger verstört aus, wirkte nur etwas überrascht. »Ich war hinten im Garten mit Ashley – am Schwimmbecken.«

»Deine Abdrücke waren die einzigen«, sagte Escalante und übergab den Umschlag.

Paxton wich zurück. »Ich will das nicht. Ich will dieses Ding nicht mehr im Haus haben. Mach damit, was du willst, ja?«

»Ich bin ja nicht so.«

Paxton sah ihn an. »Du hättest dir die Fahrt sparen können durch einen simplen Anruf. Warum bist du hier, Nicholas?«

Bevor er noch antworten konnte, hörte er Ashleys Stimme, die nachfragte, wer da sei. Paxton entschuldigte sich, ging hinaus zum Pool und kam wenige Minuten später zurück. »Sie möchte dich gerne sehen, bevor du aufbrichst. Ich hab' ihr gesagt, du hättest kurz reingeschaut wegen eines Kindes, das Ärger hat und einen Platz braucht in der ›Schlinge‹.«

»Eine gute Ausrede. Besser jedenfalls als das, was mir eingefallen wäre.«

»Ich verstehe immer noch nicht, warum du hier bist.«

»Vielleicht dachte ich mir, daß du dich gerne aussprechen möchtest.«

»Worüber?«

»Mir kam ein Gedanke, während ich unterwegs war, um den

Brief untersuchen zu lassen: Als damals dein Buch veröffentlicht wurde, hast du eine Menge Drohungen erhalten. Jeder Verrückte versprach, dich zu erwischen, und ich erinnere mich noch, daß du mir bei unserer ersten Begegnung sagtest, du hättest keine Angst. Und wann immer du Angst haben solltest, würdest du mir mitteilen: ›Hochwürden sagt bitte.‹ Heute nun hast du bitte gesagt – ausgerechnet wegen dieses Unfugs.« Er hob den Umschlag, faltete ihn zusammen und schob ihn in seine hintere Hosentasche. »Ich habe mich ziemlich gewundert, warum dich – nach allem, was du durchgemacht hast – so etwas aus der Fassung bringt, und ich habe mir gedacht, daß du dich nach einer Aussprache besser fühlen würdest.«

»Ich bin nicht so sicher.«

»Wie du willst. Wir können ja ins Wohnzimmer ›schlendern‹ – inzwischen kommst du vielleicht zu einem Entschluß.«

Er hatte Paxton fast zum Lachen gebracht. Sie gingen ins Haus und hinüber zum Wohnzimmer, das gleich zur Rechten lag. Es war ein großer Raum mit wenigen aber bequemen Möbeln und Bildern mit ausschließlich religiösen Themen, Darstellungen von Jesus, von der Madonna und unschuldsvollen Kindern.

»Wahrscheinlich war es die schmutzige Art zu schreiben«, meinte Paxton endlich, während er zu dem mit Gas betriebenen offenen Kamin schritt und ihn auf kleine Flamme stellte. »Nein, das war es auch nicht. Es ist das Ding selbst – zusammen mit der Erinnerung an die anderen.«

Escalante nahm in einem Sessel Platz und beobachtete, wie Paxton umherwanderte – eine stämmige, aber keineswegs unerschütterliche Gestalt.

»Das mit Ashley und mir, das war eine Kinderliebe. Unsere Eltern waren dicke Freunde, und sie nahmen an, das würde sich mit der Zeit verlieren. Aber das tat es nicht. Wir besuchten dieselbe High-School außerhalb von San Francisco, wir gingen zusammen aufs College von Stanford, und in den Sommerferien widmeten wir uns gemeinsam der religiösen Arbeit. Ich habe niemals jemanden anderen geliebt als Ashley, und schon in der Unterstufe beschlossen wir, nicht erst die Schlußprüfung und mein Priesterseminar abzuwarten, sondern gleich zu heiraten. Das liegt nun dreißig Jahre zurück, und die größte Freude, die wir uns von der Heirat erhofften, bestand in unseren zukünftigen Kindern. Ashley war wie gemacht fürs Gebären, und sie wünschte sich Kinder noch mehr als ich. Insofern kam es nicht gelegen . . . es war wirklich kein geringer Schlag, als wir erfuhren, daß ich für alle Zeiten zeugungsunfähig war. Ich löste unsere Verlobung auf, weil ich sie nicht mit meiner Untauglichkeit belasten wollte. Wir weinten viel, alle beide, und wir beschlossen, uns zunächst einmal für die Dauer des zweiten Semesters zu trennen. Ich nahm eine Missionarstätigkeit in Afrika an, Ashley in Europa. Ich habe mich niemals elender gefühlt, und als wir uns Monate später wiedertrafen, stellte sich heraus, daß es ihr genauso ergangen war. Und so heirateten wir im Bewußtsein, eine tote Partie zu beginnen. Eine Adoption kam nicht in Frage – ich dachte mir, wenn der gütige Gott mich steril gemacht hatte, dann bedeutete das, daß ich nicht ausersehen war, Kinder zu haben. Wahrscheinlich war es eine alberne und dumme Entscheidung, aber damals schien es uns nicht so. Und heute nun, als dieses Ding ankam . . . ich konnte nichts dagegen machen, mir schossen all diese schlimmen Augenblicke meines Lebens wie ein Blitz durch den Kopf mit der Gewißheit, daß sie nicht passiert wären, wenn ich Kinder gehabt hätte. Mein ganzer Drang nach Erfolg, der mit dieser Fernsehseelsorge verbundene Ruhm, auf den ich soviel Wert gelegt hatte – es war eine reine Ersatzhandlung. Ich hatte gesündigt und wurde bestraft. Und Ashleys Beschwerden in diesen letzten Jahren – sie alle sind Strafen für *meine* Sünden. Ich habe ihr all die Schmerzen gebracht. Wahrhaftig, ich glaube, wir hätten ein wunderbares Leben miteinander führen können, wenn ich anders geboren worden wäre – als ganzer Mann, stark und fähig.« Er lächelte. »Ich schätze, nun sieht es doch danach aus, als hätte ich darüber sprechen wollen . . . Du warst ein guter Zuhörer.«

Escalante erhob sich. »Ich käme nie auf die Idee, einem amerikanischen Mitmenschen das Recht abzusprechen, sich selbst zu quälen, Paxton, nur – irgendwie gelingt es mir nicht, an den unmittelbaren Zusammenhang zu glauben zwischen Glück und der richtigen Menge Spermien.«

Paxton zuckte mit den Achseln. »Nun, wahrscheinlich hat einer von uns beiden recht.«

Escalante nickte und ging zum Pool. Dort saß Ashley an einem runden Tisch, um ihre Schultern einen dicken Mantel, der sie gegen die Kühle schützen sollte. Sie hatte zugenommen, seit das Augenleiden begonnen hatte, aber ihr Gesicht war immer noch reizvoll, und ihre Augen waren verlockend wie eh und je. Und sie waren geöffnet, als er sich näherte. »Gnädige Frau . . .«

»Ist dein Gespräch mit Paxton zu Ende?«

»Unsere Geschäfte sind abgeschlossen.«

Sie drehte sich um und ergriff seine Hände. »Nicholas, was hast du dir gedacht? O Nicholas, er war den ganzen Tag über außer sich – und ich weiß warum.«

Escalante zögerte, sagte einstweilen nichts.

»Es liegt an mir, es hat irgendwie damit zu tun, daß er unter mir leidet und den Problemen, die ich ihm verursache. Heute morgen war ich wieder einmal völlig hilflos – stundenlang. So kam es mir jedenfalls vor. Und – *verdammt!* – das erfüllt ihn mit Verzweiflung.«

Escalante beobachtete, wie die Augenlider plötzlich in erschreckender Weise blockierten und fest geschlossen blieben. Aus Erfahrung wußte er, daß es am besten war, den Krampf zu ignorieren, und so sagte er: »Ich glaube nicht, daß er außer sich ist. Und wenn er es war, dann liegt es meiner Meinung nach gewiß nicht an dir.«

Sie hob ihre Hände und bedeckte ihre Augen. »Ich muß furchtbar gesündigt haben, um das heraufzubeschwören. Gerade habe ich hier gesessen und mir Gedanken darüber gemacht, was ich wohl getan haben könnte und ob es sich ungeschehen machen ließe.« Der Krampf löste sich. Ihre Augen öffneten sich wieder und blinzelten. »Paxton wird bestraft für meine Sünden.«

»Ihr solltet unbedingt heiraten . . .«, meinte Escalante.

Er polierte gerade seine hölzerne Magnum, als Pinky kurz nach acht anrief. »Sidney nach Tahiti«, sagte er, als er an die Wohnungstür klopfte. Nick öffnete und sagte: »Sieben Stunden, fünf Minuten.«

»Verdammt«, sagte Pinky und trat ein, »diesmal war ich sicher, ich würde dich erwischen.« Er schaute auf das Schießeisen. »Soso – du rüstest auf.«

»Man muß seiner Kundschaft gefällig sein. Die Konkurrenz schläft nicht.«

»Das war es also – eine dicke Fünf Null Null Null?«

Escalante nickte.

»Was hat sich getan?«

»Mehr als genug.«

»Freut mich zu hören.«

Pinky reichte ihm ein schlampig gewickeltes, schirmförmiges Päckchen. »Zu Ehren eines Mannes, der fünftausend Tage hier überlebt hat«, sagte er. »Vom Frosch und mir.«

Überrascht nahm Escalante das Geschenk entgegen. Er kannte Pinchus Zion seit nunmehr zehn Jahren und betrachtete Pinky als den schnellsten Denker, den er je getroffen hatte. Was nicht heißen sollte, daß er ihn auch für den klügsten Kopf hielt – Pinky war von fixen Ideen besessen, und kein Besessener hatte sich je durch besondere Klugheit ausgezeichnet.

Er war Klassenbester gewesen an der rechtswissenschaftlichen Universität von Chicago. Den gleichen Status hatte sein Freund Froggie an der medizinischen Fakultät, und während beide noch studierten, zog es sie bereits nach Las Vegas – mit einem narrensicheren System für Roulette.

Bei ihrem ersten Versuch machten sie pro Kopf fünftausend Dollar. Beim zweiten Mal verdoppelten sie ihren Gewinn. Sie beendeten ihre jeweiligen Studien. Die Spielleidenschaft hatte sie gepackt, und statt sich höheren Aufgaben in ihren Berufen zu widmen, zogen sie nach Las Vegas.

Sie waren ein seltsames Paar: der etwas klein geratene Pinky, rothaarig, sommersprossig, rundlich und der hochgewachsene Froggie, dunkelhaarig, muskulös, der schönste Mann seit Tyrone Power. Froggie hastete die meiste Zeit von Spieltisch zu Spieltisch, aber dann änderten sich die Dinge zum Schlechten, und er ging nach Reno. Dort betätigte er sich von Fall zu Fall als eine Art Nothelfer für Krisensituationen und machte damit gutes Geld.

Pinky betrieb ein anderes, eher zweifelhaftes Geschäft: Er lebte davon, seinen Mitmenschen Prozesse zu ersparen. Sein Betriebskapital war die genaue Kenntnis des Showbusineß. Er wußte alles über neue Bücher, Theaterstücke, Filmstoffe und Schlager – und über die Möglichkeiten des geistigen Diebstahls.

In seinem Büro, das direkt neben dem von Escalante lag, bewahrte er über drei Dutzend verschiedene rechtsgültige Briefbögen auf, die ihn alle als Geschäftsführer auswiesen. Wenn ihn die Nachricht eines Verkaufs erreichte, pflegte er dem Autor zu schreiben und seinem tiefen Bedauern darüber Ausdruck zu geben, daß ihn einer seiner Klienten aufgefordert habe, dem Autor beiligendes, sehr ähnliches Material zur Prüfung zu übergeben. Unweigerlich ging der Autor – des Schlagers, des Stückes, des Buches oder des Films – daraufhin zu seinem Anwalt und beteuerte seine Unschuld. Mit diesen Nachrichten wandte sich alsdann der Anwalt des Schrifstellers an Pinky. Der versicherte in seinem nächsten Brief, er persönlich halte den Autor für unschuldig wie frischgefallenen Schnee, aber desungeachtet fühle sich sein Klient betrogen, und so müsse er, Pinky – wider besseres Wissen –, den Wünschen seines Mandanten folgen und den Autor verklagen.

Danach wartete er gewöhnlich auf einen Anruf. Er kam nicht immer, aber oft genug, um seinen Lebensunterhalt zu sichern. Der Anwalt des Autors meldete sich, und Pinky gab sich entgegenkommend und bekümmert, weil er persönlich gar nichts davon hielt, Gerichte anzurufen und damit möglicherweise irgend jemandes guten Ruf zu zerstören. Aber dummerweise habe er die Forderungen seines Mandanten zu erfüllen – und der verlange Vergeltung dafür, kopiert worden zu sein.

»Wieviel Vergeltung?« pflegte der andere Anwalt zu fragen. Darauf zögerte Pinky ein wenig, bevor er zum Schlag ausholte: »Ich kann mir nicht vorstellen, ihn von der Klage abhalten zu können, wenn er nicht wenigstens 7500 Dollar erhält.«

»Ich rufe Sie zurück, aber ich glaube nicht, daß wir die Angelegenheit so aus der Welt schaffen werden«, antwortete dann der Anwalt. Aber seinem Klienten würde er sagen: »Ich schlage vor, wir legen den Streit bei.«

»Ich bin kein Plagiator!« würde der Autor beharren.

»Ich weiß«, würde der Anwalt antworten, »und ich weiß noch mehr: Wenn wir uns auf einen Prozeß einlassen mit Zeugenaussagen und dem ganzen übrigen gesetzlichen Brimborium, sind Sie mindestens mit dreißigtausend Dollar dabei – vielleicht sogar mit fünfzigtausend. Und im Moment haben wir die Chance, mit siebentausendfünfhundert davonzukommen.«

»Wie?«

»Er schreibt uns einen Brief, in dem er schwört, niemals von Ihrem Buch gehört zu haben. Als Gegenleistung versorgen wir ihn mit einem Scheck, den wir von der Steuer absetzen – zumindest bis zu einer Höhe von sechstausend. Ich bin sicher, daß uns das Finanzamt so weit entgegenkommen wird. Es ist natürlich Ihre Entscheidung, aber bedenken Sie – Richter sind Dummköpfe und mögen Künstler nicht besonders, es ist also möglich, daß Sie den Prozeß verlieren. Sagen Sie mir, was Ihnen lieber ist: fünfzigtausend und Bauchschmerzen oder sechstausend und Steuerersparnis.«

»Läuft das nicht auf Erpressung hinaus, oder wie nennen Sie das als Jurist?«

»Wir nennen es nicht Erpressung, sondern Vergleich.«

Pinkys Trick klappte beileibe nicht immer, aber die Menge brachte es. Er drohte jährlich Hunderten von Leuten mit Prozessen und erzielte im Durchschnitt sechzigtausend Dollar. Immer wenn er einen Scheck erhielt, machte er sich mit Froggie daran, das Roulette-System zu verfeinern. Dann ging es an die Spieltische. Von anderen Spielbesessenen unterschieden sie sich dadurch, daß sie gemeinsam spielten und ihren Gewinn ebenso redlich teilten wie das Apartment in der Nähe des Sunset Strip. Sie waren ständig zusammen – von Kindesbeinen an. Beide waren hochbegabt, aber ihr System bewährte sich nie. Nur einmal hatten sie fünfzigtausend gewonnen – einmal in zehn Jahren.

»Zu Ehren deiner fünftausend Tage habe ich beschlossen, mich an Michael Jackson heranzumachen. Heute hat mich ein Kunde besucht und geschworen, daß er den Song ›Billie Jean‹ schon vor fünf Jahren Jackson angeboten hatte.«

»Nur zu, Pinky.«

»In diesem Jahr wird er hundert Millionen einnehmen. Was sind dagegen sechstausend, die er auch noch absetzen kann?« Er wies auf das Päckchen. »Mach es auf.«

Escalante öffnete das Paket und entnahm ihm einen Massai-Wurfstock. Er schaute ungläubig. Einmal vor Jahren hatte er in einem Rausch erwähnt, eines Tages einen solchen Stock besitzen zu wollen. Der Stamm der Massai, der berühmtesten Krieger Afrikas, benutzte diese Stöcke als Waffen. Sie waren mehrere Pfund schwer, an die sechzig Zentimeter lang und aus härtestem Ebenholz geschnitzt. Das eine Ende des Stocks war scharf und spitz, das andere Ende hatte die Form einer etwa faustgroßen Kugel. Ein Massai konnte durch die Art des Wurfes bestimmen, ob das Opfer nur betäubt oder durchbohrt werden sollte.

»Er ist echt«, sagte Pinky.

»Hab' ich mir gedacht.«

»Froggie hat eine Puppe kennengelernt, die vergangenen Sommer in Nairobi war. Er hat sie gebeten, einen besonders guten Stock auszusuchen und ihm zu schicken.«

Escalante streichelte das schwarze Holz. »Ich danke euch beiden. Du kannst dir wohl denken, daß ich das zu schätzen weiß.«

Pinky wandte sich zur Tür. »Muß diesem Jackson schreiben, solange ich noch in Stimmung bin. Freut mich, daß du auch diesen Tag überlebt hast, und mach dir keine Sorgen über die Zukunft. Ich versprech's dir: In noch einmal fünftausend Tagen bist du zuverlässig tot.«

»Wenn ich Glück habe . . .«

Pinky winkte und war mit Schwung durch die Tür – energiegeladen wie immer.

Escalante schloß die Tür, setzte sich auf sein Bett und drückte einen Augenblick lang das schwarze Holz an seine Wange. Dann legte er den Stock auf den Nachttisch. Er war nicht in der richtigen Stimmung für diese Dinge, er war unter Zeitdruck und nicht imstande, sich auf das Geschenk zu konzentrieren. In seinem Kopf tönten noch Pinkys Schlußworte – und er konnte nicht aufhören, an Holly zu denken.

An Cyrus Kinnick war vieles ungewöhnlich, aber etwas an ihm war besonders hervorstechend: Sein Bart war noch kürzer, noch dürrer und noch weniger kleidsam als der von Yassir Arafat, und es war Escalante ein Rätsel, wie dergleichen überhaupt möglich war.

Kinnick war knapp einsdreiundachtzig groß und wog

höchstens 125 Pfund; nicht einmal sein konservativ geschnittener, offensichtlich teurer, grauer Anzug konnte den fast ausgemergelten Körper verdecken. Kinnicks dunkles Haar war kurzgeschnitten, er hatte dunkelblaue Augen, seine Bewegungen hatten etwas Steifes. Als Escalante ihm die Hand drückte – um neun Uhr im Grand-Hotel, dem vereinbarten Treffpunkt –, fiel ihm auf, wie schlaff Kinnicks Muskeln waren. Escalantes Blitz-Beurteilung seines Gegenübers ergab, daß Kinnick höchstwahrscheinlich in der Klasse der erste gewesen war, aber auf dem Schulhof immer der letzte – und vermutlich hatte er gerade auf dem Schulhof immer vorne sein wollen. Kinnick war etwa Ende Zwanzig, reich und ein wenig unheimlich. Mit einem Blick hatte Escalante die Pistole in Kinnicks Schulterhalfter entdeckt, und binnen weniger Minuten war ihm klar, daß er noch nie jemanden getroffen hatte, der so schüchtern oder ängstlich oder gar der Panik nahe war wie Cyrus Kinnick. Seine Augen wanderten ruhelos umher, er reagierte auf das kleinste unerwartete Geräusch – zum Beispiel auf die Klingel eines Spielautomaten.

»Ich hatte nicht erwartet, daß das Grand-Hotel so riesig ist. Wenn ich das gewußt hätte, wäre ich nie hier abgestiegen. Ich hab' auch keine große Lust, hier zu spielen.«

»Manche Leute fühlen sich von dem Lärm gestört.«

»Lärm macht mir nichts aus«, sagte Kinnick rasch.

»Wenn Sie wollen, gehen wir ins Silver Spoon. Es ist kleiner, liegt einen Block weiter unten.«

»In Ordnung, gehen wir da hin.«

Sie verließen das Grand-Hotel, gingen den Bürgersteig hinunter und links um die Ecke. Als sie gerade auf halbem Wege zum Silver Spoon waren, fuhr ein Wagen dicht an sie heran, und eine Frau fragte: »Wie wär's – soll ich dir einen blasen?«

»Nein, danke, Katherine«, sagte Escalante.

Sie warf ihm einen schiefen Blick zu. »Ohne Brille sehe ich nicht mal meine Hand. Bist du's, Nikki?«

»Höchstpersönlich.«

»Na denn, schöne Feiertage.« Sie fuhr davon.

Kinnick schaute ihr nach und sprach: »Willkommen in Las Vegas.«

»Wo es mehr Kirchen und Pfadfinder gibt als in jeder anderen

Stadt dieses Landes . . . Jedenfalls, wenn man der Handelskammer glaubt, was ich auf Dauer nicht empfehle.«

»Gibt es tatsächlich Leute, die mit ihr gehen?«

»Sie ist offenbar sehr fleißig – und sie hat ergebene Anhänger. Normalerweise braucht sie nur anzuhalten, aber diese Woche ist hier nicht viel los, und sie muß sich dranhalten.«

Kinnick schüttelte den Kopf. Wenige Minuten später trafen sie im Silver Spoon ein. Kinnick schaute sich prüfend um, dann nickte er zustimmend, steuerte in seiner schnellen, nervösen Art auf den nächstgelegenen, wenig einladenden Tisch zu, schaute sich um, schüttelte schließlich den Kopf und ging zum nächsten.

Escalante war ihm gefolgt, dankbar dafür, daß Kinnick offenbar nicht geschwätzig war. Seine Stimmung – ohnehin nie zum Besten – bewegte sich allmählich auf ihren Tiefpunkt zu. Fünftausend Nächte jetzt, und morgen würde er seinen fünftausendundersten Tag erleben. Keine gute Idee von Pinky, ihm zu sagen, er würde die nächsten fünftausend nicht erreichen.

Im Augenblick fühlte er sich, als würde er nicht einmal die nächsten hundert Tage erreichen. Und er war derzeit gar nicht sicher, ob ihm das überhaupt etwas ausmachte.

Als Kinnick zu spielen begann, änderte sich Escalantes Stimmung, machte eine Kehrtwendung und ließ die finsteren Abgründe hinter sich. Kinnick war eine Art »Gegenspieler«: er wettete gegen den, der das Spiel machte. Wenn der gewann, verlor der »Gegenspieler«. Mit anderen Worten – ein »Gegenspieler« kämpfte auf Seiten des Casinos.

Es war eine eher konservative Art zu spielen – nicht sicherer und nicht gewagter als andere Arten. Kinnick wettete zuerst um hundert Dollar. Er gewann, nahm fünfzig Dollar weg und setzte nun hundertfünfzig.

Es war zum Verrücktwerden, obwohl Escalante schon viele Aufträge gehabt hatte, wo er nur Staffage gewesen war. Zum Beispiel, wenn irgendein Trottel ihn für einen Abend als Leibwächter mietete, um irgendeine Biene damit zu beeindrukken. Aber ein Typ, der zu einer Hundertfünfzig-Dollar-Wette auszog, der brauchte wohl kaum irgendeinen Schutz . . .

Um zehn Uhr hatte Kinnick Gewinn und Einsatz wieder verspielt und wünschte einen Drink. Sie gingen zur Bar, und noch bevor sie sich dort niedersetzten, war Escalante überzeugt, daß Kinnik Perrier-Trinker sein mußte. Die Kellnerin kam, nahm die Bestellungen entgegen: Bier für Escalante, Perrier für Kinnick.

»Spielen Sie auch?«

Escalante gab ein nichtssagendes Achselzucken von sich.

»Ich spiele gern.«

Wieder ein Achselzucken.

»Wie sind Sie an diese Art von Arbeit gekommen?«

»Das ist eine langweilige Geschichte«, sagte Escalante.

Die Drinks kamen.

»Waren Sie in Vietnam?« fragte Kinnick.

Escalante schüttelte den Kopf.

»Ich dachte mir, Sie hätten Ihren Job vielleicht in 'Nam gelernt.«

»Viet«, sagte Escalante.

»Wie bitte?«

»Verdammt – jeder sagt 'Nam, das hört sich so intim an, wie ein Kosewort. Ich habe beschlossen, es ›Viet‹ zu nennen, und – um Ihre Frage zu beantworten – ja, es war in Viet.«

»Sie sind sehr empfindlich, nicht wahr?«

»So bin ich immer, wenn ich einen Klienten beschützen soll. Überall lauert die Gefahr, und der Ärger beginnt immer, wenn man gerade übermütig wird.«

Nach einer Weile gingen sie zurück an die Würfeltische, und Kinnick erhöhte seine Wetten auf zweihundert. Escalante stand dabei und fragte sich, ob er das bis elf Uhr aushalten würde. An normalen Tagen hätte er damit sicher keine Probleme gehabt, aber das war kein normaler Tag. Und es war auch nicht üblich für ihn, eine nervöse Vogelscheuche zu beschützen, die eine Waffe trug und zweihundert Dollar setzte auf ein einziges Würfelspiel. Nicht zu vergessen – die Lüge über den Freund aus Boston und dessen angebliche Empfehlung.

Ebenfalls nicht zu vergessen – Holly und deren Lügen. Escalante wußte, daß er Holly noch an diesem Tage sehen mußte, egal, welche Konsequenzen sich daraus ergeben würden. Vermutlich würden es tödliche Konsequenzen sein.

Kurz nach elf, als die Spieler eben in der zweiten Runde waren, sprach Escalante: »Wir sind quitt, in Ordnung?«

Kinnick schaute ihn etwas verwundert an. »Was um alles in der Welt meinen Sie?«

»Ich muß woanders hin.«

»Aber – ich habe vor, noch stundenlang zu spielen.«

»Ich hab' aber nicht stundenlang Zeit.«

Kinnick wurde zusehends nervöser. Seine Finger wanderten zu seinem schütteren Bart auf der Suche nach einem Haar, an dem er hätte zupfen können.

»Ich dachte, Sie stünden mir nach Belieben zur Verfügung – ich habe keine anderweitigen Vorkehrungen für diesen Abend getroffen . . .«

»Hören Sie, Kinnick, nichts wird sich ändern – Ich verspreche Ihnen, Sie können hier so lange spielen, wie Sie Geld zur Verfügung haben.«

»Aber – meine Sicherheit . . .«

»Ich verspreche Ihnen noch etwas: Niemand wird Sie überfallen, solange Sie im Casino sind. Und draußen – da gibt es diese gelben Dinger, die man Taxis nennt. Sagen Sie dem Chauffeur, wo Sie hinwollen, und in dreißig Sekunden wird man Sie im Grand-Hotel wiederhaben – sicher und trocken . . .«

». . . aber ich brauche Schutz, ich brauche . . . Sie!«

»Das bilden Sie sich nur ein. Auf Wiedersehen, Kinnick«, und dann stand er auf, verließ die Bar und strebte hastig seinem Auto zu. Er raste zur Chestnut Street Nummer 1108, wo er an die Tür polterte und Hollys Namen rief, bis sie aufmachte und ihn einließ.

»Du hast mich die ganze Zeit als Lügner beschimpft – und du hattest recht, aber ich könnte dich genauso nennen, stimmt's? Also – diese Stallone-Erscheinung deines Lebens heißt Danny DeMarco, und er wohnt im Croesus, Zimmer 3506.«

»Du hast mich noch nie im Stich gelassen.«

»Doch, oft genug. Gute Nacht, Holly.« Er wandte sich in Richtung Tür.

»Warte!«

»Warum?«

»Himmel, sei nicht gleich eingeschnappt. Laß mich das wenigstens aufschreiben.«

»Schreib's auf.«

Sie griff Papier und Bleistift. »Weißt du, wie man seinen Namen buchstabiert?«

»Nein.«

»Sagtest du 3 – 5 – 0 – 6?»

»Sagte ich – Gute Nacht, Holly.«

»Komm einmal her, Mex.«

»Viel Glück bei deinem verdammten Prozeß.«

»Warum bist du eigentlich so sauer?«

»Lügnerin.«

»Bin ich nicht.«

»Du hast nie im Leben vorgehabt, diesen Hundesohn zu verklagen, nicht wahr, Süße?«

»Genau das werde ich tun.«

»Na, klar . . .«

»Du wirst schon sehen – Ein Mann, der so etwas tut, der ein menschliches Wesen erniedrigt und beschmutzt – der darf nicht davonkommen.«

»Ich werd' dir nicht mehr helfen. Ich helfe keinen Lügnern . . .«

»Hör auf, mich so zu nennen, Mex . . .«

»Hör du auf zu lügen. Dann . . .« Er legte seine großen Hände auf ihre Schultern und begann, sie zu drücken. »Sag mir die Wahrheit.«

»Ich bin . . .«

». . . eine Lügnerin, aber ich kann dafür sorgen, daß du damit aufhörst. Wenn ich sage, daß ich dir helfe, falls du nicht mehr lügst – wirst du's dann bleiben lassen?«

»Würdest du . . .? Mir helfen . . .?«

»Sag schon mal die Wahrheit, dann werden wir weitersehen.«

»Ich brauche deine Hilfe . . .«

»Wobei? Um dich zu einem guten Anwalt zu bringen für deinen sagenhaften Prozeß?«

»Nein . . .«

»Was dann? Welche Art von Hilfe kann ich dir geben?«

»Weißt du . . .«

»Sag schon.«

». . . ich brauche dich . . .«

»Wozu?«

». . . du kannst etwas tun . . .«

»Der Prozeß war Blödsinn, gib das zu!«

»Ich gebe alles zu, was du willst, wenn du mir nur sagst, daß du mir helfen wirst . . . Warum, glaubst du, habe ich dich angerufen . . . nur du kannst das tun . . .«

». . . und dabei draufgehen . . .«

»Sie sind nur zu dritt . . .«

». . . und alle drei mit Kanonen.«

»Du mußt es tun . . . Du mußt da hineingehen und sie niedermachen und mir meine Chance geben . . .«

»Welche Chance?«

»Ich will seine Eier – in meinen Händen!«

»Und der Prozeß . . .?«

». . . war Blödsinn.«

»Und wenn sie mich umbringen?«

». . . Dann werde ich todunglücklich sein – tagelang.«

»Na also, das ist das Prachtmädel, das ich kenne . . .«

»Ich wünsche diesem DeMarco das Schlimmste für das, was er getan hat . . . Ich will Rache, Mex.«

»Ich bin ein guter Rächer . . .«

»Dann . . . dann wirst du mir helfen? Du wirst mir helfen, daß ich ihn kastrieren kann?«

»Ich bin immer schon ein Freund religiöser Kreuzzüge gewesen«, sagte Nick Escalante.

ZWEITER TEIL

Der Mex in Aktion

Kapitel 1

Der Neid aller Männer

Als die Türglocke zur Suite Nummer 3506 klingelte, schaute Kinlaw zuerst auf die Uhr – kurz nach zwei am Morgen – und dann auf Tiel. »Was denkst du?« fragte Kinlaw.

»Ich denke, es ist die Klingel, du Armleuchter«, antwortete Tiel.

»Ich weiß, daß es die Klingel ist. Natürlich ist's die Klingel, ich hab' doch Ohren und weiß, wie sich 'ne Klingel anhört. Ich meine, verdammt, was denkst du, was das bedeutet? Erwartest du jemanden?«

Tiel schüttelte den Kopf und deutete in Richtung Schlafzimmer. Kinlaw schaute auf die Tür, die nur angelehnt war. DeMarco schloß nie ganz die Tür, wenn er gerade jemanden aufs Kreuz legte. Man konnte alles hören. DeMarco war mit einer schwarzen Puppe beschäftigt, und Kinlaw hoffte, nicht als Zweiter dazu eingeladen zu werden. Man wußte nie, welche Krankheiten diese Dunkelhäutigen hatten, man wußte nur, irgend etwas würden sie bestimmt haben.

»Was ist mit der Schlafzimmertür?«

»Es geht nicht um die Tür, es geht darum, wer dahinter ist, Danny . . . Vielleicht erwartet er jemanden.«

Die Klingel ertönte wieder, diesmal länger.

»He, pfeif drauf«, sagte Tiel jetzt, »sorg dafür, daß es nicht noch mal klingelt.«

»Du meinst, ich soll antworten?«

»Donnerwetter, du wirst jeden Tag schlauer, es ist wunderbar.«

Kinlaw erhob sich aus der Fernsehecke und bewegte sich langsam auf die Tür zu, wobei er instinktiv nach der Pistole unter seinem Jackett faßte. Eines Tages würde er das mit Tiel einmal austragen – nur sie beide allein in einem Zimmer. Jeder hielt sie für gute Kumpels, weil sie sich ähnlich sahen, dieselbe Größe hatten, dasselbe Alter und dieselbe blonde Haarfarbe. Aber Tiel bildete sich ein, Kinlaw wäre dumm – und dafür würde er früher oder später zahlen müssen.

Kinlaw öffnete die Tür und schaute hinaus. Er erblickte einen sonderbar aussehenden Mexikaner-Typen. Aber nicht das Aussehen dieses Latinos war merkwürdig, sondern seine Aufmachung. Stiefel aus Eidechsen-Leder, schwarze Lederhosen, schwarze Lederjacke – offen bis zum Gürtel –, eine Menge Ringe an den Fingern und um den Hals eine goldene Kette, von der ein goldenes Schmuckstück herunterhing, das mindestens eine Tonne wiegen mußte. Ein verflucht großer Schmuck, fast rund.

»Sie wünschen?«

». . . Mr. DeMarco zu sehen«, antwortete der Mexikaner.

»In welcher Angelegenheit?«

»In einer persönlichen.«

»Haben Sie eine Verabredung?«

»Nein.«

»Er ist beschäftigt.«

»Ich werde warten.«

»Aber nicht hier drin . . .« Kinlaw wollte die Tür schließen.

»Ich glaube nicht, daß Baby sich freuen wird, wenn ich hier ausgeschlossen werde.«

Der Name kommt mir irgendwie bekannt vor, dachte Kinlaw, während er die Tür direkt vor der Nase des Mexikaners zuschlug.

Als Kinlaw zurückkam, saß Tiel vor dem Fernsehapparat. Hinten aus dem Schlafzimmer kamen jetzt die Schreie der Schwarzen und DeMarcos, das bedeutete, daß er seine Nummer gleich hinter sich haben würde. DeMarco hatte es gern, gleichzeitig mit seinen Nutten zu kommen.

Tiel versuchte, sich auf den Film zu konzentrieren – ein Musical mit Mario Lanza. Das war schlimm genug, aber zu dieser späten Stunde gab es keine große Programmauswahl. Er hoffte, daß DeMarco die Negerin nicht anbieten würde. Nicht, daß er etwas gegen Zweitnummern gehabt hätte, es machte ihm auch nichts aus, den zweiten Platz mit Kinlaw zu teilen –

aber mehr Spaß als Sex machten ihm Dinge wie mit dem Mädchen vom Vorabend: sie hinterher auf der Dienstbotentreppe zu bestrafen. Mädchen zusammenbrechen zu sehen – das war das Beste.

Jetzt schaute er zu Kinlaw auf. »Nun?«

»Ich hab' mich drum gekümmert«, sagte Kinlaw. »Kleine Fische.«

»Das gefällt mir nicht. Seit wann ist für dich etwas ein ›kleiner Fisch‹? Wer war an der Tür?«

»Ein öliger Mexikaner. Wollte DeMarco, hatte aber nichts verabredet, also kann er sich draußen abkühlen. Er ist 'n Freund von Baby.«

Tiel sprang auf. »Willst du damit sagen, daß er ein Freund von Baby ist und du ihn draußen warten läßt?«

Kinlaw nickte. »Er hatte keinen Termin – und er hat nicht gesagt, worum es geht.«

Tiel war schon an der Tür. »Baby hat nicht nur dieses Hotel im Griff, Kinlaw – sondern, verstehst du, *die ganze Stadt!* Wenn irgend jemand was zu sagen hat, dann ist es Baby – und es nicht sehr schlau, seinen Kumpel anzuschmieren, klar?« Er ordnete sein Jackett, öffnete hastig die Tür und blickte auf den Burschen in der schwarzen Lederkluft. Vielleicht war er ein Mexikaner, vielleicht aber auch ein Italiener. Der Schmuck, dieser riesige Goldklumpen an der Kette, sah mehr nach einem Italiener aus. Auf den ersten Blick wirkte der Schmuck wie ein Judenstern, aber dieses Ding hatte mehr Zacken, ungefähr acht. »Sie sind ein Freund von Baby?«

»Ich hab' nicht von Freundschaft gesprochen, aber wir kennen uns seit fünfzehn Jahren.«

»Und wer sind Sie?«

»Nick.«

»Also – worum geht's? Kommen Sie, ich laß Sie drinnen warten, und Sie erzählen mir, was anliegt.«

»Ein Mädchen.«

»Sie haben ein Mädchen für Mr. DeMarco?«

»Ich will mit ihm über ein Mädchen sprechen.«

»Ist sie hübsch? Er mag sie hübsch und schlank – wenn sie's nicht ist, können sie's vergessen.«

»Sie haben sie gerade beschrieben.«

Tiel schaute auf den dunkelhäutigen Mann hinab. Tiel war knapp zwei Meter groß und 250 Pfund schwer, aber irgend etwas im Blick dieses Mannes beunruhigte ihn. Nein, es lag eher an dessen Haltung – er bewegte sich nicht, wenn er sprach. Er stand still, die ganze Zeit schon. Ach, zum Teufel, der Bursche trug offensichtlich nichts bei sich, und er und Kinlaw waren schließlich scharf auf Weiber. DeMarco sowieso. Es war Blödsinn, sich über einen Italiener mit falschem Schmuck den Kopf zu zerbrechen – also bat er den Burschen, einzutreten und drinnen zu warten. Als er die Tür hinter ihm schloß, hörte er, wie Danny und die Negerin eben ihren Höhepunkt hatten und laut schrien.

DeMarco lag nackt auf dem Bett und beobachtete das Mädchen, das sich wieder anzog. Wenn das sein alter Herr wüßte, der würde wie eine Rakete an die Decke gehen . . . Sein alter Herr hatte nie etwas zu tun haben wollen mit Farbigen, und vor dieser Nacht hatte Danny auch nie eine gehabt. Sie hatte es prima gemacht, auf ihn zu warten. Und sie roch überhaupt nicht – abgesehen von ihrem Parfüm, und das war angenehm.

»Jesse, ist das dein Name?«

Sie nickte.

Er betrachtete sie. Hübsch war sie, hatte Ähnlichkeit mit dieser Nachtclub-Sängerin, deren Name ihm nicht einfallen wollte – Carrol, nein, Diahann Carroll. Wahrhaftig, er sollte dieses Mädchen schwängern. Sie und er – als zweiter Stallone – das würde sicher sehenswerte Kinder geben. »Fertig zur nächsten Runde?«

Sie lächelte und streckte abwehrend die Hände aus. »Mir zittern ja noch die Knie von dem, was eben war . . .«

»Ich könnte die ganze Nacht, ich werde nie müde.«

Sie nickte. »Das glaub' ich dir.«

»Ich werde jetzt öfter in die Stadt kommen. Zweimal im Jahr oder vielleicht noch häufiger.«

»Meistens bin ich im Silver Spoon . . .«

»Weißt du, wer ich bin?«

»Ich weiß nur, du bist der Größte im Bett.«

»Ich bin der Chef in Lexington, Kentucky.«

Sie sah ihn an. »Donnerwetter – dann mußt du älter sein, als du aussiehst.«

»Vierundzwanzig bin ich. Mein alter Herr hat mir geholfen.« Was er ihr erzählte, stimmte nicht ganz. Noch war er nicht der Chef, aber er würde es sein bis zu seinem siebenundzwanzigsten Lebensjahr, denn sein alter Herr war krank. Und wenn die Ärzte die Wahrheit gesagt hatten . . . dann mußte er sich nicht mehr lange mit Mistkerlen wie Tiel und Kinlaw abgeben. Sein alter Herr würde zwar nicht aufhören, sich um ihn zu sorgen, denn er hatte eine Menge Feinde, und durch den Sohn konnte man auch an ihn herankommen. Aber das war lächerlich, er konnte allein damit fertig werden. Zumindest, wenn es sich um einen Mann handelte. Und bei einer Frau – in diesem Fall würde er eine halbe Stunde brauchen, danach würde sie ihm zu Füßen liegen.

Jesse hatte sich fertig angezogen und stand auf. »Was für eine Nacht . . .«, sagte sie.

DeMarco griff nach ihrer Hand, hielt sie fest wie im Schraubstock. Vielleicht sollte er sich noch mal den Spaß machen . . . Nein, das war Unsinn, zumindest mit einer Kaffeebraunen. Diese Sorte hatte einfach nicht das Zeug dazu, die Sache spannend zu machen – sie ließen sich zu leicht einwickeln. Er löste seinen Griff und ließ sie gehen. Sie lächelte ihn noch einmal an und verließ das Zimmer. Er blieb zurück, lag nackt da und liebkoste den »Neid aller Männer«.

Jesse hatte schon befürchtet, in Schwierigkeiten zu geraten, als DeMarco ihre Hand umklammert hielt. Er gehörte zu den Männern, die Freude daran hatten, eine Frau zu verletzen. Das war ihr klar durch seine rauhe Art beim Sex. Glücklicherweise hatte sie das hinter sich gebracht wie jeden anderen dieser beschissenen Jobs, und sie hatte ihn in seinem Glauben bestärken können, ein wilder Hengst zu sein. Die Wahrheit war, daß er sie eher an ein tobsüchtiges Chihuahua-Hündchen erinnerte.

Während sie sich angezogen hatte, hatten ihre Hände gezittert, weil sie am liebsten davongelaufen wäre. Jetzt, als sie das Schlafzimmer verließ, fühlte sie erneut diesen Drang. Es gelang ihr, dieses Bedürfnis zu unterdrücken. Sie betrat das Wohnzimmer, lächelte die beiden blonden Riesen an – und in diesem Augenblick entdeckte sie Escalante.

Er stand in einer Ecke des Zimmers, und sie hätte ihn fast begrüßt, aber sie begriff instinktiv, daß er nicht erkannt werden wollte. Was mochte er bloß mit diesem Pack zu tun haben?

Plötzlich verstand sie und beschleunigte ihre Schritte. Ihr Pillenlieferant, der nachts in der Notaufnahme des Memorial Hospitals arbeitete, hatte ihr von Hollister erzählt, die vergangene Nacht eingeliefert worden war. Das hier mußten die Typen sein, die sie fertiggemacht hatten . . .

Beim zweiten Versuch gelang es ihr, den Türknauf zu drehen. Als sie im Flur stand, gab sie endlich dem Wunsch nach zu laufen. Sie stürzte zum Fahrstuhl und ließ den Rufknopf nicht mehr los. Nur weit fort von Nummer 3506, bevor das große Blutbad begann . . .

Nachdem das Mädchen gegangen war, steuerte Tiel unverzüglich zur Schlafzimmertür und klopfte.

»Komm rein.« DeMarco lag immer noch nackt auf dem zerwühlten Bett und streichelte sich.

Schwein, dachte Tiel.

Vom Bett aus beobachtete DeMarco, wie Tiel sich bemühte, ihn nicht zu betrachten. Neidhammel, dachte er und sagte laut: »Ja – was gibt's?«

»Draußen ist ein Typ, der dich sehen will.«

»Wer?«

»Keine Ahnung, aber er ist seit langem mit Baby bekannt. Und er will mit dir über ein Mädchen sprechen.«

DeMarco setzte sich auf und rieb seine Brust. Vielleicht wollte ihm Baby ein Geschenk überbringen . . . Sehr wahrscheinlich war das zwar nicht, aber wenn es zutraf, dann war das Mädchen sicher die Mühe wert.

»Ich komme gleich«, sagte DeMarco.

Tiel nickte und ging. DeMarco verschwand im Badezimmer, benetzte sich mit etwas Duftwasser und griff seinen seidenen Hausrock. Er warf ihn über seinen muskulösen, nackten

Körper, band ihn locker in der Taille und ging barfuß hinüber ins Wohnzimmer.

Als er eintrat, wußte er sofort, daß es sich nicht um ein Geschenk von Baby handeln würde. Es war unmöglich, sich Baby in der Gesellschaft von Abschaum vorzustellen – mit diesem Landstreicher in Eidechsen-Stiefeln, dem albernen schwarzen Lederanzug und den Klunkern . . . Er brachte ein breites Lächeln zustande und streckte zur Begrüßung die Hand aus. »Sie sind ein Freund von Baby . . .?«

»Nett von Ihnen, mich so zu nennen, Mr. DeMarco.«

»Sie können Danny zu mir sagen. Und wie heißen Sie?«

»Nick.«

DeMarco behielt das Lächeln auch nach dem Händeschütteln bei, ging zum Schreibtisch und stellte sich dahinter. »Nun, Nick, man hat mir gesagt, daß es um ein Mädchen geht.«

»Jawohl, Sir.«

»Ich bin ein großer Verehrer des weiblichen Geschlechts – und Mädchen gehören wohl dazu.« Er lachte schelmisch. »Allerdings nur, wenn sie zu der hübschen Spielart gehören . . . Ist Ihre hübsch?«

»Sie war's.«

»Was bedeutet das?« Er schaute den Mexikaner jetzt schärfer an und bemerkte, wie der Bursche unter seinem Blick zusehends nervöser wurde.

»Vergangene Nacht, Mr. DeMarco – eine liebe Freundin von mir ist nicht sehr respektvoll behandelt worden . . . Und ich dachte, Sie verstehen, ich dachte, vielleicht könnte man da etwas tun . . .«

»Nicht respektvoll? Tut mir leid, Nick, aber wie ich Ihnen schon sagte: Ich verehre Frauen. Sie müssen sich im Zimmer geirrt haben, ich bin ein vollendeter Gentleman, wenn es um Damen geht.«

»Ich meine nicht, daß das, was Sie getan haben, die feine Art war.«

»Und was hab' ich getan, Nick?« DeMarco nahm hinter dem Schreibtisch Platz und schien sich gut zu unterhalten mit dem Chili-Fresser vor ihm und dahinter Tiel und Kinlaw.

»Sie sagte, daß Sie eine Waffe – eine Pistole – eingeführt

haben in ihre intimsten Teile, und daß Sie sie sehr erschreckt haben.«

»Das ist nicht respektlos, Nick, das ist ein Spiel. Wir hatten eine Party.«

»Nun, aus ihrer Sicht war es nicht sehr vergnüglich. Und was danach passierte, gefiel ihr auch nicht besonders.«

»Sie sollten mir das ausführlich erzählen, Nick. War da noch ein Spiel?« Er wartete, weil dieser Dummkopf in der Lederkluft sich gerade nach Tiel und Kinlaw umsah.

»Details spielen keine Rolle, ich weiß auch nicht viel über Einzelheiten. Sie konnte sich nicht mehr an alles erinnern, sie weiß nur, daß sie in der Notaufnahme des Memorial Hospitals genäht werden mußte.«

DeMarco schaute die beiden Blondköpfe an. »Dämmert euch da nicht irgendwas? Tiel? Kinlaw?«

»Nein, Mr. DeMarco«, sagten Tiel und Kinlaw einstimmig.

»Die beiden lügen, Nick.«

»Ich weiß, und jetzt werdet ihr wohl noch ein neues Spiel kennenlernen. Aber diesmal bin ich der Partner.«

»Sehr gut, Nick. Lassen Sie mich doch einen Augenblick überlegen . . . Sagten Sie, daß die Behandlung respektlos war und daß da irgend etwas getan werden müßte – habe ich das richtig verstanden?«

»Haben Sie, Sir.«

»Also, erstens ist es unmöglich, eine Nutte respektlos zu behandeln – und Ihre Freundin ist doch eine Nutte, nicht wahr, Nick?«

»Sie ist ein sehr damenhaftes menschliches Wesen.«

»Und Sie sind ihr Zuhälter. Richtig, Nick?«

»Aber nein, Mr. DeMarco.«

»Was sind Sie dann? Hier einfach hereinzuschneien in diesem idiotischen Aufzug – für mich sehen Sie aus wie ein billiger Itaker und Zuhälter.«

»Sie haben mich ganz falsch verstanden.«

»Was tun Sie denn, Nick, wenn Sie kein Zuhälter sind?«

»Verschiedene Dinge. Ich drücke es gerne so aus: Ich beschäftige mich mit Menschen.«

»Mit Menschen?« DeMarco lachte. »Ich wußte gar nicht, daß man das auch so nennen kann.« Er schaute dem Mann im

Lederanzug ins Gesicht. »Kommst du, verdammt noch mal, vom Mars?«

»Nein, Sir, ich bin nur hier, weil eine gute Freundin von mir . . .«

»Halts Maul, Nick, verstanden?«

»Ja, Sir.«

DeMarco kam hinter dem Schreibtisch hervor. »Und nun zu meiner Version, Nick. Einem Zuhälter ist eins seiner Pferdchen unter die Räder gekommen. Es kann für eine Weile nicht laufen – und er ist unverschämt genug, Geld zu verlangen für den Verdienstausfall.«

»Sie haben mich ganz falsch verstanden, Mr. DeMarco. Ich kann mich ausweisen.« Er faßte in die rechte Tasche seiner Lederjacke, um ein Stück Zelluloid hervorzuholen. »Schauen Sie, Kreditkarten – American Express, Diners . . . sie gehören alle mir.«

»Sie müssen wirklich vom Mars kommen.« Er sah Tiel und Kinlaw an. »Was denkt ihr?«

»Dasselbe, was Sie denken«, antworteten Tiel und Kinlaw einstimmig.

»Was soll's – vielleicht hat er gar nicht so unrecht.« DeMarco öffnete die Schreibtischschublade und zog ein mit einem Gummi umwickeltes Bündel von Banknoten hervor. »Hier sind zwanzigtausend – würde das die Respektlosigkeit abdecken?«

»Sie sind sehr großzügig.«

»Und Sie sind sehr einfältig.« Er schob das Geld wieder in die Schublade und zog eine Pistole hervor. »Aber vielleicht wissen Sie trotz Ihrer Einfalt, was das hier ist.«

Der Mexikaner nickte.

»Schauen Sie, dieses Ding hat einen Schalldämpfer und kann auch sonst alles. Ich könnte Ihre Kniescheiben wegblasen – und nebenan würde niemand auch nur das geringste hören.«

Der Mexikaner starrte wie gebannt auf die Waffe.

DeMarco verstaute die Pistole wieder neben den Geldscheinen und schloß die Schublade. »Hier wird kein Bargeld den Besitzer wechseln, Nick, aber seien Sie nicht enttäuscht – wir werden uns jetzt einem sehr wichtigen Thema zuwenden: Ihrer Zukunft.«

»Lassen Sie mich einfach weggehen, was halten Sie davon?«

»Oh, das werde ich. Die Frage ist nur: In welchem Zustand werden Sie uns verlassen, und wieviel werden Sie morgen noch von Ihren Schmerzen haben? Nick, alter Knabe, Sie haben die Wahl: Ich kann Ihnen ›Auf Wiedersehen‹ sagen, Ihnen zuwinken und Sie sind frei wie ein Vogel – oder ich kann meine Freunde hier bitten, Sie übel zuzurichten . . . Was ist Ihnen lieber?«

»Frei wie ein Vogel.«

»Das dachte ich mir. Aber wenn ich das tue, wenn ich wirklich so nett und großzügig zu Ihnen bin, dann möchte ich auch, daß es sich herumspricht, daß Sie allen Leuten davon erzählen . . . Machen Sie mal eine Probe, Nick – sagen Sie mir jetzt gleich, wie nett ich bin. Und wenn es mir gefällt, sind Sie frei.«

»Sie sind ein sehr nobler Mann, Mr. DeMarco, ein toller Mann. Sie sind großzügig, Sie sind nicht nachtragend, Sie sind der Beste – ein wirklich überdurchschnittlicher Mensch.«

»Das war nicht gut genug, versuchen Sie's noch mal«, sagte DeMarco. »Sprechen Sie über meine guten Eigenschaften. Es ist Ihr letzter Versuch, Nick, ich warte.«

Der Mexikaner schwieg.

DeMarco sah ihn genau an und fragte sich, was hinter seinen Augen vorging.

Es blieb still.

»Woran denken Sie?«

». . . Schottland . . .«

DeMarco blinzelte ungläubig.

». . . Schottland aber zog vorbei . . .«, murmelte Nick.

»Er muß verrückt sein«, sagte DeMarco und gab Tiel und Kinlaw ein Zeichen. »Laßt ihn gehen. Faßt ihn nicht an, seht nur zu, daß unser Freund Nick in den Fahrstuhl steigt.«

»Hier entlang, Nick«, sagte Tiel und näherte sich dem Zuhälter. Rein mechanisch befühlte er die Waffe in seiner Jacke und fragte sich, ob dieser Bursche Ärger machen würde. Wahrscheinlich nicht, er war zu verstört.

Kinlaw betrachtete diesen lederbezogenen Trottel und wünschte sich von Herzen, leichtes Spiel mit ihm zu haben. Hoffentlich würde dieser Halbverrückte dumm genug sein, sich in die Mitte nehmen zu lassen. Wahrscheinlich würde nichts daraus werden, weil niemand so blöd war, sich in die Mitte nehmen zu lassen – aber nett wär's doch, und auch weniger Mühe.

Sie starteten in Richtung Tür, und Kinlaw staunte nicht schlecht, als der Bursche Tiel vorangehen ließ und hinter ihm herstapfte, so daß Kinlaw als letzter folgen konnte. Der Bursche wandte Kinlaw wahrhaftig den Rücken zu . . . Langsam pirschte sich Kinlaw heran. Er konnte sich nur mit Mühe ein Grinsen verkneifen. Entspannt atmete er auf und griff an seine Waffe.

Kein Zweifel – es gab doch einen Gott . . .

Kapitel 2

Achtzehn Sekunden

»Sie sind ein sehr nobler Mann, Mr. DeMarco, ein toller Mann.« Nick Escalante beeilte sich. »Sie sind großzügig, nicht nachtragend, Sie sind der Beste, ein überdurchschnittlicher Mensch . . .«

»Nicht gut genug, versuchen Sie's noch mal. Sprechen Sie über meine guten Eigenschaften. Ihr letzter Versuch, Nick, ich warte.«

Escalante stand da in seinen Zuhälterklamotten und starrte auf Stallones Doppelgänger. Bis dahin war der Abend ganz nach seinen Wünschen verlaufen. Die Zuhältergeschichte hatte ihren Dienst getan, er hatte erst mit ihnen sprechen und nicht gleich mit einem Schwinger hereinplatzen wollen. Es war immer hilfreich – zumindest für ihn –, den Feind nicht zu mögen. Man mußte ihn nicht gleich hassen, aber Verachtung konnte nicht schaden. Widerwille war noch besser, und Abscheu wirkte am besten. Und für diese drei Männer empfand er gleich alles auf einmal – wegen ihrer Arroganz und für das, was sie Holly angetan hatten. All das war bestens gelaufen. Nur – er hatte einfach keine Lust, gegen sie zu kämpfen.

Mit Angst hatte das nichts zu tun, obwohl die Blondschöpfe zweifellos außerordentlich kräftig waren. Außerdem waren sie jung und professionelle Schläger, die Freude an ihrer Arbeit hatten, wie Hollys Beispiel bewies. Und in seinem Fall würden sie sich noch mehr Mühe geben, würden ihn langsam auseinandernehmen und sich richtig in ihn hineinknien. Aber er hatte schon einiges an Schmerzen ausgestanden in der Vergangenheit, er war schon in die Luft gejagt worden – und das waren Schmerzen gewesen, an die nichts von dem heranreichte, was diese beiden ihm zufügen konnten.

Nein, er fühlte keine Furcht vor Tiel oder Kinlaw. Er fühlte sich nur . . . so unendlich ermüdet von all diesem Um-Sich-Schlagen, dieser Gewalt. In fünftausend Tagen konnte man leicht aller Dinge überdrüssig werden . . . Wenn er sich auf die Schlägerei einließ und für ein bis sechs Monate ausfiel, würde er vielleicht Zeit zum Nachdenken haben und seine Prioritäten von einst wieder sortieren können . . .

Plötzlich kümmerte es ihn nicht mehr, ob er immer noch der Meister war in scharfen Waffen. Er stand unbeweglich da, weil das gut bedacht sein wollte, denn früher hatte ihm dieser Titel viel bedeutet. Heute konnte er sich darüber nur wundern.

Sollten sie ihn also auseinandernehmen. Er würde sein Möglichstes tun, die Schmerzen zu verringern. Wohin würde er reisen? Nach Schottland! Ja, nach Schottland – in den vergangenen Jahren hatte er mehrere Kunden aus Schottland gehabt und sie ständig ausgehorcht. So hatte er erfahren, daß man als Anhalter mit nichts als einem Rucksack und einer Ewigkeit an Zeit am besten die A 68 wählte, um ins Land zu kommen. Es war der schönste Weg nach Schottland, weil man über eine Höhe von mehr als dreitausend Meter kam und dann – kurz vor einer Stadt namens Carter Bar – bei klarem Wetter die Lowlands, die Täler, erblickte, die sich ausbreiteten bis in die Unendlichkeit des Horizonts.

Und Edinburgh mit seiner Princess Street, der schönsten Straße dieser Stadt, zweifellos der ganzen Welt – Geschäfte säumten die eine Seite, während sich gegenüber ein Hügel erhob, gekrönt von einer Burg . . . Und wenn man da hinaufstieg, einen Blick hinunterwarf von der Burgzinne, war die Aussicht so atemberaubend, daß das Panorama der

Lowlands zu etwas Alltäglichem zusammenschrumpfte . . . Dann die A 96 – wenn man ihren Biegungen in Richtung Inverness folgte, sah man sich plötzlich vor einem See, und das war kein geringerer als Loch Ness, wo Nessie seit Jahrhunderten die Welt zum Narren hielt . . . Und weiter nach Norden, immer nach Norden, weil man die Highlands gesehen haben mußte. Nichts auf der Welt kam den Highlands gleich, diesen riesigen Erdwällen, die sich hinunterbogen auf die Straße und den Sinnen den Streich spielten, daß man sie für tausendmal höher hielt, als sie waren . . . Und die Insel Skye, wo die Menschen so gastfreundlich waren, weil nur wenige Besucher kamen, die außerdem nur eins suchten: Ruhe.

An einem Nachmittag auf Skye konnte man mehr Freundschaften schließen als in fünftausend Tagen an anderen Orten . . . Und schließlich kehrt und abwärts zu einer Stadt namens Fort William und der Burg von Inverlochy, der einzigen protzigen Herberge weit und breit. Ein richtiges Schloß mit vielleicht einem Dutzend Gästezimmer und einer Küche, die zu den besten in Britannien gehörte. Alles war perfekt zubereitet, aber wenn die Vollkommenheit noch eine Steigerung zuließ – und auf Inverlochy Castle bemühte man sich darum –, dann bei ihrem schottischen Moorhuhn. Braungebraten, mit knuspriger Haut kam es auf den Tisch, und dazu bestellte man nur den besten Wein, möglichst einen Burgunder . . .

. . . einen roten Burgunder . . .

. . . Burgunder, so rot wie Blut . . .

In diesem Augenblick, während seine Augen noch auf DeMarco geheftet waren, kam Escalante in die Wirklichkeit zurück. Er fühlte, daß ihn seine Beherrschung verlassen wollte. Die Burg wich zurück. Escalante wußte, was nun passieren würde: sein Hirn – dieses Reptil – übernahm wieder das Kommando.

Was die meisten Menschen nicht wußten, und vielleicht auch keinen Grund hatten zu wissen: Jeder auf dieser Erde hatte in seinem Schädel ein Hirn wie ein Reptil. Escalante hatte das von einem Arzt oder Wissenschaftler – sein Name war McLean oder so ähnlich –, über den er gelesen hatte, und es war ihm unvergeßlich geblieben. Das Reptilhirn war ein Überbleibsel aus einem früheren Jahrtausend und hatte die Zeiten überdauert, in denen wir die Entstehung unseres Hirns vermuten, das nur eine Verfeinerung und Abrundung der älteren Zellen des Reptilhirns darstellte.

Unser Reptilienhirn ist immer bei uns, keine Operation kann es entfernen. Es hat nur fünf einfache Bedürfnisse: es will schlafen, essen, kämpfen, töten und Geschlechtsverkehr. Für die Sorge um andere sind keine Zellen vorgesehen, auch nicht für Freundschaft oder Liebe.

Diese Dinge stecken alle im umgebenden Hirn, von dem wir im allgemeinen Gebrauch machen. Im allgemeinen, aber nicht immer, denn tief in diesem feuchten Dunkel verbirgt sich das Reptilhirn. Seit eh und je, für alle Zeiten, sitzt es dort in jedem von uns – und lauert . . .

»Woran denken Sie?«

»Schottland . . . Schottland aber zog vorbei . . .«

»Er muß verrückt sein«, sagte DeMarco.

Der Mex sah, wie er Tiel und Kinlaw das Zeichen gab.

»Laßt ihn gehen. Faßt ihn nicht an, seht nur zu, daß unser Freund Nick in den Fahrstuhl steigt.«

Escalante beobachtete, wie Tiel auf ihn zukam und dabei instinktiv in sein Jackett griff, wo die Pistole steckte. Nach einem Blick auf Kinlaw ließ er sich von den beiden Männern in die Mitte nehmen, getreu einem Prinzip aus dem Kapitel »Gewinnen durch Nachgeben« aus dem Buch »Unser Freund, die Gewalt« von MacShane. Nach diesem Grundsatz bestand die beste Taktik für den Kampf mit einem gewieften Gegner darin, etwas ganz Verkehrtes zu tun. Jeder wußte, daß die Position zwischen zwei Feinden die schlechteste war, wenn man sich aber bewußt in die Höhle des Löwen begab, konnte man darauf rechnen, daß die Konzentration des Gegners nachließ und er zu selbstsicher wurde.

Escalante bemerkte, wie langsam dieses Gefühl in ihm wuchs, das er immer hatte, bevor er in die Schlacht ging: Eine Wallung von Hitze stieg aus seinen Leisten auf.

»Hier entlang, Nick«, sagte Tiel.

Escalante ließ Tiel die Führung übernehmen in Richtung Tür. Er folgte ihm und gab damit Kinlaw die Chance, ihn von hinten zu überrumpeln.

Die Hitze in den Lenden nahm zu. Wer mit Gewalt vertraut war, wer sie kannte und fachmännisch mit ihr umging, der wußte, daß sie keine Ähnlichkeit hatte mit diesen Bruce-Lee-Filmen, wo tödliche Schüsse harmlos wie Regentropfen wirkten. Echte Gewalt wirkte schnell, denn der Körper hatte die Verletzlichkeit eines Kindes. Eine gute Angriffstechnik durfte deshalb – unabhängig davon, ob sie zu Sieg oder Niederlage führen würde – keinesfalls zu lange dauern. Und wenn Escalante in Hochform war, endete der Kampf nach einer halben Minute, an besonders guten Tagen in noch kürzerer Zeit.

Sein Reptilhirn hatte ihn jetzt ganz unter Kontrolle. Die Hitze glühte intensiv. Der Drang nach Gewalt füllte ihn ganz, sie hatte etwas von einem guten alten Freund. Es gab Männer, die brillante Rennfahrer waren, andere waren gut im Geldmachen – und Escalante gehörte zu denen, die sich erst richtig lebendig fühlten bei drohenden Schmerzen.

Die **erste Sekunde** begann mit nichts Ungewöhnlichem. Tatsächlich wußte niemand außer Escalante, daß die Schlacht überhaupt begonnen hat. Aus einer Entfernung von vielleicht viereinhalb Metern beobachtete DeMarco interessiert die Vorgänge. Er saß am Schreibtisch und hatte den Kopf nach links gerichtet. Kinlaw griff gerade nach seiner Waffe, während er dicht an den Rücken des Mexikaners heranging. An der Spitze der Prozession faßte Tiel ebenfalls nach seinem Schießeisen, als er einen seltsamen Laut hörte – eine Art Knurren, das sicher von Kinlaw kam, der nur knapp zwei Meter hinter ihm ging. Doch das Geräusch wurde davon ausgelöst, daß Escalante mit seinem rechten Eidechsenstiefel ausgeschlagen, auf Kinlaws linke Kniescheibe gezielt und voll getroffen hatte. Der Stiefel war schwer und hatte außerdem einen scharfen, metallenen Absatz. Das Geräusch beim Aufprall des Absatzes verriet Escalante zweierlei: Kinlaw würde schreien, aber erst in etwa drei Sekunden – und Kinlaws Kniescheibe war hin.

Zweite Sekunde: DeMarco saß am Schreibtisch, vernahm

das Grunzen und verstand nicht so recht, wo es herkam. Er hielt immer noch den Kopf seitwärts. Wenn er überhaupt etwas tat, dann höchstens, daß er einige Male kurz hintereinander mit den Augen zwinkerte. Kinlaw fühlte nichts mehr, sein ganzer Riesenkörper war für den Augenblick betäubt. Tiel an der Spitze beschleunigte den Griff mit der Rechten zu seiner Waffe, während er gleichzeitig seinen gewaltigen Körper zu drehen begann, um sich davon ins Bild zu setzen, was hinter ihm geschah. Escalante machte einen schnellen Schritt vorwärts – weg von Kinlaw, hin zu Tiel.

Dritte Sekunde: Escalante setzte seine Vorwärtsbewegung fort, nahm aber jetzt seine rechte Hand vor den Körper. DeMarcos Augen weiteten sich zu einem Starren. Tiel hatte die Waffe schon halb gezogen und die Drehung fast vollendet. Derweil erreichte das, was geschehen war, Kinlaws Hirn, und er begann zu schreien.

Vierte Sekunde: Was jetzt passierte, war sehr wichtig. DeMarco erkannte plötzlich die Notwendigkeit, etwas zu unternehmen und stand auf. Kinlaw schickte sich an, unter seinen Schmerzen zusammenzubrechen. Escalantes Rechte bewegte sich auf Tiels Gesicht zu. Die Hand hielt die Kreditkarten. Sie waren echt – zumindest waren sie es einmal gewesen –, aber jetzt waren keine Daten mehr zu sehen, und die Ecken waren so spitz zugeschnitten, daß sie sofort Ströme von Blut verursachten, als Escalante mit einem schnellen und kraftvollen Hieb quer über Tiels Stirn ratschte. Zumindest für den Augenblick war Tiel blind.

Fünfte Sekunde: Dies war der kritische Moment für Escalante. Mit dem schnellsten Satz seines Lebens stürzte er sich nach hinten auf Kinlaw, zog ihn hoch und stellte ihn so hin, daß der Riese dicht hinter ihm stand. Er zog Kinlaws Arme fest nach vorn um seinen eigenen Körper. DeMarco war jetzt auf den Beinen, und Tiel versuchte erfolglos, das Blut durch heftiges Augenzwinkern zu entfernen.

Sechste Sekunde: Kinlaw schrie wieder, während ihn Escalante aufrecht hielt und sonst wenig tat, außer mit dem Kopf gegen Kinlaws Brustkorb zu schlagen. DeMarco rief: »Haltet ihn auf!« Es war das Beste, was er hatte tun können, denn Tiel hob nun die Hände – mit dem Schießeisen in der einen – und versuchte, den Blutstrom aufzuhalten, der in seine schmerzenden Augen rann.

Siebte Sekunde: Escalante warf mit aller Kraft den Kopf in einem leichten Aufwärtswinkel nach hinten und ließ seinen Schädel auf verschiedene Partien von Kinlaws Gesicht prallen – vor allem auf die Nase und die Backenknochen. DeMarco machte sich daran, die Schreibtischschublade zu öffnen, während Tiel zu fluchen begann.

Achte Sekunde: Escalante trat weg von Kinlaw, der mit lädiertem Gesicht langsam zu Boden ging. DeMarco hatte nun die Hände in der Schublade, wo seine Waffe lag. Tiel stieß weiterhin unzusammenhängende Flüche aus.

Neunte Sekunde: Tiel schlug blind um sich mit seiner Waffe. Dasselbe tat Kinlaw, der halb betäubt auf dem Boden lag. DeMarco hatte die Schublade geöffnet, während Escalante zwei Vorwärtsschritte machte, auf Tiel zu.

Zehnte Sekunde: Jetzt kam das Ende für Tiel, als Escalante dem Adamsapfel des blutenden Mannes einen schnellen Schlag versetzte. Obwohl es nur ein kurzer Hieb gewesen war, hatte er aber eine schreckliche Kraft und Zielgenauigkeit. Die spitzen Fingerknöchel machten Tiels Stimme den Garaus und ließen ihn nach Luft ringen. DeMarco hatte endlich seine Hand auf der mit Schalldämpfer ausgerüsteten Waffe.

Elfte Sekunde: Escalante begab sich auf einen Sturzflug. Für einen Augenblick schwebte sein Körper parallel zum Teppich, während er mit der Rechten an seine Brust faßte. Tiel taumelte rückwärts und versuchte, bei Bewußtsein zu bleiben. Kinlaw wälzte sich auf dem Boden, eine Hand an der Kniescheibe, die andere im Gesicht. DeMarco holte die Pistole hervor und war schußbereit.

Zwölfte Sekunde: DeMarco feuerte. Die Kugel flog zu der Stelle, wo Escalante vor seinem Sprung gestanden hatte. Tiel wankte immer noch, die Pistole war ihm entglitten, denn er hielt seine schmerzende Gurgel. Kinlaw rollte sich weiterhin auf dem Fußboden, und Escalante riß soeben mit seiner Rechten den schweren, achteckigen Goldschmuck aus der Klappschnalle, mit der er an der dünnen Goldkette befestigt war.

Dreizehnte Sekunde: Escalante landete auf seiner linken Schulter, machte eine schnelle Rolle und stützte sich auf ein

Knie. Die Pistole in DeMarcos Hand vollführte soeben ihren Rückstoß. Tiel bettete sich zu Kinlaw, und beide beschrieben seltsame Bewegungen auf dem Fußboden dieser Suite des Croesus-Hotels.

Vierzehnte Sekunde: DeMarco gab den zweiten Schuß ab und traf wieder daneben. Sein Ziel war in Deckung gegangen. Tiel und Kinlaw waren im nämlichen Zustand wie zuvor. Escalante hatte sich inzwischen auf einem Knie aufgerichtet und hielt das spitzig-schwere, achteckige Stück Gold in der rechten Hand.

Fünfzehnte Sekunde: Escalante wurde allmählich klar, daß er diesen Kampf voraussichtlich gewinnen würde. Einige Punkte waren zwar noch zu erledigen, aber in denen war er so geübt, daß die Wahrscheinlichkeit einer Schußverletzung – eines dritten Schusses überhaupt – fast ausgeschlossen werden konnte. Aus einer Entfernung von dreieinhalb bis vier Metern warf er unvermittelt den Goldklumpen auf den Mann, der aussah wie Sylvester Stallone. Er hätte auf die Augen oder auf die Nase zielen können, aber da DeMarco ein Schwätzer war, erschien ihm der Mund – vermutlich aus symbolischen Gründen – als geeigneteres Ziel. DeMarco stand unbewegt, nachdem er den zweiten Schuß abgegeben hatte und die Pistole gerade ihren Rückstoß vollführte. Über die Bewegungen von Tiel und Kinlaw war nichts Neues zu berichten: Beide waren außer Gefecht.

Sechzehnte Sekunde: Genaugenommen dauerte es weniger als eine Sekunde, bis der Goldklumpen zuschlug. Escalante kauerte noch immer auf einem Knie, als der schwere Gegenstand auf DeMarcos Mund traf, die beiden Vorderzähne ausschlug, sich über die Zunge zwängte und dabei die Mundwinkel aufriß. Blut spritzte hervor, während DeMarco sein Gleichgewicht verlor.

Siebzehnte Sekunde: Escalante stand auf. DeMarco hatte sich nicht mehr in der Gewalt und sackte hilflos auf die Rückenlehne des Schreibsessels.

Achtzehnte und letzte Sekunde: Escalante war wieder ganz auf den Beinen. DeMarco hatte eine harte Landung gehabt – sein Kopf schlug hinter dem Schreibtisch gegen die Ecke, wo Wand und Fußboden aufeinandertrafen. Tiel und Kinlaw waren in dem schon beschriebenen Zustand.

Wie sich Escalante in diesem Augenblick fühlte? Er wußte es nicht genau. Jedenfalls schwitzte er, als er sich einmal um die Achse drehte, um die drei Gestalten auf dem Boden zu betrachten. Er fühlte, wie sein Herz schlug, und immer noch war da diese Hitze in der Leistengegend. Sein Reptilhirn war also noch tätig, dessen war er fast sicher.

Er fühlte sich gut und war sich des Schreis nicht bewußt, der da stark und rauh aus seiner Kehle drang. Ein Schrei des . . . des . . . wessen? Es war ein Laut, der ihm peinlich erschien. (Das Reptilhirn zog sich gerade zurück, immer schneller – aber es würde nie ganz verschwinden.)

War es vielleicht ein Schrei des Überdauerns? Jedenfalls kam er mit Sicherheit von dem, was um ihn herum auf dem Boden lag. Was immer das war – ihn gab es noch, er allein war übriggeblieben.

Außerdem – was war so schlecht an einem Sieg?

Er mußte seine Arbeit in aller Stille beenden. Von ihm kam kein Laut, aber die anderen drei ächzten und stöhnten vor Schmerzen. Er zog eine Spule mit Tierdarm aus seiner Tasche, schnitt die Darmsaiten mit dem Ring, den er in diesem Kampf nicht benötigt hatte, und band mit den Stücken die beiden Blonden an den Füßen zusammen. Danach fesselte er ihre Hände, Rücken an Rücken. Er knüpfte die Schlingen so, daß sie sich immer fester zusammenziehen mußten, wenn die beiden versuchen sollten, sich zu befreien. Wahrscheinlich würden sie dazu nicht imstande sein, aber sicher war sicher. Danach sammelte er ihre und DeMarcos Schießeisen ein und stapelte sie auf einem Glastisch. Nun griff er nach seinem goldenen Achteck, wischte das Blut ab und befestigte es wieder an der goldenen Halskette. Zuletzt hob er DeMarco auf, fesselte ihn mit Händen und Füßen an den Schreibtischstuhl, ging zum Telefon und wählte diejenige Telefonzelle in der Hotelhalle an, in der Holly wartete. Als sie sich meldete, sagte er ihr, sie könne hochkommen, ging dann zum Fenster und schaute hinab in die Dezembernacht, bis Holly klingelte.

Escalante öffnete die Tür zu 3506, und sie trat ein. Ihr mißhandeltes Gesicht war verborgen unter dem Schleier ihres

Hutes. Zwei Stunden war es erst her, daß er ihr seine Hilfe zugesagt und ihre Wohnung verlassen hatte, weil sie sich »fertigmachen« mußte – was immer sie darunter verstehen mochte. Er war zu sich nach Hause gefahren, um sich umzuziehen. Danach hatte sie ihn abgeholt mit ihrem Wagen, in dessen Kofferraum sie ihr Gepäck verstaut hatte. Sie fuhren zum Croesus, in das sie kaum hineingehen wollte, weil sie fürchtete, mit dem Schleierhut zu stark aufzufallen.

Escalante führte sie zu der Telefonzelle, versicherte ihr, daß niemand sie beachten würde und trug ihr auf, eine halbe Stunde dort zu warten. Wenn er sich nach Ablauf dieser Zeit nicht melde, dann melde er sich überhaupt nie mehr. Sie hatte genickt.

Als sie jetzt die Suite betrat, schaute sie sich zunächst um, bis ihr Blick auf DeMarco haften blieb. Sie betrachtete ihn eine Zeitlang und sagte dann: »Ja – das ist der Bursche.«

»Jesus, das will ich aber auch hoffen! Wenn er's nicht ist, dann hat er jedenfalls eine ziemlich höllische Form von Gerichtsverhandlung erlebt.«

DeMarco kam langsam wieder zu sich und blinzelte. Beide Mundwinkel bluteten noch, das Blut floß in dünnen Rinnsalen über sein Kinn und tropfte auf seinen Hausmantel.

Holly nahm ihren Schleierhut ab und legte ihn zusammen mit ihrer Handtasche auf den Fernsehapparat. Sie hatte dunkle lange Hosen angezogen und eine geblümte Bluse. Ihre gute Figur kam darin ausgezeichnet zur Geltung, nur wenn sie sich bewegte, wurde klar, daß sie immer noch schwer verletzt war. Sie ging zu DeMarco. »Sie erinnern sich an mich?«

DeMarco antwortete nach einem Zögern. »Sicher . . . Natürlich . . . Sie sind das Party-Girl, mit dem wir gestern soviel Spaß hatten.«

»Richtig. Und mein Spaß war so groß, daß ich kaum darüber hinwegkomme, daß die Party vorüber ist. Mir wäre am liebsten, sie würde ewig weitergehen, verstehen Sie, was ich meine?«

Escalante ging einen Schritt zurück und beobachtete die beiden. DeMarco blinzelte und schaute ihn an. »Was hat sie vor?«

Escalante schüttelte den Kopf, betrachtete Holly und antwortete nicht. Holly kniete sich neben DeMarco und öffnete seinen Hausmantel. »›Der Neid aller Männer‹ . . .«, zitierte sie.

DeMarcos Bewußtsein arbeitete bereits wieder schneller. »Wissen Sie, wer ich bin?«

»Klar weiß ich das«, sagte Holly. »Sie sind der Gastgeber der Party.« Sie stand jetzt auf, ging langsam zurück zu dem Fernsehgerät und zögerte einen Moment. Dann öffnete sie ihre Handtasche und griff hinein. Meine Güte! dachte Escalante, als Holly eine große Gartenschere aus ihrer Tasche zog und so laut damit schnippte, daß die beiden Blonden bei diesem metallischen Laut prompt ihr Stöhnen einstellten.

»Was zum Teufel macht sie da?« schrie DeMarco.

Escalante stand wortlos da und fragte sich, was nun kommen würde.

»Geht es um Geld?« DeMarco starrte Escalante an. »Ist es das? Sicher ist es das – Nehmen Sie's, nehmen Sie sie schon, die zwanzig – um Himmels willen!«

»Welche zwanzig?« fragte Holly.

»Zwanzigtausend – vorne in der Schreibtischschublade.«

Holly ging zu der Schublade, entnahm ihr das Bündel Banknoten und schleuderte es quer durch den Raum zu Escalante. Dann sagte sie: »Es handelt sich nicht um Geld – es handelt sich um Liebe.«

Sie schnippte wieder mit der Gartenschere und wandte sich zu DeMarco, der zu schreien begann: »Ich war's nicht . . . Ich hab' nichts getan, *sie* haben's getan, sie alle beide . . . Kinlaw und Tiel waren es . . .«

Schlechte Haltung, dachte Escalante. Wenn man bedachte, daß dieser Mensch für die Mafia arbeitete . . . feiges Gewinsel schätzte man gar nicht in jenen Kreisen.

»Erst danach«, flüsterte Kinlaw, weil nur er noch sprechen konnte. »Wir waren erst danach dran . . .«

»Halten Sie die Klappe!« sagte Holly, die sich heftig zu dem blonden Riesen umgedreht hatte. Escalante schaute sie an. Sie war offensichtlich in einer schwierigen Lage. Nach allem, was sie ihm erzählt hatte über die Dinge, die ihr gestern in diesem Zimmer widerfahren waren, war es noch schlimmer, daß sie nicht darüber sprechen konnte. Aber so kannte er sie von klein an, seine Holly, das »Glückskind« . . . Zum ersten Mal fühlte er sich zufrieden mit dem, was er hier in diesem Zimmer getan hatte.

Holly hatte sich neben DeMarco auf die Knie niedergelassen. »Ich hoffe, ich habe dieses Ding genügend geschärft«, sprach sie, »wirklich, ich hoffe sehr . . . Wir wollen mal sehen.« Sehr langsam, mit der Sorgfalt eines Chirurgen, griff sie DeMarcos schlaffen Penis, zog ihn ein wenig in die Länge und legte die scharfe Klinge an die Haut. Escalante blickte auf den kleinen Blutstropfen, der aus dem winzigen Schnitt floß.

DeMarco schaute an sich herunter. Was er sah, erschien ihm offensichtlich nicht so unbedeutend klein, denn er fing an zu jammern: »Lassen Sie mich, Jesus Maria, lassen Sie mich . . . Sie haben eine falsche Vorstellung von mir . . . ich bin wirklich ein guter Kerl . . .«

Beim Zuhören erinnerte sich Escalante, daß er vierundzwanzig Stunden früher fast die gleichen Worte gebraucht hatte, als er Osgood Percy bat, ihn nicht mehr zu schlagen.

»Lassen Sie mich . . . Ich bin wirklich ein guter Kerl . . . lassen Sie mich leben . . .«

»Sie sind mir also nicht böse?« fragte Holly.

»Nein!« Er zappelte auf seinem Stuhl herum, aber seine Versuche, sich zu befreien, waren vergeblich.

»Gut. Ich bin Ihnen nämlich auch nicht böse, und ich werde Ihnen die gleiche Chance geben, die Sie mir gegönnt haben: Sagen Sie mir, daß Sie mich lieben. Wenn ich Ihnen glauben kann, dürfen Sie ihn behalten. Wenn nicht – dann sind Sie ein schlimmer Junge, und schlimme Jungs müssen bestraft werden. Und deshalb werde ich den ›Neid aller Männer‹ dann mit mir nehmen müssen.«

»Ich liebe dich.«

»Ich glaube nicht, daß das sehr aufrichtig gemeint ist.« Sie drehte sich zu Escalante um. »Findest du, daß er ehrlich klingt?«

Escalante wehrte ab. »Halt mich da raus, es ist dein Spiel.«

Holly schnippte erneut mit der Gartenschere. »Ihr letzter Versuch«, sagte sie und schaute DeMarco erwartungsvoll an.

»Verdammt noch mal, ich liebe dich, ich liebe dich, ja, das tu ich, ich liebe dich einfach . . .« Er atmete schneller. »Liebe . . .« Seine Gesichtsfarbe wurde bleicher. »Ich . . .« Seine Stimme wurde zum Flüstern. »Nein, bitte, bitte – ich hab' einen Fehler gemacht . . . das kann jedem passieren . . .« Mehr brachte er nicht heraus, weil er nun in Tränen ausbrach, Tränen der Panik.

Escalante sah, wie die beiden blonden Riesen das Geschehen vom Fußboden aus beobachteten. DeMarco war wieder in einer ziemlich jämmerlichen Verfassung, jämmerlicher ging es nicht mehr. So durfte man sich unter keinen Umständen gehenlassen, schienen die beiden Blonden zu denken. In ihren Augen stand Verachtung, und DeMarco würde es teuer bezahlen müssen, daß sie ewiges Stillschweigen gelobten über seinen Zusammenbruch vor einer Frau, die ihn unter Druck setzte.

DeMarco war in Ohnmacht gefallen, sein Kopf sackte auf seine Brust. Holly legte die Schere ohne Zögern auf den Schreibtisch, stand auf und ging zum Fernsehapparat. Sie setzte ihren Hut wieder auf, prüfte, ob der Schleier ihr Gesicht genügend bedeckte, und nahm ihre Handtasche.

Escalante ging voran zur Tür. Sie folgte ihm, drehte sich einen Augenblick um und begutachtete die Wrackteile. »Ich wünschte, ich hätte meinen Fotoapparat bei mir«, sagte sie. Dann waren sie draußen im Flur und gingen schweigend zum Fahrstuhl. In der Hotelhalle angelangt, führte er sie zum nächstgelegenen Ausgang und draußen in der kalten Nacht direkt zu ihrem Auto. »Soll ich dich nach Hause bringen?« fragte sie. Er nickte, und sie stiegen beide ein.

Sie fuhr los. »Wir sind ein gutes Team.«

»Wir *waren* ein gutes Team. Hier kannst du dich nicht mehr blicken lassen.«

»Ist mir klar, und weißt du was? – Ich will dir ja nicht zu nahe treten, aber ich kenne angenehmere Orte als diesen. Zum Beispiel . . .«

»Sag's mir bloß nicht! Ich will gar nicht wissen, wo du dich aufhalten wirst. Auf diese Weise kann ich auch nichts verraten.«

»Bist du so sicher, daß sie hinter dir her sein werden?«

»Ganz sicher.«

»Du hättest sie ganz ausschalten können.«

Sie war in seiner Straße angekommen, bog hinein und verlangsamte, als sie sich seiner Wohnung näherten. »Ich werde anrufen, so oft ich kann, damit du mich im Auge behältst.«

Er nickte.

»Du kannst mich doch aber gar nicht im Auge behalten, weil du nicht weißt, wo ich stecke.«

»Komm zur Sache, Holly.«

»Was meinst du damit?«

»Du willst auf etwas Bestimmtes hinaus auf deine umständliche Weise, bald wirst du nur noch unzusammenhängendes Zeug reden.«

Sie lachte. »Du kennst mich besser als irgend jemand sonst, aber diesmal irrst du dich.«

Er zog das Geldbündel aus der Tasche. »Ich glaube, es hat etwas damit zu tun.«

»Nein, ich hab' dir schon gesagt: du irrst dich. Du kannst das alles behalten.« Sie hielt den Wagen an, ließ den Motor laufen. »Du allein hast dein Leben riskiert, ich will nichts von diesem Geld.«

»Wir sollten uns nicht mit einer Lüge trennen.«

Sie betrachtete ihn durch die Dunkelheit. »Okay, ich will die Hälfte – ich hab' schließlich die Schläge einstecken müssen.«

Er lachte und zog das Gummiband von dem Bündel. Es waren alles Hundert-Dollar-Scheine, von denen er ihren Anteil abzählte. Sie nahm ihn entgegen und steckte ihn in ihre Handtasche. »Eines Tages wirst du die restlichen neunzigtausend haben – da bin ich sicher.«

Er öffnete die Beifahrertür. »Sieh zu, daß du dich aus diesen rabenschwarzen Nächten fernhältst.«

»Werde ich.« Sie lehnte sich aus dem Fenster und faßte nach seinem Arm. »Danke für alles, was du getan hast und . . . du sollst wissen, daß ich dich nie um Hilfe gebeten hätte, wenn es mehr als drei von dieser Sorte gewesen wären.«

»Wir sollten uns wirklich nicht mit einer Lüge trennen . . .«

Sie lachte. »Okay, vielleicht hätten's auch fünf sein können. Nicht wahr, Mex, du würdest auch mit fünf Kerlen fertig?«

»Aber vielleicht nicht ganz so fröhlich.« Er stieg aus, schloß die Tür und ging um den Wagen herum zur Fahrerseite.

»Weißt du das Tollste, Nikki? Vorhin, als er vor Angst geschlottert hat – das war *herrlich.*«

Sie küßte ihn, umarmte ihn kurz und ungeschickt und ließ ihn gehen. »Und ich kannte dich, als du noch Zahnklammern hattest«, sagte Escalante.

Kapitel 3

Das Gewicht

Beim Betreten seiner Wohnung wurde ihm diesmal nicht wie sonst sofort übel, als er das Licht einschaltete. Wahrscheinlich lag es an den zehntausend Dollar, die er in der Hand hielt. Damit wurde zwar auch noch kein Palast aus dieser Behausung, aber das Geld half ihm wenigstens, nicht sofort fliehen zu wollen.

Die Wohnung bestand in der Hauptsache aus einem Zimmer. In der Hauptsache? Was war das wieder für ein Unsinn – das Apartment *war* ein Zimmer, auch wenn der Vermieter darauf bestand, die Ecke an der Einbauküche eine »Eßzimmer-Nische« zu nennen. Die Kitchenette selbst war nie benutzt worden – außer als Rumpelkammer –, weil Escalante Kochen nicht für ein besonders schöpferisches Bemühen hielt. Schöpferisches Bemühen? Wieder eine, noch unsinnigere Untertreibung – tatsächlich haßte er jedes Kochen. Vor allem in einer solchen Wohnung, wo die einzig vernünftige Art, sich vor Ungeziefer zu schützen, darin bestand, keine Nahrungsmittel herumliegen zu lassen. Escalantes Kühlschrank blieb fast ausschließlich dem Bier vorbehalten, seine Gefriertruhe dem finnischen Wodka, dem Scotch und den Eiswürfeln. Den kleinen Backofen verwendete er zur Lagerung von wertvollen Reise-Büchern und Illustriertenausschnitten von besonderer Wichtigkeit. In den ganzen vierzehn Jahren hatte er den Herd nicht einmal in Betrieb gesetzt.

Das herausragende Merkmal des Apartments war die nicht sehr weitläufige Terrasse. Escalante wohnte im zweiten Stock, und die Terrasse war eben groß genug, daß ein paar Leute draußen stehen oder sitzen konnten, um gegen Abend ein wenig Luft zu schöpfen. Das war eigentlich ein angenehmer Zeitvertreib, jedenfalls theoretisch. In der Praxis hingegen wurde diese Annehmlichkeit durch einige Faktoren beeinträchtigt. Erstens war das Wetter in Vegas im allgemeinen so heiß, daß allein schon die Idee, sich außerhalb klimatisierter Räume aufzuhalten, völlig verrückt war. Hinzu kam die Lage der Terrasse. Sie führte auf die Hauptstraße des Nackt-Viertels, und das konnte gefährlich werden. Nicht, daß dieses Viertel unbedingt der schlimmste schwarz-spanische Slum dieses Staates gewesen wäre – wobei die Einschätzung von Slums ohnehin kaum als exakte Wissenschaft gelten konnte –, aber eins war sicher: Man konnte unmöglich eine Liste des halben Dutzends scheußlichster Ecken Nevadas erstellen, ohne die »Nackt-Stadt« mit aufzunehmen.

Escalantes Terrasse lag gegenüber von ›Bonanza‹, und in der Straße herrschte stets ein lebhaftes Treiben von allerhand Verrückten, Betrunkenen, die mit Flaschen um sich warfen, und bewaffneten Angehörigen von Minderheiten, die völlig heruntergekommen waren und nichts mehr zu verlieren hatten. In all den Jahren war ungefähr ein halbes dutzendmal auf Escalante geschossen worden, aber alle diese Schüsse waren weit am Ziel vorbeigegangen, weil die Revolverhelden offenbar zu betrunken waren, um richtig zu zielen. Außerdem war es gar nicht so einfach, ein Ziel zu treffen, wenn man – wie es die meisten dieser Gangster taten – im Auto hier entlangfuhr und dabei Schlangenlinien beschrieb.

Der Anstrich seines Zimmers hatte ihm früher einmal sehr zu schaffen gemacht, weil der Hausbesitzer darauf bestanden hatte, alles in Braun zu halten, da diese Farbe nicht so schnell verschmutzte wie andere. Es war ein Braun, dem offenbar Fäkalien als Vorlage gedient hatten, und diese Art von Braun war wenig förderlich für gute Laune. Vor allem, wenn man nach endlosen Stunden nicht gerade rühmlicher Arbeit spät nach Hause kam. Aber schon nach kurzer Zeit hatte Escalante eine Lösung des Problems gefunden: Landkarten.

Jedes sichtbare Stück Braun war bedeckt mit Landkarten – alle Wände und der größte Teil der Zimmerdecke, an der zwei riesige Wanderwegkarten durch den Lake District befestigt waren. Es war eine Arbeit, die ihn Wochen gekostet hatte, aber danach war ihm nie wieder der Wunsch gekommen, etwas zu ändern. Wo man hinschaute – überall Kontinente, Dutzende von Ländern, wundervolle blaue Meere und Seen, herrliche dunkelgrüne Marschen – all diese Farben, diese Straßen, die sich über seine Zimmerdecke wanden, und dann all die Berge, die er besteigen mußte.

. . . sobald er die hunderttausend haben würde . . . sobald die fünf Jahre der Freiheit anfingen . . .

Ob es je so weit kommen würde? Ja, mit absoluter Sicherheit. Noch vor weniger als drei Stunden hatte er sich herumgedrückt, um mit seiner Holzgriff-Magnum Cyrus Kinnick, den ungekrönten König der Sonderlinge, den Hänfling mit dem Arafat-Bärtchen, zu beschützen. Er hatte die bösen Geister gebannt, während sich Kinnick abwechselnd Hundert-Dollar-Wetten und Perrier genehmigte – und jetzt hielt er zehntausend bare Dollar in den Händen.

Er warf das Geldbündel auf sein Bett, wo es mit einem sanften, angenehmen Laut kurz hochsprang und dann liegenblieb. Escalante nahm es wieder an sich und ließ es noch einmal springen. Ab jetzt ging es nur noch um neunzigtausend.

Er ließ das Geld auf dem Bett liegen und begab sich zu seiner Haupttoilette. Tatsächlich verfügte das Apartment über zwei Toiletten. Zumindest beinahe, denn die zweite war so winzig, daß sie zwar einem Liliputaner Freude gemacht hätte, aber für jeden anderen weniger einladend war. Er begann, seine Sachen abzulegen. Die Lederjacke und die Hosen waren Stücke von ausgezeichneter Qualität, Geschenke eines Strichjungen, der Las Vegas den Rücken gekehrt hatte. Er war kein übler Bursche gewesen in seinem Metier, und die Lederteile hatten eine Art Gegenleistung darstellen sollen für einen Gefallen, den Escalante ihm einmal erwiesen hatte.

Er schlüpfte aus den Eidechsenstiefeln und stellte sie auf dem Boden des Liliputaner-Klos ab. Danach entledigte er sich seiner verschiedenen Ringe, des achteckigen schweren Goldklumpens und der Kette. Sorgfältig reinigte er sie im Waschbecken, trocknete sie an einem frischen Handtuch, vergewisserte sich, daß alle Blutflecken verschwunden waren, und legte sie zurück in die rechte obere Schublade seiner Kommode.

Nackt ging er zum Badezimmer, drehte das heiße Wasser in

der Dusche an, stellte sich eine ganze Weile darunter und ließ sich vom harten Strahl die einzelnen Muskeln an Rücken, Armen und Schultern massieren. Als er langsam anfing, sich zu entspannen, kam ihm Holly in den Sinn, aber die war nun auf und davon. Wirklich schade, denn es gab nicht allzu viele solcher Prachtmädchen. Wiederum war es gut, daß sie verschwunden war, für sie war es in jedem Fall das Beste. Und für ihn würde es das beste sein, die Gedanken an sie zu verdrängen, das war jetzt Schnee von gestern. Natürlich konnte er sie rufen, wenn es ihm schlecht ging – aber dies war nicht der richtige Augenblick.

Unter dem niederprasselnden Wasser ließ Escalante seine Schultern kreisen. Gemessen an dem noch nicht lange zurückliegenden Energieverlust, war er in bemerkenswert guter Verfassung. Mitunter führte ein Salto wie der von vorhin zu tagelangen Schmerzen, weil man nicht das ideale Timing erwischt hatte. Aber jetzt spürte er keine Folgen. Er drehte die Wasserleitung auf Kalt und blieb so lange wie möglich unter dem eisigen Strahl, um seinen Kreislauf anzuregen. Dann wechselte er wieder zu laueren Temperaturen, seifte den Körper ein und shampoonierte seine Haare. Als er mit dem Waschen fertig war, ließ er das Wasser noch einmal auf seine Nackenmuskel trommeln, drehte dann die Dusche ab und trocknete sich trocken.

Zurück im Schlafzimmer, legte er das Bündel Hunderter auf seinen Nachttisch, ging zur Gefriertruhe, nahm den Finnland-Wodka heraus, griff ein Glas und goß sich einen Doppelten ein. Damit ging er zum Bett, fing an, nach einer Lektüre Ausschau zu halten und nahm statt dessen wieder den Stapel Geld zur Hand. Nach einem Schluck Wodka breitete er die Scheine auf dem Bett aus – es sah aus wie ein noch unbekanntes Kartenspiel von der Art, wie sie einem Araber einfallen könnten, der an einem langweiligen Tag mit seinem Privatjet nach Hause fliegt.

Zehn Reihen mit je zehn Scheinen, Donnerwetter! Wie würden erst die vollen Hunderttausend aussehen . . .

Er nahm einen neuen Schluck Wodka und schaute hinab auf das Geld, das den größten Teil seines Bettes bedeckte. Dann schob er fachmännisch seine Hand unter jede Reihe, sammelte die grünen Scheine wieder zu einem einzigen Stapel, band den Gummi darum und legte das Päckchen auf den Nachttisch.

Es hatte sich verdammt gut angefühlt. Vielleicht zum ersten Mal in seinem Leben konnte er die körperlich anregende Wirkung von Geld nachvollziehen. Zehntausend Dollar . . . Ein Zehntel von fünf Jahren . . . Und der fehlende Rest würde kommen, mußte kommen . . .

Er trank den Wodka aus, trug das Glas in die Küche, spülte es aus und stellte es umgedreht zum Trocknen auf. Bevor er sich zu Bett legte, griff er nach dem »Handbuch für den Flugverkehr«. Er las immer darin, wenn er sich wohl und entspannt fühlte, während sein Freund Pinky in solchen Fällen Lektüre über Roulette bevorzugte. Das Handbuch war ein Führer durch sechzehnhundert zivile Luftfahrtlinien aus aller Welt. Dazu enthielt es andere fabelhafte Informationen, beispielsweise über die hundert wichtigsten kommerziell genutzten Flugzeuge, ihren Typ, die Anzahl der Motoren, Reisegeschwindigkeit und Reichweite in Meilen, Anzahl der Passagierplätze und Nationalität des Herstellers. Escalante wußte die meisten dieser Daten auswendig wie im Falle der Boeing 747 SP. Sie war ein rein amerikanischer Düsenjet mit vier Triebwerken und konnte 330 Passagiere bei einer Geschwindigkeit von 590 Meilen pro Stunde maximal über eine Strecke von 6800 Meilen befördern.

»Drei-Fünf-Zwei«, sagte Escalante laut vor sich hin und schlug die entsprechende Seite im Handbuch auf. Pakistan International Airlines – gut getroffen. Er hatte schon länger nichts mehr über diese Fluglinie gelesen und holte das jetzt nach. Gegründet 1951, Passagieraufkommen im Jahre 1982: 3,25 Millionen, über 21 000 Beschäftigte, Flugrouten nach . . .

Escalante legte das Buch auf seinen Bauch und versank in die Betrachtung der Landkarten an der Decke. Er staunte über sich selbst, weil ihm im Augenblick völlig gleichgültig war, wohin die Pakistan International fliegen mochte. Seltsam – dieser Mangel an Interesse war noch nie vorgekommen. Zweifellos lag es daran, daß er innerlich bebte vor Unrast. Er blickte auf die Uhr. Zwei Uhr fünfzehn – noch Stunden bis zum Morgengrauen, seiner üblichen Schlafenszeit.

Er schnippte mit den Fingern, stand auf und ging durch sein

»Eßzimmer« zur Kitchenette. Einen weiteren Wodka konnte er sich ruhig leisten, andererseits haßte er das Gefühl, angetrunken zu sein, vor allem so früh am Morgen. Er entschloß sich also zu einem Bier, öffnete es, nahm es mit zum Bett und legte sich wieder hin.

Immerhin gab es noch das Fernsehen . . . Nur, er haßte Fernsehen, sämtliche Programme, seit die »Mary-Tyler-Moore-Schau« abgesetzt worden war. Er fühlte sich zwar rastlos, aber nicht verzweifelt – auf jeden Fall nicht verzweifelt genug, um fernzusehen.

Glücklicherweise erinnerte er sich jetzt an den Artikel über Chrono-Biologie, den Froggie für ihn aus einer medizinischen Zeitschrift getrennt hatte. Froggie hielt den Artikel für eine gelungene Abhandlung über Grundlagenforschung und meinte, das würde den Mex interessieren. Also hatte Escalante den Ausschnitt für einen besonderen Augenblick aufgehoben, der nun gekommen war. Er erhob sich erneut (wobei er sich an ein bekanntes Frage-und-Antwort-Spiel erinnerte: »Was tun Sie, um am Leben zu bleiben?« – »Oh, ich versuche, so oft wie möglich das Bett zu verlassen«), ging zum Herd, öffnete die Klappe. Bald hatte er den Artikel gefunden und kehrte um zum Bett.

Die Chrono-Biologie beschäftigte sich in der Hauptsache mit der Untersuchung des Zusammenhangs zwischen der Zeit und ihrer Wirkung auf Organismen. Eine ganze Reihe von Personen hatte begonnen, die Bedeutung von Studien zu sehen, die beispielsweise den ›jetlag‹ und seine Wirkung auf Geschäftsreisende oder Diplomaten betrafen, die von Ost nach West oder in umgekehrter Richtung flogen. Diese Schwierigkeiten des Organismus mit der Zeitumstellung nach langen Flugreisen traten bei Flügen in Nord-Süd-Richtung kaum auf. Auch die meisten Vögel flogen von Norden nach Süden, und die wenigen Arten, die Ost-West-Reisen hinter sich brachten, pflegten sich unterwegs tagelang auszuruhen und durch diese Unterbrechungen den ›jetlag‹ zu vermeiden.

Escalante starrte auf die Landkarten an seiner Zimmerdecke und fragte sich, wie um alles in der Welt die Vögel wissen konnten, daß sie auf Ost-West-Flügen anhalten und ein wenig rasten mußten. Es war faszinierend und eigentlich unglaublich.

Aber trotz dieser faszinierenden Enthüllungen hatte er den Artikel weggelegt und sich in die Betrachtung der Decke vertieft. Es lag wohl daran, daß er immer noch rastlos war.

Endlich kam er darauf, was er benötigte, um wieder ruhig zu werden. Es war wirklich zu dumm von ihm, nicht schon längst an seinen wundervollen Massai-Wurfstock gedacht zu haben. Jetzt nahm er ihn zur Hand und betrachtete das harte, dunkle Holz. Es hatte die Form eines Phallus, und er wußte, daß die Massai-Krieger sich oft stundenlang in Positur stellten und die nach oben gerichteten Stöcke zwischen den Beinen hielten.

Escalante setzte sich aufrecht hin, balancierte den Stock mit geschlossenen Augen und versuchte im Geiste, die beste Flugbahn zu finden und festzustellen, aus welcher Entfernung man einen Feind betäuben konnte und wie nahe man herangehen mußte, um sein Herz zu durchbohren. Was für eine faszinierende und unglaubliche Waffe das war . . . aber trotz dieser Faszination legte er den Wurfstock zurück auf den Nachttisch, stand auf und begann, im Zimmer auf- und abzugehen.

War er jemals so rastlos gewesen? Nein, nicht im entferntesten. Niemals. Nicht einmal annähernd.

Warum also, warum? Er schaute in sein Bierglas, als ob er die Antwort darin finden könnte. Zu seinem Erstaunen gelang es ihm. Er war ruhelos aus einem sehr einfachen und legitimen Grund: Heute nacht begann der nächste Lebensabschnitt von fünftausend Tagen in Las Vegas – und er konnte es einfach nicht ertragen, allein zu sein.

Das Silver Spoon würde der richtige Platz sein. Roxy würde zwar nicht da sein, aber Alice Ann, die den Nachtdienst hatte, wußte genug über ihn, um ihm Tisch Nummer 75 zuzuweisen. Schnell kleidete er sich an. Dunkle Socken, rotbraune Slipper, khakifarbene Baumwollhosen, blaues Hemd, beigefarbene Strickjacke.

Binnen Minuten war er aus der Wohnung, hielt plötzlich inne und ging zurück. Er wollte doch lieber das Geldbündel mitnehmen. Vielleicht würde Kinnick immer noch am Würfeltisch sitzen und Hundert-Dollar-Wetten abschließen. Dann konnte er bei ihm vorbeischauen, seine Zehntausend herausholen, sie auf Kinnick eintragen lassen, ein wenig plaudern und dann weiterspielen.

Er hatte sich schon lange nicht mehr so übermütig gefühlt. Immerhin verfügte er zusätzlich über die dreihundert Dollar von Osgood Percy und hatte außerdem noch eine eiserne Reserve in seiner rechten Hosentasche versteckt. Wenn er nur jeden Tag die Möglichkeit hätte, soviel zu verdienen, dann wären seine magischen Hunderttausend bis zum Monatsende komplett . . . Wenn es nur endlich wahr würde . . .

Seine Laune hatte sich gebessert, er fühlte sich nicht mehr ruhelos. Er nahm die Schlüssel und löschte das Licht. Draußen war es kalt, aber das machte ihm nicht viel aus, denn das »Nackt-Viertel« lag ganz nahe am Strip, direkt dahinter, außer Sicht zwar, aber doch in unmittelbarer Nachbarschaft. Also ging er schnell zu Fuß, statt den Wagen zu nehmen. Hier und da aus den verkommenen Häusern drang Geschrei, betrunkene Rufe aus Angst oder Verzweiflung. Es war die übliche Nachtmusik dieser Gegend, und manchmal beschlich ihn ein Gefühl der Furcht. Um der Wahrheit die Ehre zu geben – er fürchtete sich jedesmal. Nur heute nicht.

Obwohl Weihnachten vor der Tür stand und die Uhr schon zwanzig Minuten vor drei anzeigte, herrschte im Silver Spoon noch reger Betrieb. Bei seinem Eintritt warf Escalante zunächst einen Blick ins Casino, entdeckte Kinnick am Würfeltisch und an den Roulette-Tischen eine Schar weiblicher Gäste mit bläulich getönten Haaren.

Er ging zunächst in die Cafeteria und fragte sich wieder einmal, wie Menschen so verrückt sein konnten, ihr Geld auf diese Weise zum Fenster hinauszuwerfen. Würfelspiele waren reiner Schwindel, dazu laut und hektisch. Und was das Roulette betraf – wenn es überhaupt zu etwas taugte, dann im besten Fall als Kur gegen Schlaflosigkeit. Dieses Rad, das sich drehte und drehte, bis einem die Augäpfel aus dem Kopf traten . . .

Das einzig akzeptable Spiel war seiner Meinung nach Blackjack. Es war schnell, es war ehrlich, man spielte gegen den Kartengeber von Angesicht zu Angesicht. Wenn man dichter als er an die 22 herankam, gewann man. Wenn nicht, strich der Kartengeber die Chips ein. Mit über 21 Punkten verlor man, dasselbe galt für den Kartengeber. Gleiche Punktzahl galt als unentschieden, es wurde geschoben, und man konnte seine Chips behalten. Das war redlich, und man hatte eine faire Chance gegen das Casino, das einen natürlich schröpfen wollte. Das einzig Störende war nur das Gequäke der benachbarten Spielautomaten, wenn sie Geld ausspuckten und dabei dieses scheußliche, furzende Geräusch von sich gaben. Escalante war der Meinung, daß niemand, der Spielautomaten mochte, einen mehr als zweistelligen Intelligenzquotienten haben konnte – der Beweis des Gegenteils stand noch aus.

Alice Ann ließ ihn an Tisch Nummer 75 Platz nehmen und versicherte, im Hinblick auf Tisch 78 ihr Bestes tun zu wollen. Escalante bestellte Kaffee und betrachtete die Gesichter der Gäste. Um diese Stunde hatte der Casinobetrieb bei den meisten Spuren hinterlassen – müde Linien um die Augen, ein scharfer Zug von Bedauern um die Münder.

Der Kaffee war gekommen. Escalante nahm einen Schluck. Er schmeckte ekelhaft. Er nippte noch einmal, schaute hinüber zu Tisch 78 und beschloß, heute nicht in Stimmung zu sein fürs Mithören, egal, wen Alice Ann möglicherweise noch dorthin setzen mochte. Also zahlte er, stand auf und ging. Es war jetzt zehn Minuten vor drei.

Er ging hinüber zum Casino. Irgend jemand an den Würfeltischen hatte gerade eine Glückssträhne, wie man an den Rufen aus einer einzelnen Ecke erkennen konnte. Escalante wandte sich ab und betrachtete die blauhaarigen Spielerinnen, die gebannt auf das Roulette-Rad blickten. Beim Blackjack gab Cassandra – so hieß sie wirklich – gerade Karten aus an ein betrunkenes Paar. Dorthin steuerte Escalante, denn Cassandra war seine bevorzugte Kartengeberin, jung, mit kleinen Fingern, aber superschnell mit den Karten. Sie war etwa 1,55 Meter groß, hatte dunkelbraunes Haar und ein Lächeln, so flink wie ihre Hände. Vor wenigen Jahren hatte ihr Escalante einmal die Tricks des Gewerbes beigebracht, aber inzwischen war sie in bester Verfassung, verheiratet mit einem doppelt so alten Mann, dem Leiter der Unterhaltungs-Veranstaltungen im Silver Spoon.

Escalante hatte Cassandras Platz erreicht. Ihre Augen hatten ihn schon ausgemacht, und während sie die Karten ausgab, erschien ihr Lächeln. Nur für einen Augenblick, dann wandte sie sich wieder ihrer Arbeit mit den angeheiterten Spielern zu. Beide waren schwache Gegner, die bemerkenswert dumm spielten. Auch in der nächsten Runde. Dann wurden sie mürrisch, hoben sich mühsam aus ihren Sesseln und verließen den Tisch.

»Du bist zu gut, Cassie.«

Sie winkelte den rechten Arm an, zeigte ihren Bizeps und sagte lächelnd: »Heute abend schaffe ich jeden.«

»Wie lange dauert deine Schicht noch?«

Sie blickte auf ihre Uhr. »Noch fünfzehn Minuten.«

Escalante setzte sich in den erstbesten Sessel. »Dann werde ich dir Gesellschaft leisten.« Er zog einen Hunderter heraus und gab ihn ihr.

»Ich warne dich, Nikki, mach eine kleinere Wette.«

Er nickte. »Sind Fünfer okay?«

Sie war einverstanden, griff in den Kasten mit Chips, entnahm ihm zwei Stapel Spielmarken – instinktiv zehn mit jeder Hand – und schob sie hinüber zu Escalante. Er setzte einen Chip im Wert von fünf Dollar. Sie faßte in den schuhförmigen Kartenbehälter, gab ihm verdeckt zwei Karten und legte zwei weitere vor sich selbst hin – eine verdeckt, die andere offen. Die offene Karte war ein As. »Ich hab's dir ja gesagt«, sprach sie.

Escalante schaute in seine Karten, eine Fünf und eine Vier. »Bedien mich«, sagte er. »Hoch.« Sie schob ihm eine dritte Karte zu, eine Drei. »Noch einmal.« Die vierte Karte war ein König, das machte eine Summe von zweiundzwanzig.

»Kaputt«, sagte Escalante und drehte seine Karten um. Cassies verdeckte Karte war eine Neun, was zusammen zwanzig machte. Das war schwer zu schlagen.

Er setzte einen weiteren Fünf-Dollar-Chip. Sie hatte die Karten blitzschnell ausgeteilt. Er hörte bei sechzehn auf, sie gewann mit achtzehn. Er verlor auch in der dritten Runde, ebenso in der vierten, fünften und sechsten. Das siebte Spiel gewann er endlich. Das brachte ihm fünfmal fünf Dollar. Auch beim nächsten Spiel blieb er Sieger. Und das darauffolgende, das neunte, brachte die Wende.

Mittendrin in diesem Spiel mußte Cassandra die Karten neu

mischen. Sie leerte den Kasten, nahm die vier Spiele und machte sie wieder einsatzbereit. Escalante schaute auf seine Karten. Eine Zehn und eine Acht zusammen also achtzehn. Das war gut genug.

Cassies aufgedeckte Karte war eine Dame.

Escalante saß da und beobachtete, wie Cassies kleine Hände die Karten mischten. Dabei wuchs in ihm eine Überzeugung: Ihre verdeckte Karte mußte ein Bild sein. Damit hatte sie eine Gesamtzahl von zwanzig – und seine achtzehn waren geschlagen. Trotzdem fühlte er sich nicht schlecht dabei, er konnte sich in diesem Augenblick überhaupt nicht schlecht fühlen. Wie sollte er auch, jetzt, da das Glück auf seiner Seite war? Diese Zuversicht – er hatte schon viel davon gehört, hatte sie bei anderen gesehen und auch schon selbst gefühlt . . . Aber nie wie in diesem Moment, niemals so plötzlich und stark wie jetzt. Ihm war, als laste ein Gewicht auf ihm, das Glück schien auf seinen Schultern zu reiten . . . Von allen Menschen in allen Spielhöllen dieser Welt hatte das Glück ihn ausgesucht, Nick Escalante.

Er hatte nicht den geringsten Zweifel an seinem Sieg, und es verlangte ihn nicht, nach den Gründen zu fragen, vielleicht war das der Ausgleich für die vergangenen fünftausend Tage . . . Trotzdem hatte er feuchte Hände, als Cassie ihr Mischen beendet hatte und ihm vorschlug abzuheben. Er nahm ihr Angebot an. Danach schichtete sie die Karten säuberlich, steckte sie wieder in den Kasten, zog schnell die oberste Karte – eine Fünf – und blickte zu Escalante mit ihrem raschen Lächeln.

»Cassie?«

»Was gibt's?«

Er drehte seine Karten um. »Ich habe achtzehn, aber eines weiß ich: Du hast zwanzig, du wirst gewinnen, wenn ich stur bleibe – das *weiß ich.*«

»Bist du sicher, daß alles in Ordnung ist mit dir, Nikki?«

»Nein, ich fühl' mich nämlich großartig, verdammt großartig, Cassie, glaub mir. Und ich will, daß du mir mehr gibst als achtzehn.«

Sie sah ihn zögernd an, gab ihm dann eine Karte. Es war ein As und damit ein weiterer Punkt.

»Neunzehn ist mir noch nicht genug. Bedien mich noch mal – am liebsten mit einer Zwei.«

Er bekam eine zwei.

»Macht einundzwanzig. Deck deine Karte auf.«

Es war eine zweite Dame. »Du lieber Himmel«, sagte Cassie.

Escalante nahm seine Chips, erhob sich vom Tisch und wollte eben weggehen, als er zögerte. Plötzlich wurde ihm bewußt, daß er unmöglich gehen konnte, wenn seine Glückssträhne so stark war, daß er sie fast greifen konnte.

Er setzte sich wieder an den Tisch, nahm sein Geldbündel hervor, zählte tausend Dollar ab und überreichte sie. »Gib mir einen Chip, Cassie, den schwarzen.«

Die schwarze Spielmarke war tausend Dollar wert. Er legte sie vor sich hin, während Cassie Karten gab. Er hatte neunzehn, sie hatte sich verkauft. Jetzt setzte Escalante zwei schwarze Chips. Sie teilte aus. Er bekam fünfzehn, begnügte sich damit, Cassie verkaufte sich wieder. In der nächsten Runde setzte er viertausend Dollar. Er schlug Cassie mit zwanzig zu siebzehn und verfügte nun über achttausend Dollar. Um nicht alles wieder zu verlieren, ließ er jetzt nur zwei schwarze Chips stehen und bereute es gleich. Wie dumm von ihm – sie *konnte* gar nicht gewinnen, solange er dieses Gefühl hatte, unbesiegbar zu sein. Er hätte die vollen achttausend setzen sollen auf seine sechzehn, denn Cassie hatte sich wieder übernommen.

Immerhin, er hatte zehntausend Dollar gewonnen, und das war mehr als in Ordnung für zwei Minuten Arbeit. Jetzt stellte sich Cassies Ablösung ein, ein schon betagter Knabe mit zu vielen Ringen an den Fingern. Seine Augen gefielen Escalante nicht, und er stand auf. »Mach weiter, Nikki«, empfahl ihm Cassie, bevor sie in ihre Pause aufbrach.

Er griff in seine Tasche, förderte fünf Hunderter zutage, rief Cassie zurück, um ihr das Trinkgeld zu geben, und schlenderte hinüber zur Bar. In seiner Rechten hielt er die zehn schwarzen Chips. Er bestellte einen finnischen Wodka auf Eis, wurde dann anderen Sinnes und verlangte ein Sodawasser. Er wölbte seine Hände um die Chips, hielt sie an seinen Mund und hauchte sie an. Herrgott, noch vor dem Frühstück war er fast pleite gewesen. Dann die dreihundert von Osgood Percy, danach DeMarcos zehntausend. Und nun – in der Nacht zu seinem fünftausendersten Morgen – verfügte er über zwanzigtausend Dollar in bar und in Chips. Es war schon eine tolle Sache, auch einmal dem Glück begegnet zu sein, dachte Nick Escalante. Und dann fiel ihm auf, daß seine Begegnung mit dem Glück nicht unbedingt schon beendet sein mußte. Wieso sollte es schon vorüber sein? Nur wegen eines Schichtwechsels, nur weil ein Spielleiter zu viele Ringe trug oder man seine Augen nicht mochte? Das alles mußte doch nicht bedeuten, daß die Glückssträhne zu Ende war . . . Eine innere Stimme sagte ihm: ›Geh weg von der Bar, geh zurück zu den Spieltischen.‹

Er verließ die Bar, kehrte zurück in den Spielsaal und umkreiste den Blackjack-Tisch. Etwas an seinem Glück hatte sich geändert, er spürte es ganz genau – es war stärker geworden.

Er bezog einen freien Platz, nahm seine schwarzen Chips und legte sie vor den Kartengeber, einen selbstsicheren, jungen Mann. Das Limit am Tisch lag bei fünftausend, also setzte Escalante fünf seiner schwarzen Chips. Sein Magen wog jetzt bleischwer, seine Hände drohten zu zittern, und er drückte sie fest auf den grünen Spielfilz.

Der Kartengeber hatte sich übernommen.

Escalante setzte die nächsten fünftausend.

Der Kartengeber hatte sich wieder verkauft.

»Kann ich das Limit erhöhen?«

»Nein.« Die Stimme kam nicht vom Kartengeber, sondern von dessen Vorgesetzem, der nun auf Escalante herunterschaute mit Blicken, die nichts über seine Gefühle verrieten. Bosse wie er nahmen es immer persönlich, wenn ein Spieler eine Glückssträhne hatte. Sie haßten es zu verlieren, als ob es sich dabei um ihr eigenes Geld handelte.

Escalante legte fünf Tausender-Chips direkt vor sich, fünf weitere auf den leeren Platz an seiner Seite. Er bekam zweimal schlechte Karten. Für sich selbst vierzehn, für den Nebenplatz zwölf, das bisher niedrigste Ergebnis. Aber die aufgedeckte Karte des Gebers war eine Zwei, und Escalante wußte, daß er ihn dazu bringen mußte, zuviel zu nehmen. Er hatte Erfahrungen mit dem Blackjack – danach kaufte ein Geber auf hundert

Spiele 28-, 36mal zu hoch ein. Und dies würde eines dieser Male sein, da gab es keinen Zweifel.

Über zweiundzwanzig für den Geber – es hatte geklappt.

Escalante setzte erneut zehntausend zu je fünf auf seinem und dem Nachbarplatz, aber irgend etwas warnte ihn davor, so viel Geld stehen zu lassen. Er zog rasch die schwarzen Chips zurück, ließ nur noch einen liegen – einen gelben im Wert von fünf Dollar.

Der Kartengeber hatte zwanzig, Escalantes Karten lagen zu hoch.

»Was, zum Teufel, soll das?« fragte der Schicht-Boß.

»Das ist Vergeltung«, sagte Escalante. »Und im übrigen – hüten Sie Ihre Zunge.« Er setzte wieder je fünftausend auf die beiden Plätze und gewann. Sein Atem ging jetzt schneller. Er versuchte, sich nichts anmerken zu lassen, aber er fühlte, daß er sich jetzt besser davonmachen sollte. Also stopfte er die vielen schwarzen Chips in die Taschen seiner Strickjacke, stand auf und ging zur Bar. Dort bestellte er diesmal den finnischen Wodka auf Eis, in den er gedankenverloren hineinblickte, als man ihn serviert hatte.

Nun hatte er fast achtzigtausend Dollar. Seine Uhr zeigte zwanzig Minuten nach drei – in ungefähr dreißig Minuten war er um siebzigtausend Dollar reicher geworden. Er versuchte, sich vorzustellen, wieviel das pro Minute ausmachte, gab diese Überlegung aber bald auf. Wer gab schon etwas darauf, den Minuten- oder den Sekundendurchschnitt zu wissen – alles, was zählte, war die Tatsache, daß nicht irgendein dickes Weib aus Keokuk oder sonstwo auf diese Goldader gestoßen war, sondern er, er ganz allein.

Er leerte sein Glas mit einem Zug, stand auf, horchte in sich hinein. Offenbar hatte er sich wieder unter Kontrolle, das Zittern war vergangen, die Schweißausbrüche ließen nach. Im Bewußtsein, daß jeder Angestellte des Casinos ihn dabei beobachtete, ging er zurück zum Blackjack.

Nur noch zwanzigtausend Dollar trennten ihn von der Erfüllung seines Traums, wenn das Glück ihm treu blieb. Mehrmals umkreiste er die Blackjack-Tische. Zweifel waren ihm gekommen. Er glaubte zwar, daß das Glück noch immer auf seine Schultern drückte, andererseits war er mit diesem Gefühl zu wenig vertraut, um sicher zu sein.

Was immer er tat, er mußte es schnell tun, das stand fest. Ob er weiterspielte oder ging, eine Garantie gab es jedenfalls nicht. Er sah sich um nach einem leeren Tisch, aber es gab keinen. Es war unterdessen sehr spät geworden, und einige der Blackjack-Tische waren bereits abgeräumt. An den übrigen Tischen, die noch in Betrieb waren, saßen bereits Spieler. War das ein Fingerzeig des Schicksals? Bedeutete es vielleicht, daß sein Glück nur wirkte, wenn er allein war?

Er wußte es nicht, alles, was er wußte, war, daß er jetzt und gleich handeln mußte, und so nahm er Platz an einem Tisch mit einem freundlich aussehenden älteren Paar. Das mußte einfach gut sein, in dieser Gesellschaft konnte das Glück seiner nicht überdrüssig werden . . . Escalante setzte das Limit, dreitausend an diesem Tisch.

Er gewann.

Dreiundachtzigtausend . . .

Er spielte nun auf zwei Plätzen und gewann. Neunundachtzigtausend. Er bestückte drei Plätze, gewann und war auf achtundneunzigtausend. Noch einmal setzte er dreifach. Wenn es gelang, würde er mehr als hunderttausend haben, achttausend Dollar mehr – das hieß dann Amen und Ade, liebe Freunde . . . Wenn er aber verlor, würde er immer noch bei knapp neunzigtausend abschließen – kein schlechtes Ergebnis für eine Nacht Arbeit und in jedem Fall ein Grund, dann aufzuhören.

Seine Nerven beruhigten sich wieder. Während der Kartengeber austeilte, wartete Escalante mit gefalteten Händen. Dann begutachtete er die ersten Karten. Er hatte zwanzig. Auf Platz zwei lagen ebenfalls zwanzig und neunzehn auf Platz drei.

Der Kartengeber hatte eine Sieben aufgedeckt.

Jetzt beendete das ältere Paar seinen Kartenkauf, und der Geber drehte seine untere Karte um – eine Zehn. Insgesamt siebzehn. Er hielt die Siebzehn. »Achtzehn oder mehr zum Gewinn«, sprach der Geber.

Escalante deckte seine Spiele auf.

»Hurensohn«, stieß der Schicht-Boß hervor und starrte auf den Spielmacher, der Escalante die schwarzen Chips übergab.

»Geben Sie mir einen Kasten für die Chips«, sagte Escalante. Der Kartengeber reichte ihm eine Box aus Plastik, die vier Reihen von Fünfundzwanziger-Chips faßte. Escalante verstaute den größten Teil seiner Chips und steckte die restlichen acht schwarzen Marken in seine Jackentasche.

Noch bevor er aufstand, wurden ihm zwei Dinge bewußt: Er war ganz schwach auf den Beinen – und Kinnick hatte ihn beobachtet.

»Unglaublich«, ließ sich Kinnick jetzt vernehmen.

Escalante wollte antworten, war aber nicht sicher, ob ihm seine Stimme gehorchen würde. So ließ er es bei einem Nicken bewenden und folgte Kinnick in die Bar. Auf halbem Wege dorthin wurde ihm klar, was er viel dringender brauchte als einen Drink: Er mußte jemandem von seinem Glück erzählen. Am besten Pinky und Froggie. Die beiden würden ihn verstehen. Sie würden sich mit ihm freuen, würden wissen, daß sein Leben nun endlich in eine neue Phase getreten war – in eine Phase der Freiheit für fünf Jahre.

Escalante machte kehrt, steuerte zur nächstgelegenen Telefonzelle und wählte. Keine Antwort. Das war Pech. Er blickte auf seine Uhr, drei Uhr zweiunddreißig. Wo, zum Teufel, mochten die beiden stecken? Er konnte sich vielleicht in den Spielcasinos nach ihnen umsehen, aber wahrscheinlich würde er sie nicht an den Roulette-Tischen finden. Möglicherweise saßen sie irgendwo beim Essen, aber wie um alles in der Welt konnte er herausfinden, in welchem Lokal sie waren?

Er wählte noch einmal in der Hoffnung, sich beim ersten Mal in der Nummer geirrt zu haben, was bei seinen zittrigen Händen und in Anbetracht seines Zustandes überhaupt nicht verwunderlich gewesen wäre. Wieder keine Antwort.

Langsam legte er den Hörer auf und wartete, daß endlich die große Freude eintreten würde, mit der er für diesen ersehnten Augenblick immer gerechnet hatte.

Noch war er offenbar zu nervös für diesen Überschwang. Er hatte noch gar nicht richtig begriffen, was da passiert war. Immer noch diese Schwäche in den Beinen, das Zittern in den Händen. Er heftete seinen Blick auf die Chip-Box und die hundert runden, schwarzen Schönheiten, die da ordentlich aufgereiht waren. Und deren acht Schwestern in seinen

Jackentaschen nicht zu vergessen . . . Ganz zu schweigen von den Zehntausend in seinen Hosentaschen, Jesus, Jesus!

»Darf ich Ihnen einen Drink ausgeben?«

Escalante drehte sich um. Es war Kinnick mit seinem Arafat-Bärtchen und seinen sonstigen Zutaten. »Nein.«

»Oh, Verzeihung, ich wollte nicht aufdringlich sein«, sagte Kinnick und schickte sich an zu gehen.

»He, Moment mal, ich hab' nicht gemeint, daß ich nicht mit Ihnen trinken will. Ich wollte sagen, wenn ein Mann hunderttausend plus gemacht hat, sollte er derjenige sein, der zahlt. Okay? Lassen Sie mich einen Drink ausgeben.«

»Soll mir ein Vergnügen sein.« Sie wandten sich der nächsten Bar zu.

»Wie sagen Ihre Freunde zu Ihnen?«

»Cyrus ist wirklich ein blöder Name, wenn Sie darauf anspielen – und zwar mit Recht. Ich wäre immer am liebsten ›As‹ oder ›Duke‹ genannt worden, aber die anderen haben sich mit überwältigender Mehrheit für ›Cyrus‹ entschieden.«

Escalante nickte. Sie gingen zu einem Tisch und nahmen Platz. »Perrier?« fragte Escalante.

»Finnischer Wodka auf Eis – und zwar ein kräftiger«, antwortete Kinnick. »Ich werde nur noch wenig spielen. Es macht nichts, ob mein Kopf klar ist oder nicht.«

Escalante bestellte zwei doppelte Wodka, als die Kellnerin erschien.

»Sie kommen mir weniger erregt vor, als ich es vermutlich an Ihrer Stelle wäre. Ist Ihnen das womöglich schon einmal passiert?«

»Nicht einmal annähernd.« Escalante schüttelte den Kopf. »Sie haben recht, ich bin nicht so außer mir, wie ich wohl sein sollte. Ich glaube, es liegt daran, daß ich zuviel darüber nachdenke, dabei sollte ich mich wohl einfach mitreißen lassen. Aber ich kann mein Hirn nicht abschalten, und ich schätze, Sie werden nie erraten, was darin vor sich geht.«

Die Getränke kamen, und Escalante zahlte sofort. Kinnick streckte sein Glas aus, und sie stießen miteinander an. »Was immer es sein mag, das Ihnen heute nacht ermöglicht worden ist – möge etwas davon auch auf mich abfallen.«

Darauf tranken sie.

Escalante mußte plötzlich lachen. »Es ist schon merkwürdig, aber . . . Sehen Sie, ich habe einen Lagerraum gemietet draußen bei der Mojave-Wüste. Der ist durchgehend geöffnet . . . und alles, woran ich im Moment denken kann, ist, was ich da hinein packen soll, wenn ich heute nacht meine Wohnung auflöse. Was würden Sie aufheben?«

»Wollen Sie die Stadt verlassen?«

»Denken Sie weiter. Die Stadt, das Land, den Kontinent – das alles werde ich verlassen. Und das hier . . .« – er wies auf die Chips-Box – »das wird es mir ermöglichen. Fünf Jahre, Duke, fünf freie Jahre – ganz für mich allein. Ich hab' mir immer gesagt, daß ich eines Tages so weit sein würde, aber wahrscheinlich habe ich nie wirklich daran geglaubt. Deshalb bin ich wohl im Moment nicht außer mir, ich werde mich viel länger daran freuen. Im Augenblick will ich nur fliegen – mit der ersten Maschine, die am Morgen startet. Egal, wie früh sie abgeht, egal, wohin sie fliegt – ich werde mit von der Partie sein.«

»Scheint so, als hätten Sie nicht sehr gerne hier gelebt.«

»Das spielt jetzt keine Rolle. Nicht mehr.« Er betrachtete die perfekt aufgereihten hundert Chips und dachte an Pinky und Froggie. Wo um Himmels willen mochten sie hingegangen sein? Das mit Kinnick war ja ganz in Ordnung, trotz seiner Schrullen war er eigentlich recht angenehm – aber ihm konnte er sich nicht mitteilen, Kinnick mochte sich noch so viel Mühe geben. Es blieb ein Mühen, und das war nicht genug.

Escalante entschuldigte sich, ging wieder zum Telefon und versuchte erneut, Pinky zu erreichen. Wieder Fehlanzeige, nur das anhaltende Summen war zu hören. Er hing ein, ging zurück zur Bar. Wieder hatte er diese Spannung in der Magengegend, zumindest aber fühlte er, daß es damit gleich wieder losgehen würde, als er Kinnick sagen hörte: »Kann ich wenigstens die nächste Runde bezahlen?«

»Nein, die übernächste.« Escalante leerte rasch sein Glas. Kinnick folgte seinem Beispiel.

»Vielleicht sollte ich den Würfeltischen noch eine letzte Chance geben . . . Auf Wiedersehen, der Abend entsprach nicht ganz meinen Erwartungen, aber ich werde ihn trotzdem nicht vergessen.« Er erhob sich und ging davon in seinem perfekt geschnittenen, klassisch unauffälligen Anzug und der wahrscheinlich sorgsam gesicherten Pistole im Schulterhalfter.

Escalante blieb noch einen Augenblick sitzen und ließ seine Blicke durch den Silver Spoon schweifen. Er fragte sich, wie viele Stunden er in der Cafeteria insgesamt wohl zugebracht hatte, und ob er irgend etwas von diesem Ort vermissen würde – außer Tisch Nummer 75.

Wohl kaum.

Beim Aufstehen fühlte er sich merkwürdig und nahm gleich wieder Platz. Wieder diese Ruhelosigkeit, wie vorhin in seinem Zimmer. Er schien einen Knoten im Magen zu haben, seine Hände bewegten sich fahrig. Ein weiterer Drink würde vielleicht Abhilfe schaffen, aber er entschied sich dagegen, stand auf und setzte sich langsam in Bewegung. Die Chip-Box hielt er fest in Händen und steuerte damit quer durch das Casino auf den Käfig zu, in dem man das Geld bereithielt.

Jetzt mußte er sich nur noch entscheiden, wie er sich seinen Gewinn auszahlen lassen sollte, ob in Hunderter-, Tausender- oder sonstwelchen Scheinen. Eigentlich hätte ihm der Entschluß leichtfallen müssen, weil die Gesamtsumme in jedem Fall zusammenkommen würde, und es im Grunde keine Rolle spielte. Niemand würde sich darum kümmern – und wenn er sich die ganzen Hunderttausend in Cents auszahlen ließe.

Jetzt war der Kassenkäfig nur noch zwanzig Schritte entfernt, dann zehn. Dann war er angekommen, und als er eben den Chip-Kasten überreichen wollte, geschah das Furchtbare. In diesem Augenblick durchzuckte ihn der schrecklichste aller Gedanken mit so jäher Wucht, daß er fürchtete, hilflos auf den Boden des Casinos zu versinken . . .

. . . Der Traum, der ihn aufrechterhalten hatte, der Wunsch nach den befreienden Hunderttausend, die daraus folgenden Reisen und die Vorstellung, jede Nacht auf einem anderen Kissen zu ruhen – all das war blühender Unsinn, war der Traum eines Verlierers.

Die Wahrheit war . . . Escalante stand wie erstarrt, als ganz in seiner Nähe eine Frau aufschrie, weil ihr Spielautomat einen Gewinn anzeigte . . . die Wahrheit war dies: Hunderttausend Dollar waren ein Fliegendreck. Nein, schlimmer – sie waren eine Folter.

Gewiß, das erste Jahr würde sensationell werden. Aber schon nach sechs Monaten im zweiten Jahr würde ihm dämmern, daß er ein Jahr später schon die Hälfte seines Traums hinter sich haben würde. Und von da an würde sich seine Verzweiflung jeden Tag steigern, ihn immer mehr quälen. Weil ihm jeder Tag statt der ersehnten Freude, den sicheren Schmerz näherbringen würde, an diesen Ort hier zurückkehren zu müssen.

»Wünschen Sie etwas, Sir?« Die Kassiererin schaute Escalante erwartungsvoll an.

»Ja«, sagte er gedehnt.

»Und was, bitte?«

»Ich . . . ich weiß nicht so genau«, antwortete Nick Escalante und wandte sich ab von dem Käfig. Pinky wäre sicher imstande, ihm zu helfen, und Froggie würde ihm den Kopf zurechtsetzen . . . Er rief die beiden noch einmal an, und wieder antwortete ihm nur der unerbittliche Rufton.

Er ging in den Raum für Glücksspiele, weil es der nächstgelegene war, und setzte sich auf den nächstbesten Stuhl, kauerte dort, seinen Gewinn immer noch in Händen. Irgend etwas fehlte ihm, aber was? Jahrelang hatte er geglaubt, daß ihm das fehlte, was er jetzt umklammert hielt – hunderttausend Dollar. Niemals vorher hatte er über eine derartige Summe verfügt, infolgedessen hatte er auch nie weiter gedacht, denn im Grunde überstieg dieser Betrag sein Fassungsvermögen.

Was fehlte ihm also?

Er schloß die Augen, dachte intensiv an Flüsse, Städte, Berge und Himmel. Dann schlug er die Lider wieder auf, blickte sich um im Innern dieser uhren- und fensterlosen Spielhölle und begriff plötzlich, was ihm wirklich fehlte: sich nie mehr Gedanken machen zu müssen über Geld. Er brauchte einfach genug, um nie mehr hierher zurückkehren zu müssen. Genug, um sich das einzige kaufen zu können, das wirklich zählte: Freiheit für immer.

Wieviel brauchte er dafür? Er hatte sich nie für Geldgeschäfte interessiert, hatte nie in seinem Leben ein Stück Kapital erworben oder verkauft. Aber er hatte von solchen Dingen gehört, von Geldanlagen. Wie nannte man sie doch? Richtig – Obligationen, genauer gesagt: Staats-Obligationen, und die waren steuerfrei. Wieviel Zinsen mochten sie bringen? Zehn Prozent? Nein, weniger, wahrscheinlich nur acht. Acht Prozent – Escalante nahm jetzt einen Stift und einen Zettel und versuchte zu ermitteln, wieviel Grundkapital er brauchte, um bis an sein Lebensende zwanzigtausend Dollar an Jahreszinsen einzunehmen.

Es war gar nicht so schwer. Hunderttausend zu acht Prozent brachten jährlich achttausend steuerfreie Dollar. Das Doppelte davon waren sechzehntausend pro Jahr, und die Hälfte von achttausend waren viertausend, um auf die benötigten zwanzigtausend zu kommen. Um die zu verdienen, brauchte er also zweihundertfünfzigtausend Dollar.

Das war's. Das hieß: nie mehr Geldsorgen, das hieß: Freiheit. Und er war schon fast auf halbem Wege dahin, denn er hatte hundertundachttausend in Chips und zehntausend in bar. Das konnte er sicher gewinnbringend anlegen. Pinky würde ihm dabei helfen, würde das Geld vorsichtig investieren – und in weiteren fünf, sechs, sieben Jahren wäre die notwendige Summe zusammengekommen.

Die Sache hatte nur einen Schönheitsfehler: Er konnte nicht noch fünf, sechs oder sieben Jahre warten, das wußte er. Und er fühlte noch etwas, fühlte dieses Gewicht fast schmerzhaft auf seinen Schultern: Das Glück ritt ihn noch immer. Es war drei Uhr 55 Minuten. Er schaute sich um. Cassie war wieder an ihrem Blackjack-Tisch. Er ging zu ihr, nahm wortlos einen schwarzen Chip aus seiner Jackentasche und legte ihn auf den Tisch. Sie gab Karten. Er hatte achtzehn, sie hatte einen Blackjack.

Das war gut, konnte gar nicht besser sein. Nach den Gesetzen der Wahrscheinlichkeit bedeutete das einen Blackjack weniger für sie.

»Ich will den ganzen Tisch bespielen, Cassie, alle sieben Plätze.«

Sie sah ihn forschend an.

»Und ich will ohne Limit spielen.«

»Da muß ich erst nachfragen.«

»Tu das.«

Sie verließ den Tisch und besprach sich leise mit dem Schicht-Boß, der Escalante finstere Blicke zuwarf und schließlich kopfnickend sein Einverständnis erklärte. Cassie kam zurück an den Tisch. »Du kannst anfangen.«

Er holte die restlichen sieben Chips aus seiner Tasche und bestückte damit die einzelnen Plätze. Sie teilte aus. Er bekam gute Karten, Cassie einen weiteren Blackjack. »Ich sagte dir doch, Nikki, ich mach' heute jeden fertig.«

»Du bist ein harmloses Pussy-Kätzchen, glaub mir.« Er fühlte sich jetzt ausgesprochen heiter, sein Vertrauen ins Glück war gestiegen. Cassie hatte zwei ihrer möglichen Blackjacks hinter sich, und das Gewicht des Glücks auf seinen Schultern empfand er als köstlichere Liebkosung als die irgendeiner Frau. Es war ein wunderbares Gefühl, und er wünschte, es möge ewig anhalten, als er seine Chip-Box öffnete. Hundert schwarze Schönheiten schauten ihn an. Er begann vorsichtig mit einem Tausender pro Platz.

Cassie verlor.

Er verdoppelte und verkaufte sich.

Wieder setzte er nur einen Tausender pro Platz. Er gewann fünfmal und verlor auf zwei Plätzen. Er steigerte den Einsatz auf dreitausend pro Sitz. Einundzwanzigtausend Dollar lagen auf dem Tisch, als der Schichtleiter zu Cassie trat. Ihre offene Karte war schlecht, eine Sechs. Escalante sorgte dafür, sich nirgendwo zu verkaufen, weil er sicher war, daß Cassie sich übernehmen würde.

Sie tat es.

Er schaute auf seine Uhr. Es war drei Minuten nach vier und er schwebte gerade in der Gegend von ... von ... Er versuchte, seinen Gewinn nachzuhalten, gab es dann auf. Es mußte irgend etwas in der Gegend von hundertfünfundzwanzigtausend sein – die halbe Miete!

»Gib mir einen zweiten Chip-Kasten, Cassie.«

Sie gab ihm die gewünschte Box, und er ließ sich alle Zeit, sie zu füllen. Es war kein Zittern in seinen Händen. Er füllte zunächst die erste Box bis zum Rand, ging dann zur zweiten. In der folgenden Runde fühlte er sich nicht vom Glück begünstigt und legte deshalb nur einen Chip auf jeden Platz.

Sie hatte einundzwanzig.

Escalante lächelte, als Cassie die Chips einstrich, sehr mit sich zufrieden, weil er offenbar immer noch die Karten lesen konnte. Das Glück war immer noch an seiner Seite, und jetzt gerade wog es schwer. Er legte fünf Chips auf jeden Platz, niemals vorher hatte er auch nur annähernd so hoch gewettet – fünfunddreißigtausend.

Cassie verlor.

»Ich hole Ablösung«, sagte der Schichtleiter.

»Bitte sehr, dann gehe ich. Und ich glaube nicht, daß Sie es gerne sehen werden, wenn ich woanders spiele. Sie hoffen doch, daß ich noch kalte Füße kriege, nicht wahr?«

»Dann werde ich die Karten wechseln.«

»Wechseln Sie, Sie Armleuchter – von mir aus auch Ihre Unterwäsche . . . was übrigens gar keine so schlechte Idee wäre, wenn Sie mir den zarten Hinweis erlauben . . .« Escalante griff nach seinem Gewinn und füllte ihn in die zweite Chip-Box – es waren fast hundertsechzigtausend. Cassie löste die vier neuen Spiele aus ihren Hüllen und traf die Vorbereitungen, um sie in die Kartenhalter zu bugsieren.

»Ich nehme inzwischen einen Drink«, sagte Escalante. »Cassie, du achtest doch auf meine Sachen, ja?«

Sie nickte. Er schob ihr die Chip-Kästen zu, ging zur Bar und bestellte einen doppelten Finnen auf Eis. Während er ihn austrank, meinte er, Kinnick gesehen zu haben, der allein an der Bar saß. Er zahlte und ging zurück zum Spieltisch.

Cassie gab schon die erste Karte.

Escalante zögerte. Im Augenblick schien das Glück ihn nicht stark zu drücken. Er setzte nur einen Chip, verlor, fühlte sich genauso beim nächsten Spiel und verlor noch einmal siebentausend.

Dann war es wieder da, das Gewicht des Glücks. Stärker denn je. Er ging jetzt hoch ans Spiel, setzte zehn Chips pro Platz, siebzigtausend lagen auf dem Tisch. Seine Karten waren allenfalls ordentlich, aber er fühlte sich nicht nervös. Er fühlte sich ungefähr so wie in DeMarcos Suite, als dieser Siegesschrei unwillkürlich aus ihm herausgebrochen war. Ihm war so, als würde Cassie sich verkaufen – und er behielt recht.

»Bitte noch eine Chip-Box«, sagte Escalante. Cassie gab ihm die dritte. Escalante hatte jetzt mehr als zweihunderttausend Dollar und schaute auf die Uhr. Zwölf Minuten nach vier. Er beschloß, sorgfältig seine Bestände zu zählen, um genau zu wissen, wieviel er noch brauchte. Dummerweise war seine Kehle trocken. Er bat Cassie, seine Barschaft im Auge zu behalten, eilte zur Bar, bestellte ein Glas Wasser, stürzte es hinunter, verfuhr mit dem zweiten ebenso und trank dann einen doppelten, eisgekühlten Wodka, den er ebenfalls rasch leerte, bevor er an den Tisch zurückging.

Dort stand inzwischen eine Menge Neugieriger. Etwa zwanzig Personen betrachteten die Chip-Kästen und murmelten. In der letzten Reihe der Menge stand Kinnick und reckte sich den Hals aus. Escalante setzte sich, lächelte Cassie an und zählte seine Chips.

Zweihundertundsiebzehntausend Dollar. Da er keine schwierigen Ziffern mochte, setzte er dreitausend und gewann. Zweihundertzwanzig klang viel besser.

Jetzt hatte er nur noch ein Problem: Sollte er die Sache in die Länge ziehen oder gleich zum Schluß kommen? Eine schnelle Lösung hatte ihre Vorteile. Andererseits – das gestand er sich nur ungern ein – gefiel es ihm, hier zu sitzen, all diese Menschen im Rücken zu haben, die ihn beobachteten und sich wünschten, einmal nur annähernd soviel Glück zu haben wie er.

Er setzte fünftausend auf den Platz.

Cassie schlug ihn.

Er setzte zehntausend.

Sie schlug ihn wieder. Ihm blieben zweihundertfünftausend.

Escalante sah Cassie an und sprach: »Warum bist du so knauserig?« Sie hob die Achseln.

Er nahm fünf seiner schwarzen Chips und reichte sie ihr als Trinkgeld. Dann wandte er sich um zum Schichtleiter. »Jetzt wird sie nicht mehr so knickerig sein.« Er war jetzt herunter auf zweihunderttausend, und etwas in ihm riet dazu, aufs Ganze zu gehen, fünfzig auf einen Platz zu setzen und sich zu verabschieden im Falle eines Gewinns. Er zögerte, immer noch fühlte er dieses Gewicht auf seinen Schultern, das Glück war noch anwesend – aber es hatte ihn schon stärker gedrückt. Er setzte zehn statt der beabsichtigten fünfzig und schlug Cassie mit neunzehn zu achtzehn.

In der nächsten Runde setzte er wieder zehn. Sie trafen sich bei siebzehn. Er verdoppelte, wettete zwanzig, schlug Cassie und hatte nun zweihundertdreißigtausend gewonnen.

Seine Freiheit war nur noch zwanzigtausend Dollar weit entfernt. Gewiß ein Grund zum Feiern – und sicher nicht der letzte –, aber auch jetzt gab es schon genügend Anlaß, mit diesem Abend zufrieden zu sein . . .

. . . nur hatte die Sache einen Haken: Escalante war nicht sicher, ob dieses angenehme Gewicht noch da war, oben zwischen seinen Schultern . . . Sollte er jetzt alles auf eine Karte setzen und zwanzigtausend verwetten? Wenn er gewann, würde alles vorbei sein – aber wenn er verlor, fiel er auf zweihundertzehntausend zurück, und das war eine beträchtliche Hürde für jemanden, den das Glück zu verlassen schien.

Er setzte zehn, gewann, hatte nun zweihundertvierzigtausend, zögerte nicht länger, setzte wieder zehn und verlor. Dann wieder ein Sieg – zweihundertvierzig – wieder zehn, ein Reinfall – zurück auf zweidreißig. Diese Zehnerwetten schaukelten hin und her zwischen Cassie und ihm, er mußte diesen Rhythmus unterbrechen. Wagte er das? Noch nicht – er setzte zehn, sie verlor, er war zum Gott-weiß-wievielten-Mal auf zweivierzig, und da endlich fühlte er wieder den Druck. Er beschloß, die Serie zu unterbrechen mit einer Zwanziger-Wette, das würde zweihundertsechzigtausend ausmachen bei Sieg, zweihundertzwanzig bei Niederlage. Durchaus erträglich, dachte er, bis er verlor und der Schicht-Boß ihm zulächelte. Dieses Grinsen ärgerte ihn und er setzte fünfzigtausend, zog dann die Wette mißmutig zurück, weil ihm bewußt wurde, daß Zorn zu dummen Handlungen verleiten konnte. Also erhob er sich, schob seine Chip-Boxen hinüber zu Cassie, nahm sein Glas Wasser zu sich und seinen doppelten Wodka und kam zurück. Die Unterbrechung hatte ihm gutgetan. Mochte der Schicht-Boß grinsen, soviel er wollte – Escalante hatte sich wieder im Griff. Er setzte fünfzigtausend und nahm deren Verlust ohne Wimpernzucken hin, weil er noch immer den verheißungsvollen Druck auf seinen Schultern spürte. Er rechnete ein wenig, schaute auf seine Armbanduhr – neunzehn Minuten nach vier –, zählte vierzig schwarze Chips ab und setzte sie auf nur einen Platz. Er zog eine Neunzehn und beobachtete, wie Cassie eine Sechs und noch eine Sechs bekam, dann eine Drei und eine Fünf, so daß sie ihn mit ihren zwanzig schlug.

»Okay«, sagte Nick Escalante.

»Fertig?« fragte Cassie.

»Ich komme gerade erst in Schwung.« Er schob seine Boxen zu ihr. »Das sind hundertfünfundzwanzig Dollar. Zähl sie.«

Sie schnippte auf die fünf Chip-Reihen, ohne sie abzuzählen.

»Na, dann können wir ja . . .«

»Bist du sicher, Nikki?«

»Es ist die Hälfte von zweihundertfünfzigtausend – wo also liegt das Problem?«

Sie gab ihm zwei Karten, sieben und zehn. Ihre offene Karte war ein König. Escalante schaute Cassie an, dann die verdeckte Karte. Selten hatte er sich so ruhig gefühlt. Ihm war völlig klar – so klar wie schon einmal an diesem Abend, daß diese Karte noch einmal zehn Augen wert war. Für den Idealfall fehlte ihm also eine Vier – und die wollte er auf der Stelle haben. Nur kein langes Warten, mit einem As und einer Drei wäre er einverstanden, auch mit zwei Zweien, er brauchte gerade so viel, um insgesamt auf einundzwanzig zu kommen. »Gib mir mehr«, sprach er also, und irgend etwas in ihrem Blick, in der Art, wie sie ihre Schultern sinken ließ, sagte ihm, daß er vielleicht einen Fehler gemacht hatte. Im gleichen Augenblick sah er die Acht auf sich zukommen und wußte, daß es aus war mit ihm. Cassies verdeckte Karte war eine Fünf, und seine Siebzehn hätten gereicht, um sie zu schlagen. – Er fragte sich, wann er unter der Wirkung dieser Erkenntnis zusammenbrechen würde, aber dann kam ihm der Gedanke, daß all dies gar nicht wichtig war. Wichtig war nur, daß er noch zehntausend Dollar übrig hatte aus DeMarcos Beständen. Er zog das Bündel Scheine aus den Taschen, setzte alles und bekam eine Zwanzig. Das war ausgezeichnet, aber nicht gut genug für Cassies Blackjack.

Er nahm noch einen Wodka an der Bar, dieses Mal einen dreifachen und gleich noch einen. Als er zahlen wollte, stellte sich heraus, daß er kein Geld mehr hatte. Diese Entdeckung kostete Zeit, denn seine Hände konnten die Taschen nicht mehr so recht orten, und seine Beine schwankten erheblich. Er versuchte, einen Barhocker zu erklimmen, verfehlte ihn, geriet ins Trudeln, fiel kopfüber auf den Boden und wollte sich wieder hochziehen. Aber seine Arme hielten ihn nicht mehr. Bevor er wieder hinstürzte, sah er noch etwas Rotes auf dem Boden der Bar. Es war Blut . . . sein Blut.

Kapitel 4

Das Geschenk

Der Morgen war noch nie seine Tageszeit gewesen. Aber dieser fünftausendunderste Morgen war bei weitem der schlimmste von allen. Escalante hatte die Augen nur einen Spaltbreit geöffnet und wußte aus Erfahrung, daß es zehn Uhr sein mußte. In Gedanken ging er rasch den vergangenen Tag durch und erinnerte sich, daß da nicht viel war, was ihm besonders gefallen hätte. Unterm Strich blieb da wenig.

Das beste Mittel gegen seine zwanghaften Erinnerungen war der Versuch, sich an einen anderen Ort zu versetzen. Ihm fiel ein Hollywood-Agent ein, ein guter Kunde, der weitgereist war und ihm gesagt hatte, wie unvergleichlich Venedig war. Allerdings müsse man unbedingt im Winter dorthin reisen, Nebel und Hochwasser in Kauf nehmen und den feuchten Dunst ignorieren, denn um diese Jahreszeit sei die Stadt wenigstens leer, und nur so könne man sie wirklich kennenlernen.

Escalante reiste also nach Venedig. Harry's Bar würde ein guter Anfang sein. Dort ein Risotto in Champagner-Sauce, am Nachmittag ein Spaziergang über den Markus-Platz mit eingehender Betrachtung des Dogenpalastes. Danach mit dem Fahrstuhl auf den Campanile, um den Ausblick auf den Canale Grande zu genießen, auf die Paläste und den Lido in der Ferne. Und auf die Inseln, deren Namen . . . wie hießen sie noch?

Trotz heftigen Nachdenkens kam er nicht darauf. Er war viel zu deprimiert, hatte sogar Mühe, Atem zu holen. Zögernd schlug er die Augen auf und versuchte herauszufinden, wo er war. Mit Sicherheit in einem Bett, aber wessen Bett war das, und wie hatte es ihn da hinein verschlagen? Er berührte seine Nase und faßte in getrocknetes Blut. Auf dem Tisch neben dem Bett erblickte er einen Aschenbecher und Streichhölzer mit der Aufschrift »Grand«. Demnach befand er sich wahrscheinlich – oder vielmehr ohne Zweifel – im Schlafzimmer einer Suite des Grand-Hotels.

Er setzte seine Füße auf den Boden und entdeckte, daß er komplett angekleidet war, fand den Weg zum Badezimmer und begutachtete sein Gesicht. Ein nennenswerter Schaden war nicht entstanden. Er nahm einen Waschlappen, betätigte den Kaltwasserhahn und wischte das eingetrocknete Blut von seiner Nase. Geschwollen war sie kaum, obwohl er offenbar just auf diesen Körperteil gefallen war. Aber wann?

Wohl nachdem er den Blackjack-Tisch verlassen hatte. Da mußte es passiert sein, höchstwahrscheinlich in der Bar des Silver Spoon . . . Langsam verdichtete sich das Gesicht des Schichtleiters, sein Lächeln, als Escalante den Rest seiner Barschaft setzte . . . Er warf sich herum, schloß die Augen, um die Vision zu vertreiben.

Aber die schnelle Bewegung bekam ihm schlecht, vor allem mit geschlossenen Augen. Er verlor das Gleichgewicht und schlug gegen die Tür des Badezimmers. ›Von Tag zu Tag geht's mir in jeder Hinsicht besser‹, dachte Escalante sarkastisch, verließ bedächtig das Badezimmer, durchquerte den Schlafraum, öffnete dessen Tür und blickte ins Wohnzimmer der Suite.

Kinnick saß kaffeetrinkend am Tisch und streichelte seinen Arafat-Bart. Er war makellos gekleidet, trug eine frische Kombination aus der Serie klassisch-unauffälliger Herrenoberbekleidung: hellgraue Hosen, marineblauer Blazer, weißes Buttondown-Hemd und gestreifte Krawatte. Aufschauend wandte er sich an Escalante: »Möchten Sie jetzt gleich Ihren Grapefruitsaft?«

Escalante schaute ihn fragend an. »Wie bin ich hierhin gekommen?«

»Ich hoffe, es stört Sie nicht, aber ich fand es irgendwie unanständig, Sie auf dem Fußboden der Bar herumliegen zu lassen. Und Sie sahen nicht danach aus, als könnten Sie sich aus eigener Kraft davonmachen. Ich hatte keine Ahnung, wo Sie wohnten, also habe ich einigen Leuten ein Trinkgeld gegeben, damit sie Sie in ein Taxi bugsierten. Auf diese Weise haben wir eine kleine Fahrt gemacht zu meinem Hotel, und mit Hilfe von noch etwas Kleingeld sind Sie hier herauf gekommen. Es war der einzige Ort, der mir einfiel für Sie . . . Möchten Sie jetzt Ihre Grapefruit – sie ist eisig.« Er griff nach einem Tablett und hob ein stattliches Glas.

Escalante murmelte ein »Danke« und nahm versuchsweise einen Schluck von dem Saft. Aber seine Kehle war trocken, und der Saft schmeckte köstlich, so schüttete er ihn in einem Zug hinunter.

»Soll ich Ihnen noch einen bestellen?« Kinnick schaute fragend, saß da wie zuvor, wie immer – nervös, erschrocken oder sonstwie merkwürdig.

»Nein, danke. Haben Sie auf der Couch geschlafen?«

Kinnick nickte.

»Es ist doch Ihre Suite – trotzdem haben Sie mir Ihr Bett gegeben . . .«

»Ich dachte mir, Sie könnten eine angenehme Nachtruhe nötiger haben als ich. War es angenehm?«

»Ich habe hervorragend geschlafen, danke.«

»Ausgezeichnet.«

Escalante betrachtete den dürren Knaben, dessen Nervosität schlimmer war denn je.

»Duke, Sie sind sehr besorgt um mich, und Sie haben mir sehr geholfen. Ich bin Ihnen aufrichtig dankbar für das, was Sie getan . . .«

»Oh, das hätte ich beinahe vergessen«, unterbrach ihn Kinnick, stand auf, eilte herbei und schob einen Hundert-Dollar-Schein in Escalantes Hand. »Ich habe vergessen, Sie für Ihre Dienste in der letzten Nacht zu bezahlen. Plötzlich waren Sie weg – und ich hasse es, anderen etwas zu schulden.«

Escalante starrte auf das Geld. »Ich hab' Sie im Stich gelassen. Wofür, zum Teufel, bezahlen Sie mich?«

»Für Ihren Zeitaufwand – und dabei bleibt es. Ich werde keinen Penny davon zurücknehmen, also versuchen Sie's gar nicht erst.«

Der Knabe hatte sich inzwischen wieder an den Tisch verfügt. Seine Hände hatte er ineinander verschlungen, um ihr Zittern zu verbergen.

Escalante setzte sich in einen Sessel auf der anderen Seite des

Zimmers. »Okay«, sagte er. »Ich glaube, Sie haben etwas auf dem Herzen, und ich denke, es ist an der Zeit, daß Sie es loswerden. Es ist sicher kein Zufall, daß wir in diesem Zimmer zusammen sind. Sicher, gestern nacht war ich betrunken, Sie waren dabei und haben mich hierher gebracht – aber ich glaube nicht, daß das der Grund ist für unsere Begegnung.«

Kinnick nickte zustimmend.

Escalante rieb abwartend seine Augen.

»Werden Sie auch nicht lachen?«

»In meinem augenblicklichen Zustand kann ich für nichts garantieren.«

Kinnick löste seine verschränkten Hände und trommelte mit den Fingern auf der Tischkante. »Die Sache ist . . . es ist sehr wichtig für mich.«

Escalante nickte auffordernd.

»Und . . . ich möchte nicht, daß Sie mir eine Abfuhr geben. Ich bin an einem Punkt, wo ich ein ›Nein‹ nicht ertragen kann.«

Escalante verhielt sich abwartend und fragte sich, ob ihm je ein ähnlich verschreckter Mann begegnet war. Wahrscheinlich nicht, denn sonst hätte er sich an ihn erinnert, so wie er sich von jetzt an immer an Kinnick erinnern würde – wie er dasaß, hager, schwach, mit fahrigen Händen.

»Ich möchte bei Ihnen sein«, sagte Kinnick endlich, besann sich plötzlich und schrie, bevor Escalante noch antworten konnte: »Nein, nicht so, wie Sie denken, lieber Himmel, nicht im biblischen Sinne . . . Ich hab' mich falsch ausgedrückt, tut mir leid, Verzeihung. Ich will . . . gewissermaßen um Sie herum sein, ich will, daß Sie mich unterrichten.«

»Worin denn?«

Kinnick zögerte. »Ich weiß, wer Sie sind, dafür habe ich eine Menge Geld ausgegeben. Erinnern Sie sich, daß ich Ihnen gesagt habe, ich wäre sehr vorsichtig? Ich weiß alles, habe alles herausgefunden. Über den Grapefruitsaft am Morgen bis hin zum finnischen Wodka, verstehen Sie? Und das ist noch gar nichts.«

»Sagen Sie mir, was ich Sie lehren soll. Und beruhigen Sie sich – wie soll man Ihnen helfen, wenn Sie nicht sagen, was Sie wollen?«

»In Ordnung, also: Es war in Boston, und ich ging einfach so vor mich hin – vermutlich kommt Ihnen das unerheblich vor, aber das ist es nicht, zumindest nicht für mich – und da sah ich diesen Burschen, diesen Alten mit seinem Rucksack, dessen Arme sich bewegten wie . . . wie bei einem Automaten, und das machte mich natürlich neugierig. Dann entdeckte ich Zeichen auf seinem Rucksack und die hießen – ich werde das nie vergessen – ›Bitte, schlagt mich nicht.‹ Als ich das las, dachte ich zuerst: Seltsam. Aber dann fiel mir auf, daß es gar nicht so seltsam war, denn irgend etwas an diesem Mann ärgerte mich, forderte mich heraus – *ich wollte ihn schlagen*. Doch ich konnte nicht, ich wußte einfach nicht, wie man das macht.« Kinnick erhob sich und begann, im Zimmer auf und ab zu gehen. »Da ich gerade bei der Wahrheit bin, kann ich Ihnen auch gleich sagen: Als ich Ihnen am Telefon erklärte, Sie seien mir von jemandem empfohlen worden – das stimmte nicht.«

»Na schön, Sie haben mich hinters Licht geführt – aber was meinten Sie eben? Was wußten Sie nicht?«

Kinnick zog seinen Blazer aus und drapierte ihn über den Sessel. Der Aufschlag der Pistolentasche war deutlich zu hören, und Kinnick errötete. »Ich trage eine Waffe«, sagte er.

»Tatsächlich?«

»Fast immer, aber eigentlich weiß ich nicht warum. Es hilft doch nicht.« Er trat an Escalante heran und zog seinen Hemdsärmel ein wenig hoch. »Fassen Sie mein Handgelenk an. Packen Sie fest zu.«

Escalante kam seinem Wunsch nach.

»Dürr wie ein Stöckchen, nicht wahr, machen Sie mir nichts vor. Wissen Sie, als ich noch in der Schule war, hatte ich immer Angst, vor allem in den Pausen auf dem Hof . . . Ich war wie dieser alte Mann mit dem Rucksack – alle schlugen mich, weil sie wußten, daß ich zu schwach war, mich zu verteidigen. Das gelang mir nur während des Unterrichts, denn ich war klüger als alle anderen. Und sehen Sie, als ich diesen alten Mann sah, da wurde mir klar, daß ich eines Tages genauso sein würde, wenn ich einmal alt wäre: furchtsam, vielleicht ein wenig verrückt, mit einem Schild, auf dem ich um Gnade bitte. Als ich das erkannt hatte, begann ich meine Suche, ging zu Sportplätzen, Gymnastik- und Selbstverteidigungsschulen – und zu Ihnen. Ihr Name geisterte schon eine Weile in meinem Kopf herum, und dann fiel mir das Zeitschriften-Interview in die Hände, wo man Sie einen tödlichen Gegner nannte. Ich begann also nachzuforschen, wer Sie sind, mit aller Sorgfalt, denn wie Sie sicher bereits bemerkt haben, bin ich ein sehr gründlicher Mensch. Und nun will ich alles lernen, will endlich die ständige Furcht abtöten, mit der ich bisher mein Leben verbracht habe.«

Escalante sackte noch tiefer in seinen Sessel. »Hören Sie, Junge . . .«

»Bis zu meinem achtundzwanzigsten Geburtstag hatte ich bereits sieben Millionen Dollar gemacht – also nennen Sie mich nicht ›Junge‹ . . .«

»Jesus, wie haben Sie das geschafft?«

Kinnick zuckte die Achseln. »Es war gar nicht schwer, ich hab's nur so gemacht wie alle anderen heutzutage. Ich habe einen einfachen Dreh gefunden, die Computer-Software zu erneuern. Mit dreiundzwanzig habe ich in einer Garage angefangen, und fünf Jahre später habe ich mir meine Erfindung abkaufen lassen. Ich mochte das alles nicht, besser gesagt: ich mochte *mich* nicht. Und nun werde ich Sie dafür bezahlen, mich zu unterrichten. Ich werde Sie sogar hoch bezahlen und kann einen reichen Mann aus Ihnen machen.«

»Das war ich schon bis vor kurzem, vergangene Nacht erst.«

»In dieser Angelegenheit kann ich Ihnen auch helfen.«

»In welcher Angelegenheit?«

»Spielen Sie nicht Katz und Maus mit mir, ich bin zu Ihnen auch ehrlich.« Seine Stimme wurde jetzt lauter. »Ich kenne mich aus mit Süchtigen. Meine beiden Eltern waren suchtkrank. Es ist ein Elend, mit solchen Eltern aufzuwachsen. Es bedeutet, mit der Angst groß zu werden, mit Todesangst, wenn der Vater ein Spieler ist und die Mutter eine Alkoholikerin.«

»Ich bin nicht süchtig.«

»Meinen Sie das ernst?«

»Vielleicht mag ich Blackjack mehr als mir guttut, aber das heißt nicht, daß ich davon abhängig bin. Ich habe noch nie in meinem Leben eine Nacht wie die vergangene verbracht – noch nie auch nur fünfzigtausend Dollar in all den Jahren gewonnen – die gestrigen Ereignisse müssen Ihnen einen völlig falschen Eindruck vermittelt haben, weil ich mich ganz verrückt aufgeführt habe.«

Kinnick wandte seine blauen Augen nicht von Escalante. »Sie müssen aber doch wohl zugeben, ein etwas impulsiver Spieler zu sein.«

»Wie kommen Sie dazu, so von oben herab zu sprechen? Seit wann sind Sie schon ein Heiliger?«

»Ich wollte Ihnen nicht zu nahe treten . . .«

»Das ist gut . . . weil Sie nämlich gar kein Recht . . .«

»Aber für mich liegt alles klar auf der Hand . . .«

»Wenn alles so klar ist, wie kommt es dann, daß Sie sich dermaßen irren?«

»Bitte, versuchen Sie, ruhig zu bleiben. Sehen Sie doch den Tatsachen ins Auge. Warum bleiben Sie hier, obwohl Sie diesen Ort so hassen? Es ist der einzige Ort, wo Sie bleiben *können*, der einzige Ort, den Sie verdient haben. Das ist ganz offensichtlich, auch wenn Sie es nicht einsehen wollen, ich werde Sie schon davon überzeugen. Ich werde Ihnen helfen, und Sie helfen mir, sagen Sie schon ja . . .«

»Bemerken Sie eigentlich, wie verrückt sich das alles anhört? Sie sind noch nicht einmal dreißig, stehen am Anfang Ihres Lebens – ich gehe auf die Vierzig und bin – wenn ich einmal Ihre Bezahlung zugrunde lege – weniger als fünf Dollar pro Stunde wert. Außerdem habe ich gerade einen Katzenjammer, der sogar einen Arnold Schwarzenegger umwerfen würde. Wer um alles in der Welt sollte mit mir etwas zu tun haben wollen?«

»Ich will – es ist mein größter Wunsch.«

Escalante stand auf. Es war eine zu sonderbare Situation, mit der er nichts zu schaffen haben wollte. Und vor sechs Stunden hatte er noch nach den Sternen greifen können – bevor das Spielglück sich einem anderen zugewendet hatte . . . Er wußte plötzlich, wohin er zu gehen hatte, um sich besser zu fühlen. Dafür gab es nur einen einzigen Platz, und dorthin würde er sich wenden.

»Sagen Sie ja«, sprach Kinnick.

»Duke, Sie As, hören Sie zu: Ich habe mir meine Vergangenheit selbst eingebrockt, Sie sollten Ihre auch allmählich akzeptieren.«

»Sagen Sie mir, daß Sie es sich überlegen werden. Bitte, sagen Sie mir wenigstens das!«

Escalante betrachtete sein schmächtiges Gegenüber, diesen

sonderbaren, furchtsamen Kauz mit dem Arafat-Bärtchen. »Ich weiß noch nicht. Vielleicht werde ich darüber nachdenken, aber jedenfalls nicht jetzt.« Damit hatte er seine Hand schon auf dem Türknauf und trat hinaus auf den Flur. Er drehte sich noch einmal um und wollte die Tür hinter sich zuziehen, als er sah, daß Kinnick gleich in Tränen ausbrechen würde . . .

In Augenblicken tiefster Niedergeschlagenheit war Escalante stets verbissen auf der Suche nach dem Grundübel und sah doch den Wald vor lauter Bäumen nicht. Gegen diesen Zwang gab es nur ein Heilmittel, und dorthin eilte er nun, so schnell er konnte und ohne Rücksicht auf seine fehlende Morgentoilette.

Er fuhr direkt zur East Tropicana Nr. 1775, parkte seinen Wagen und schaute sich tief atemholend um. Die Gewißheit, sich an einem Ort der Vollkommenheit zu befinden, einem Symbol dessen, wozu der menschliche Geist fähig war, tat ihm wohl.

Wann immer man einen Touristen nach der Hauptattraktion des Staates Nevada befragte, lautete die Antwort spontan und zweifellos zutreffend: das Glücksspiel. Und wenn man wissen wollte, welches die zweitgrößte Sehenswürdigkeit war, nannten mit großer Wahrscheinlichkeit die meisten den Hoover-Damm, was abermals zutraf.

Aber nur wenige kamen auf die dritte große Touristenattraktion, in der sich Escalante in diesem Augenblick befand mit dem gewohnten Gefühl der Seeligkeit, das ihn stets beim Anblick des Liberace-Museums befiel.

Das Liberace-Museum – ein Gebäude, das keinem anderen Zweck diente, als die Zeugnisse der Karriere eines einzigen Menschen zu beherbergen, keines Geringeren als Lee Liberace. Escalante ging hinüber zu dem Geschenkladen und studierte die von einem Bildschirm abrufbaren einzelnen Posten.

Es gab nichts, was es nicht gab. Beispielsweise hätte er, zum Preise von vierundzwanzig Dollar fünfzig, einen schwarzen Miniatur-Konzertflügel erstehen können, mit einer Nachbildung von Liberaces Unterschriftsschnörkel quer über dem Deckel. Oder eine Liberace-Bonbonschüssel. Oder einen Aschenbecher. Oder – für drei Dollar fünfzig – einen Aschenbecher von *George* Liberace, komplett mit dem Relief einer Violine. Wo sonst in der Welt gab es Liberace-Pillendosen, Liberace-

Briefbeschwerer oder drei Riegel Liberace-Sandelholzseife in Konzertflügel-Form für nur fünfzehn Dollar? Nicht einmal in einem asiatischen Bazar hätte man vorteilhafter einkaufen können – gewöhnliche Seife vielleicht schon, aber keine parfümierte – und schon gar keine Seife in Flügelform. Manches Reich war schon für weniger Denkwürdiges untergegangen.

Seine Stimmung hatte sich schon gebessert, und er verließ den Geschenkladen, um sich den Automobilen zuzuwenden. Da war ein Rolls-Royce, und im Grunde war nichts Besonderes an dieser Automarke. Aber dieses Exemplar war wunderschön bemalt mit Streifen, abwechselnd in Rot, Weiß und Blau. Es gab einen Bradley GT in geschmackvollem Metallic-Gold mit fledermausähnlichen Flügeltüren, einen 1964er Cadillac, Modell Durham, wovon nur zwei Exemplare je gebaut worden waren, und es gab Escalantes Lieblingsauto, ein Londoner Taxi aus dem Jahre 1956, lackiert in vornehmem, schwarzweißem Reißzahnlook.

Und dann die Konzertflügel: sperrige Ungetüme, auf denen noch Chopin gespielt haben sollte, und ein Exemplar, über welches angeblich Liszts Virtuosenhände geglitten waren. Schließlich das Porträt des großen Liberace selbst, dessen Augen dem vorübergehenden Betrachter zu folgen schienen. Escalante probierte es mehrmals, ging hin zu dem Gemälde, entfernte sich wieder – und kam sich vor wie ein großes Kind.

Aber weder die Autos noch die Musikinstrumente konnten sich messen mit dem Zauber der Kostüme. Escalante stand da und betrachtete die vielen Stangen, auf denen tadellos geschnittene Gewänder aufgereiht waren. Da war ein nach dem Vorbild des Zaren Nikolaus gefertigter königlicher Uniformmantel mit Borten in zweiundzwanzigkarätigem Gold. Daneben hing das samtene Cape nach dem Muster der Krönungsrobe von König Georg V. – bereits im Original ein schönes Stück und hier noch einmal verfeinert mit Chinchillas im Werte von sechzigtausend Dollar.

Escalante schüttelte staunend den Kopf, lächelte in sich hinein, ließ seine Blicke schweifen und entdeckte zwei Männer, die neben der Eingangstür standen und ihn beobachteten. Es waren Mitarbeiter von Baby, der in diesem Augenblick selbst eintrat. Er schaute sich kurz um, gab den beiden Männern ein

Zeichen, sich zu entfernen, setzte sein wunderbarstes Lächeln auf und kam quer durch den Raum auf Escalante zu.

Unter seinesgleichen war Baby der Beste und Gescheiteste, groß, mit sanfter Stimme sprechend, niemals ärgerlich, immer beherrscht. Und wenn es überhaupt möglich war, sich im Rahmen kalifornischer Lässigkeit gut zu kleiden, dann mußte Baby als stets perfekt angezogen gelten. Seine Leutseligkeit hatte etwas Unmittelbares, darin ähnelte er Alan Alda. Wer immer ahnungslos einen Abend mit ihm verbrachte und anderntags erfuhr, in Gesellschaft des Mannes gewesen zu sein, der in fast ganz Nevada die Mafia kontrollierte – er hätte es nicht für möglich gehalten.

Baby hatte Escalante vor mehr als zehn Jahren kennengelernt und seither immer wieder vergeblich versucht, ihn für sich zu gewinnen. Doch wann immer sie miteinander in Berührung kamen, war es vergnüglich gewesen.

»Nicholas, Nicholas«, sagte Baby, indem er seine Hände ausstreckte. Escalante nickte ihm zu, und sie begrüßten sich.

»Pinky meinte, du wärst wahrscheinlich hier – oder im Silver Spoon. Ich wußte gar nicht, daß du ernsthaft an Kultur interessiert bist . . .«

»Ich komme nur zu bestimmten Gelegenheiten hierher, aber es ist wirklich unwiderstehlich.«

Baby lächelte. »Ich möchte es sogar ›einzigartig‹ nennen.«

Escalante nickte.

»Nicholas, Nicholas«, sagte Baby wieder.

Escalante blieb stumm. Welchen Grund immer Baby gehabt haben mochte, hierher gekommen zu sein – er war jedenfalls Manns genug, ihm Ausdruck zu geben, wenn ihm der Sinn danach stand.

»Ich hörte, du hättest gestern nacht im Silver Spoon beinahe die Bank gesprengt.«

»Gute Nachrichten verbreiten sich schnell, Baby.«

»Lieber Himmel, erinnerst du dich noch, wie du uns vor zwei Monaten im Croesus achtzigtausend abgenommen hast, bevor deine Glückssträhne plötzlich abbrach?«

»Eines Tages wird es glücken«, sagte Escalante.

Baby schaute ihm offen ins Gesicht. »Ich hoffe es für dich,

wirklich. Und gestern war ich noch sicher, du würdest ewig leben . . . Heute bin ich da nicht mehr so sicher.«

»Was willst du damit sagen?«

Baby legte einen Arm um Escalantes Schulter. Zusammen schlenderten sie durch das Liberace-Museum, vorbei an Hunderten von Fotografien, Postkarten, Gemälden.

»O Nicholas, ich bin in einer schrecklichen Zwangslage, wirklich fürchterlich. Und alles deinetwegen.«

Escalante verhielt sich abwartend.

»Jemand hat sich einen Spaß gemacht mit der Nummer 3506 im Croesus-Hotel, hat drei Leute zusammengebunden und zwanzigtausend Dollar mitgenommen.«

»Und das alles noch mit meinen Milchzähnen . . .«, sagte Escalante.

Baby brach in ein Gelächter aus. Er hatte ein angenehmes Lachen, das ein Weilchen anhielt, bevor er sagte: »O Nicholas, wenn es doch bloß wirklich komisch wäre . . .« Nach einer Pause fuhr er fort: »Die Sache ist die – derselbe Jemand schoß auf die beiden blonden Gentlemen und tötete sie, während sie hilflos dalagen. Ein Zeuge hat behauptet, daß du dieser Jemand bist.«

Escalante schob Babys Arm von seiner Schulter. »Und das glaubst du?«

»Wenn ja, wärst du schon lange tot, darin sind wir uns wohl einig, nicht wahr, Nicholas?«

Escalante nickte.

»Ich weiß es nicht, Nicholas, ich weiß es einfach nicht. Ich kenne DeMarco von klein an, unsere Väter waren enge Freunde. Warum sollte er lügen? Das frage ich mich die ganze Zeit und finde keine Antwort. Er ist zwar ein arroganter Dreckskerl, aber er war nie ein Lügner.« Er schüttelte den Kopf. »Na, komm schon.«

»Wohin?«

»Zu DeMarco. Ich muß die Wahrheit herausfinden, Nicholas.«

»Was meinst du damit? Wird das ein Gerichtsverfahren?«

»Ja, um dein Leben vermutlich«, sagte Baby.

»Warum muß ich denn alles noch mal sagen?« fragte DeMarco. Seine Stimme klang gedämpft, weil sein Mund immer noch geschwollen war. Er saß Seite an Seite mit Baby in dessen Büro, das sich an der Hinterseite des Croesus-Hotels befand. Es war ein großer Raum, zurückhaltend möbliert und in den gedeckten Farben der Wüste gehalten. Hinter DeMarco standen ein paar bewaffnete Männer. »Ich hab' dir doch schon alles gesagt, Baby. Es ist die Wahrheit, und du glaubst mir. Wozu also die Umstände?«

»Weil du, lieber Daniel, von mir verlangst, diesen Mann hier zu töten. Und weil ich Nicholas seit langem kenne und es schrecklich fände, einen Fehler zu machen. Ein Fehlurteil würde mir einfach keine Ruhe lassen, und ich denke, er hat das Recht zu erfahren, wessen wir ihn beschuldigen.«

»Okay, okay«, sagte DeMarco. »Es ist nur . . . nun, ich hab' noch nie vorher so etwas gesehen, und die Erinnerung daran macht mich ganz fertig.«

»Ich verstehe. Faß dich also so kurz, wie du magst. Nun bitte!«

Escalante saß sehr ruhig da, hatte die Fingerspitzen am Kinn und fragte sich, ob DeMarco seine beiden Leibwächter wohl selbst erschossen hatte. Vielleicht weil er gelogen hatte, als er sagte, sie hätten Holly vergewaltigt? Das war möglich, aber wenig wahrscheinlich. Der wirkliche Grund war wohl, daß sie ihn hatten weinen und zusammenbrechen sehen. Der Feigling in ihm war sichtbar geworden, und der kleine Scheißer von Macho konnte nicht zulassen, daß jemand mit diesem Wissen weiterlebte. Wenn die beiden gesprochen hätten – und das wäre unvermeidlich gewesen, weil die Sache zu pikant war –, hätte das seinen Plänen, der König von Lexington in Kentucky zu werden, nicht sehr gut getan.

»Ich nehme an, am schlimmsten für mich ist vermutlich der Gedanke, ihn überhaupt ins Zimmer gelassen zu haben«, sagte DeMarco. »Du mußt wissen, wir hatten etwas zu essen bestellt beim Zimmerservice – wir haben uns nämlich einen netten Abend gemacht, der alte Tiel und ich und der Kindskopf Kinlaw, haben ein bißchen Karten gespielt und einen Schluck Scotch getrunken. Und ich dachte noch, der Zimmerservice ist ja bestens organisiert, so schnell zu kommen . . . Also hab' ich, ohne groß nachzudenken, die Tür geöffnet, und da stand dieser

Bursche, aufgemacht wie ein Zuhälter mit seinen schwarzen Lederklamotten.«

Escalante nickte.

»Und dann hatte er dieses Halstuch vor seinem Gesicht und ein Schießeisen in der Hand. Er schob mich vor sich her ins Zimmer zurück und schlug mir mit der Pistole über den Mund . . .« DeMarco deutete auf sein Gesicht. »Siehst du's?«

Er habe es gesehen, meinte Baby.

»Er ist verdammt schnell, dieser Bastard hier, und er hat Tiel und Kinlaw furchtbar zusammengeschlagen. Dann hat er sie gefesselt, Rücken an Rücken, genauso wie du sie bei deinem Kommen vorgefunden hast. Mich hat er an den Sessel gebunden, aber ich hab' nur so getan, als wär' ich hinüber, denn ich hab' immerhin gesehen, wie sein Halstuch verrutschte, und da konnte ich einen Blick werfen auf seine südländische Visage. So ein Gesicht vergißt man nicht, wenn man sich auskennt, seine Ähnlichkeit mit diesem Typen Gonzales drüben aus dem Caesars ist unverkennbar – er ist nur eine jüngere Ausgabe. Er plündert also meinen Schreibtisch, nimmt die zwanzigtausend und plötzlich – ich weiß auch nicht, vielleicht hatte er mit mehr gerechnet, wer weiß . . . jedenfalls dreht er durch, geht rüber zu meinen Freunden, zieht eine ihrer Pistolen aus dem Halfter und gebraucht sie, während die beiden wehrlos am Boden liegen. Einfach so – und schon sind die beiden Jungs, mit denen ich noch kurz vorher gelacht und herumgealbert habe, mausetot. Ich hab' das nur überlebt, weil plötzlich vom Gang her Geräusche kamen. Da bekam er's mit der Angst und ist abgehauen. Wenn er geahnt hätte, daß ich sein Gesicht gesehen habe, wäre ich auch tot, da bin ich sicher. Er hat meine Freunde mit einer ihrer Waffen umgebracht – sieh nach, Baby, du wirst überall seine Fingerabdrücke finden.«

»Nicht nötig«, sagte Escalante. »Es sind meine Fingerabdrücke.«

»Also stimmt das alles, Nicholas?«

»Ein Teil.«

»Welcher?«

Escalante saß einfach da.

»Bitte, Nicholas«, meinte Baby. »Wenn du etwas zu sagen

hast, wäre es wirklich das beste, du würdest es gleich tun. Und beeil dich.«

Escalante schloß seine Augen und fragte sich, ob er sich überhaupt verteidigen sollte. Würde es etwas ändern? Baby war ja fast gezwungen, DeMarcos Partei zu ergreifen, denn mit der Mafia konnte sich niemand anlegen. Und immerhin – wenn er schwieg, würde er wenigstens nicht als Verlierer dastehen, der vergeblich versucht hatte, sich herauszureden.

Außerdem war er so verdammt müde und sah immer schwarze Chips in ihren Kästen, Hunderte von Tausend-Dollar-Chips . . . Wahrscheinlich hätte er Kinnick nicht anlügen sollen – er war wirklich süchtig, ein ertappter Spieler. Alles, was Kinnick gesagt hatte, war zutreffend, es war nur so schwer zu akzeptieren von einem Fremden. Beschuldigungen dieser Art, die so voll ins Schwarze trafen, mußte man einfach leugnen.

Selbst wenn es ihm gelingen sollte, Baby zu überzeugen, würde DeMarco immer noch etwas unternehmen, zum Beispiel professionelle Killer schicken. Und Holly würde wohl auch ihres Lebens nicht mehr sicher sein. DeMarco wußte, wer er war und konnte nach Belieben herausfinden, wer seine Freunde waren. Es fragte sich also, ob es einen so großen Unterschied machte, tot oder lebendig zu sein – heute oder erst in tausend Tagen.

Er öffnete die Augen und blickte auf Baby, der etwas Steifes und Feierliches hatte. Dann nahm er DeMarco in Augenschein. Er lächelte, und das war sein Fehler. Escalante war der Meinung, daß man Leuten wie DeMarco das Lächeln verbieten müßte und ihnen auch nicht erlauben dürfte, zu gewinnen oder sonst irgend etwas zu tun. Auch wenn es ihm mißlingen sollte, Escalante wußte endlich, daß er wenigstens versuchen mußte, dieses Lächeln zu unterbinden.

Sehr ruhig sagte er: »Ich möchte dich nur zwei Dinge fragen, Baby. Wenn dir dazu Antworten einfallen, die dich zufriedenstellen, dann kannst du machen, was du willst.«

Baby nickte.

»Warum hätte ich eine Pistole benutzen sollen?«

»Was zum Teufel ist das für eine Frage?« ereiferte sich DeMarco. »Warum benutzt man wohl eine Pistole?«

»Nicholas tut es jedenfalls nicht«, antwortete Baby sanft. »Seine Spezialität sind spitze Waffen.« Er nahm einen gläsernen

Aschenbecher in die Hand. »Nicholas könnte dich damit umbringen, ob aus fünf Metern oder aus einem Meter Entfernung – das kannst du mir glauben.« Er stellte den Aschenbecher wieder ab. »Und nun werde ich deine Frage beantworten, Nicholas – du hast eine Pistole benutzt, weil es die perfekte Tarnung war. Niemand würde auch nur im Traum daran denken, daß Nick Escalante so etwas brauchen würde, um einen Raub zu begehen.«

DeMarco lächelte wieder und nickte beifällig.

»Deine zweite Frage bitte, Nicholas. Die zweite und letzte.«

»Laß mich vorher noch das eine oder andere wiederholen, ja?«

»Selbstverständlich«, sagte Baby.

»Ich verschaffte mir also gewaltsam Zutritt zu der Suite, schlug DeMarco zusammen, fesselte alle Anwesenden, nahm das Geld an mich, tötete die beiden – und unterdessen erkannte mich DeMarco, weil mein Tuch vom Gesicht rutschte. Er tat so, als wäre er in Ohnmacht gefallen, dem war aber nicht so – tatsächlich war er die ganze Zeit über munter.«

»So ist es«, sagte DeMarco.

Escalante sah Baby auffordernd an. »Was weißt du über meinen Körper?« fragte er.

»Im Moment kann ich dir nicht folgen . . .«

»Was ist unter meinen Kleidern, was weißt du darüber?«

»Natürlich nichts.«

»Nun, dann ist hier meine zweite Frage: Wie erklärst du es dir, daß ich weiß, daß DeMarco eine kleine, aber gut sichtbare Schnittwunde hat – vorne auf seinem Penis? Ich darf dir gleich die Antwort geben: Ich sah, wie ihm dieser Schnitt von einer Lady beigebracht wurde – mittels einer Gartenschere, die sie in ihren schwachen Händen hielt.«

»Was um Himmels willen soll das denn heißen?« brauste DeMarco auf.

»Baby, ich fürchte, DeMarco hat seine beiden lieben Freunde selbst erledigt. Ich weiß es nicht zuverlässig, weil ich nicht dabei war, aber ich weiß etwas anderes: Er war alles andere als vornehm gegenüber einer guten Bekannten von mir, und ich habe ihr dazu verholfen, sich zu revanchieren. Das ist alles, was ich getan habe, und es ist sehr leicht festzustellen, ob ich lüge. Er braucht nur seine Hose herunterzulassen.«

DeMarco sprang auf und schaute zu Baby. »Du kaufst ihm diesen Schwindel doch nicht ab?«

Baby schwieg.

»Jemand sollte ein Mikroskop besorgen«, sagte Escalante. »Wir brauchen es, um Mr. DeMarcos stolze Rute zu finden.«

DeMarcos Stimme wurde schrill. »Ich zieh' mich doch nicht aus für diesen Hurensohn . . .«

»Ich fürchte, das wirst du müssen, Daniel«, sagte Baby. »Hier ist ein Mann, der wahrscheinlich nicht mehr lange zu leben hat. Das Mindeste, was wir für ihn tun können, ist, ihm eine Chance zu geben. Ich weiß, daß es für dich peinlich ist, aber ich kann es dir erleichtern. Wir gehen zusammen nach nebenan, und wir ziehen beide unsere Hosen aus. Ist das ein fairer Vorschlag?«

»Das werde ich nicht tun!«

»Ich glaube aber, du mußt.«

»Nein – schon aus Prinzip nicht!«

Escalante brach in Lachen aus.

»Ja, aus Prinzip, verdammt noch mal«, wiederholte DeMarco. »Und stopf diesem Kerl das Maul!«

Baby seufzte. »Danny, du redest dich um Kopf und Kragen – niemand aus deiner Familie hat in den vergangenen fünfzig Jahren auch nur die leiseste Bekanntschaft mit einem Prinzip gemacht. Also, zum letzten Mal jetzt – wirst du mit mir nach nebenan gehen?«

»Zum Donnerwetter, nein! Wie kannst du eigentlich diesem Typen mehr glauben als mir – und wie wird mein Vater solche Neuigkeiten wohl aufnehmen, was denkst du?«

»Ich werde dir sagen, was ich denke und was meiner Meinung nach passiert ist: Ich denke, daß derjenige, der die Schüsse abgegeben hat, diesem Nicholas hier *ähnlich* sieht. Und ich werde mich sehr bemühen, diesen Jemand aufzuspüren. – Ihr könnt jetzt gehen.« Baby machte eine entsprechende Geste in Richtung Tür.

Kurz darauf war Escalante mit Baby allein. »Du weißt, daß die Geschichte damit nicht erledigt ist . . .«, sagte Baby.

»Sie hat nicht einmal angefangen.«

Baby nickte. »Er wird jemanden kaufen, der dich fertigmacht, und ich gebe dir mein Wort darauf, daß mir das überhaupt nicht paßt. Solche Dinge setzen unser Ansehen herab.«

»Ich weiß das zu schätzen.«

»Leider habe ich keinen großen Einfluß in Tahoe.«

»Meinst du damit den ›Segelflieger‹?«

Baby nickte. »Wenn ich DeMarco wäre, würde ich genau diesen Mann mieten.«

»Über den ›Segelflieger‹ brauchst du dir nicht den Kopf zu zerbrechen, dem hab' ich schon ein oder mehrere Male geholfen.«

»Hoffen wir, daß das gereicht hat . . .« Baby stand auf, ging zu Escalante, schüttelte dessen Hand und begleitete ihn zur Bürotür. »Es hätte mir keinen Spaß gemacht, dich umzubringen . . .«

»Ich weiß.«

»Glaubst du wirklich, daß er es selbst war?«

»Natürlich.«

»Aber warum?«

»Weil er ein schmieriger, kleiner Macho ist – und weil er sich vor den beiden erniedrigt hat.«

Baby schüttelte den Kopf. »Das ist ja auch ein hervorragender Grund für einen Doppelmord . . .« Er öffnete die Tür. »Weißt du, für jemanden von meiner Lebensweise ist es zwar hart, das zuzugeben – aber mit weniger von diesen üblen Burschen könnte die Welt gut auskommen.«

Escalante nickte. »Weißt du, welche spitze Waffe die tödlichste ist?«

Baby schaute fragend.

»Die Zunge«, sagte Nick Escalante.

Als er sein Zimmer betrat, klingelte das Telefon. Jedesmal war er überrascht, daß es überhaupt läutete, weil nur wenige Personen seine Telefonnummer kannten – Pinky und Froggie, Holly und die Paxtons, viel mehr waren es nicht.

Es war Darryl Paxton, und er stammelte. »Kann ich . . . würde es dir passen, wenn ich . . . es hat sich da etwas ergeben. Ganz plötzlich. Darf ich bei dir vorbeikommen?«

»Ich erwarte dich.«

Escalante hatte sich kaum rasiert, geduscht und umgekleidet, da war Paxton auch schon an der Tür. Escalante ließ ihn eintreten.

Paxton streckte ihm einen Umschlag entgegen. »Noch ein Brief, aber der ist nicht aus Los Angeles. Er wurde einfach in meinen Briefkasten gesteckt, und ich wollte nicht, daß Ashley etwas davon erfährt.«

»Willst du, daß ich ihn öffne?«

»Genau, ich traue mich einfach nicht.«

»Warum?«

»Weil . . . irgendwie hab' ich das Gefühl, es ist kein gewöhnlicher Brief.«

Paxton hatte recht mit seiner Befürchtung, der Zettel war eine ziemlich widerwärtige Angelegenheit:

Hallo Gottesjünger
geiler Schwanz
Du weißt, was ich will.
Eineinhalb Millionen.
In kleinen Scheinen.
Bring das zusammen, in Ordnung, Bastard?
Und warte damit in Deinem Haus der Sünde.
Ich sage Dir, was damit zu tun ist und wann.
O ja.
Was das kleine Geschenk in der Anlage betrifft – könnte das nicht von jemandem sein, den wir kennen?
Jemand wie Dein Fettkloß von Tochter?
Könnte das sein?

Bei weitem das schlimmste war das kleine ›Geschenk‹, das unten links am Blatt klebte – irgendein dünnes Etwas, gewickelt in Zellophan . . .

Ein Finger.

DRITTER TEIL

Der Mexikaner sieht rot

Kapitel 1

Krankenbericht

Fünfzehn Minuten nachdem Paxton ihn verlassen hatte, betrat Escalante die Hauptbar des Silver Spoon. Er hielt einen Augenblick inne und wandte sich dann zu einem nahe gelegenen Nischenplatz, wo eine teuer gekleidete Frau mit einem äußerst gutaussehenden, dunkelhaarigen Mann Händchen hielt. »Dieses Roulette-System, das du dir da ausgedacht hast, Prinz – wie kannst du sicher sein, daß es funktioniert?« fragte die Frau gerade.

»Nenn mich ›Roobäär‹«, antwortete der Mann mit starkem französischen Akzent. Er lächelte und legte sanft seine Lippen auf ihre Finger. »Ich bin ein Prinz, *oui,* aber wenn du das sagst, klingt es so wichtig. Ich kann dir versichern: Meine Familie gehörte zu den unwichtigsten Adeligen im Lande.«

Escalante hob die Hand und winkte dem dunkelhaarigen Mann zu. Der tat, als habe er nichts gesehen.

Escalante wiederholte seine Geste.

Der Dunkelhaarige ignorierte ihn weiter, schaute nur tief in die Augen der teuer gekleideten Frau.

Escalante ging daraufhin zu der Sitznische und sprach: »Sire.«

»Nicht jetzt, ich bin beschäftigt«, kam die Antwort.

»Es ist äußerst wichtig, Sire.«

»Wer ist das?« fragte die teuer gekleidete Frau.

»Es ist mein getreuer spanischer Diener Garcia, aber manchmal ist er zu treu ... Ich werde bald aufs Gut zurückkehren, Garcia, entferne dich jetzt.«

»Ihr Vater hat aus Frankreich angerufen, Sire. Er muß unverzüglich mit Ihnen sprechen, weil es Ihrer Mutter nicht gutgeht.«

Der dunkelhaarige Mann drehte sich wieder zu der teuer gekleideten Frau um. »Sie ist oft unpäßlich. Ich werde später anrufen.«

»Sie liegt im Sterben, Sire«, sagte Escalante.

»Oh, dann müssen Sie aber anrufen«, sprach die teuer gekleidete Frau.

Der dunkelhaarige Mann zögerte, stand dann auf. »Wir werden über mein System sprechen, sobald ich zurück bin, nicht wahr?«

»Wenn ich dann noch hier bin«, antwortete die teuer gekleidete Frau.

Der dunkelhaarige Mann lächelte sie an, warf Escalante einen finsteren Blick zu, murmelte: »Komm schon, Garcia«, und stürmte aus der Bar.

Als sie den Spielsaal erreicht hatten, meldete sich Escalante: »Tut mir leid, ich hätte dich nicht unterbrochen, wenn es nicht wichtig gewesen wäre. Ich konnte nicht warten, und ich sage noch einmal: Tut mir leid. Okay?«

»Nichts ist okay, du wühlst in meinen Wunden . . . Warum sollte ein Mensch, von dem ich annahm, er sei mein Freund, sich für eine solche Lappalie pausenlos entschuldigen?«

Escalante seufzte. Froggie hatte wirklich eine dramatische Ader in Augenblicken der Erregung. Man mußte gelassen abwarten, bis diese Anfälle vorüber waren.

»Mist, das war wirklich die seit langem beste Chance – eine zuverlässig reiche und zuverlässig dumme Frau, die jedes Wort glaubt, das ich ihr auftische und die kurz davor war, mir ein kleines Vermögen auszuhändigen, damit ich für sie mit meinem System spiele. Seit zehn Jahren hatte ich nicht mehr so gute Aussichten.« Er schüttelte seinen schönen Kopf und schaute nach oben zu einem imaginären Gott. »Vergib ihm nicht! Er weiß genau, was er angerichtet hat.« Dann drehte er sich um zu Escalante. »Ich habe dich zweimal übersehen – warum bist du trotzdem hereingeplatzt?«

»Weil du ein glänzender Arzt bist, Froggie.«

»Richtig, na und? Es gibt massenhaft glänzende Ärzte in Las Vegas.« Er schien einen Augenblick über seine Worte nachzudenken. »Nein, das ist denn doch übertrieben – wahrscheinlich bin ich wirklich der einzige. Also, worum handelt es sich?«

»Eine in Cellophan verpackte Angelegenheit ist mir in die Finger gekommen, und ich brauche dein sachverständiges Gutachten.«

»Zu diesem Zweck hättest du zur Laborratte gehen können.«

»Ich fürchte, dieses Ding würde seine Fähigkeiten übersteigen.«

»Laß mich einen Blick darauf werfen.«

»Nicht hier.«

Sie gingen nach draußen und seitlich am Hotel vorbei. Weiter vorn befand sich ein Weg, der zu einer geschlossenen Einfahrt führte. Über dem Tor, in knapp vier Meter Höhe, thronte ein zirka zwei Meter breiter Betonvorsprung. Ein Überbleibsel aus den Jahren, wo das Silver Spoon versucht hatte, ein Privatcasino für Spieler mit hohen Einsätzen aufzuziehen. Das Haus wurde ein Reinfall – keiner der großen Spieler wünschte diese abgeschiedene private Atmosphäre, sie hatten lieber Haufen von Beobachtern um sich. Also hatte die Hotelleitung diesen Zugang geschlossen und fest verriegelt, und nur selten ging noch jemand dort vorbei.

Als sie im Schatten des Dachvorsprungs standen, fragte Froggie: »Also, was ist es denn nun genau?«

»Das solltest du mir eigentlich sagen«, antwortete Escalante. »Ich habe es nicht geöffnet, nur durch das Cellophanpapier geguckt und . . .«

Froggie unterbrach ihn. »Gib schon her – was immer es ist.« Als Escalante ihm das Päckchen aushändigte, untersuchte er es gar nicht erst von außen, sondern riß sofort die Hülle auf und kippte ihren Inhalt in seine Hand. Dann schrie er auf: »Nikki, ist das ein Finger?«

Escalante nickte.

»Du kannst doch nicht einfach jemandem einen Finger geben – ohne Vorwarnung oder irgend etwas!«

»Bist du in Ordnung, Froggie?«

Der Froschkönig schien jetzt leicht ins Schwitzen geraten zu sein. »Wie kann ich in Ordnung sein, wenn ein Mann, den ich für meinen Freund hielt, mich so hinterlistig behandelt?«

»Ich wußte gar nicht, daß du so empfindlich bist, Froggie.«

»Mal mehr, mal weniger.«

»Wie ist es möglich, daß du dein Geld mit Notfällen machst und dann so reagierst?«

»Wenn du's genau wissen willst – ich muß mich dauernd übergeben.« Er nahm einen tiefen Atemzug und sah Escalante an. »Ist das Ding hier wirklich wichtig?«

»Wirklich.«

»Sag mir, was willst du genau?«

»Ich brauche jede Art von Information, die du aus diesem Finger ziehen kannst. Ich will, daß du jeden möglichen Test machst, ich will alles erfahren – Geschlecht, Rasse, Alter, Beruf . . . Und ich brauche das alles jetzt sofort.«

»Jesus – das kann Wochen dauern! Und was mach' ich inzwischen mit meiner reichen Lady da drinnen?«

»Ich hab' gesagt: *Ich brauche das, Froggie*!«

Der Froschkönig brachte ein Nicken zustande. »Tut mir leid . . . Du weißt, meine besten Verbindungen habe ich an Krankenhäusern in Reno. Willst du, daß ich mit diesem Ding hinfliege?«

»Genau das will ich.«

»Möchtest du mir vielleicht noch eine Information geben?«

»Möcht' ich nicht.«

»Okay, ich werde alles tun, was du wünschst.« Er holte noch einmal tief Atem und überwand sich dazu, den Finger genauer in Augenschein zu nehmen. Er drehte ihn mehrfach in seinen Händen. Dann fragte er: »Soll das ein Witz sein?«

Escalante schüttelte den Kopf.

»Nikki, ich brauche nicht nach Reno oder sonstwohin zu fliegen. Ich kann dir alles, was darüber zu sagen ist, hier und jetzt mitteilen.«

»Schieß los.«

»Null.«

Escalante wartete.

»Das ist kein echter Finger, Nikki. Ich meine – auf den ersten Blick ist er das zwar, beziehungsweise war er das. Aber im Hinblick auf deine Frage taugt er nichts. Sag mir, wie du da dran gekommen bist.«

»Er kam zusammen mit einem Kidnapperbrief.«

Froggie schloß einen Moment lang seine Augen. »In was für einer beschissenen Welt wir doch leben.«

»Wenn mir nach Philosophie gewesen wäre, hätte ich meinen Rod McKuen gelesen . . . Wenn das kein Finger ist – was ist es dann?«

»Schau dir deine Finger an.«

Escalante tat es.

»Siehst du die Rillen?«

Escalante nickte.

»Diesen Teil deiner Haut nennt man Epidermis oder Oberhaut.« Er übergab Escalante den abgetrennten Finger. »Schau ihn dir an – siehst du? Er ist glatt, die Epidermis ist abgeschliffen worden – und ohne die ist es nichts weiter als ein Stück Fleisch.«

Escalante betrachtete eingehend den Finger. »Muß man ein Experte sein, um ihn abzunehmen? Und wie – zum Teufel – kommt man überhaupt an so etwas dran?«

»Ganz leicht. Du brauchst nur einen Medizinstudenten zu bestechen, einen Pathologen, irgendeinen, der in einem Leichenschauhaus arbeitet oder auf einem Friedhof – das sind kleine Fische. Ich will damit nicht sagen, daß es sich um eine besonders lustige Anschaffung handelt, aber sie ist jedenfalls nicht sehr schwer zu tätigen. Danach braucht man sie nur in ein Lösungsmittel zu legen, und nach einer Weile verschwindet die Epidermis von selbst. Es ist wirklich kinderleicht, und wenn du es tust, bleibt nichts übrig – nur Haut, formlos, glatt und unnütz. Ende der Vorlesung.«

»Klugscheißer«, knurrte Escalante.

»Das ist die Wahrheit. Und im übrigen – auch wenn man sich nicht daran zu schaffen gemacht hätte, würdest du vermutlich nicht viel erfahren haben – ein einzelner Finger ist nicht eben viel. Aus diesem Grund werden immer von allen Fingern Abdrücke genommen.« Er steckte den Finger wieder in das Cellophan und gab ihn zurück an Escalante. »Bist du damit einverstanden, daß ich zu meiner reichen Dame zurückgehe?«

Escalante nickte. Sie traten unter dem Hängedach hervor in die Sonne und gingen zurück zum Haupteingang des Silver Spoon. »Ich hörte, du warst gestern nacht nahe an zweihunderttausend. Das ist Stadtgespräch, im Ernst.«

Escalante entgegnete nichts.

Eine Zeitlang gingen sie schweigend nebeneinander her, bis

Froggie schließlich sprach: »Entschuldige, daß ich das gesagt habe. Ich weiß wirklich nicht, warum ich es getan habe. Vielleicht bin ich sauer, weil mir das nicht passiert ist. Verdammt – wir wissen beide, wenn ich dabei gewesen wäre, hätte ich dich angefleht, auf eine halbe Million hochzugehen.«

Escalante nickte und sagte lächelnd. »Da sieht man wieder mal, wozu Freunde gut sind . . .«

Auf sein Läuten kam Ashley an die Tür und schaute ihn fragend an. »Nicholas?«

»Madam«, sagte er wie immer zur Begrüßung. Sie schien in schlechter Verfassung zu sein, noch fahriger und nervöser als am Vortag neben dem Swimming-pool, wo sie gesessen und die Sünden der Welt beklagt hatte. »Ich glaube, der ›gute Hirte‹ erwartet mich . . .«

»Darryl ist gar nicht da. Er ist vor etwa anderthalb Stunden fortgegangen mit der Bemerkung, es gäbe ein Problem in der ›Schlinge‹. Irgendein Kind, das wir aufgenommen haben, soll schwer depressiv sein, und er dachte, er könnte vielleicht helfen.«

Escalante deutete an, daß er verstanden hatte. Paxton war vor anderthalb Stunden bei ihm gewesen mit dem zweiten Erpresserbrief. Er sollte nach Hause fahren, um auf Escalante zu warten.

»Ich bin sicher, er wird es schaffen.«

»Was wird er schaffen?«

»Dem Kind zu helfen . . .«

Escalante nickte. Dann gab es eine Pause, während der sich Escalante fragte, ob Ashleys Lider gleich blockieren würden.

»Darryl ist so wunderbar . . .« Ihre Stimme war weich geworden, es schien fast, als führte sie Selbstgespräche. Dann strahlte sie ihn plötzlich an und griff nach seiner Hand. »Wo sind meine guten Manieren geblieben? Komm, tritt ein, laß uns ins Wohnzimmer gehen und Platz nehmen.«

Sie gingen hinein und setzten sich. Im Wohnraum wurde es langsam dunkler, es war fast vier Uhr. Ashley schaltete die Lampen an, was zusammen mit den Heiligen-Porträts an den Wänden den Eindruck von Kargheit, der in diesem Zimmer herrschte, erhöhte. »Nun, also«, sagte Ashley und schaute ihn prüfend an. »Du siehst müde aus, Nicholas.«

»Ich habe einen Kater.«

»Kann ich dir etwas anbieten?«

»Nein, danke.«

»Nicht ein bißchen?«

»Nein, wirklich nicht, ich brauche nichts.«

Sie stand auf. »Vielleicht einen Kaffee, ich würde gerne welchen trinken. Ich werde uns eine Tasse aufbrühen.«

Er schüttelte den Kopf.

»Pulverkaffee? Oder Tee?«

»Laß uns einfach dasitzen und ein wenig miteinander reden.«

»Du mußt doch irgend etwas wollen!«

Er schaute sie abwartend an.

»Ich bin kein Krüppel, Nicholas. Ich kann zwar nicht autofahren, aber ich kann Kaffee kochen . . . Perrier? Ein schönes, kühles Perrier mit einem Stück Zitrone . . .«

Er hatte keine Lust auf Perrier, aber er sagte: »Das wäre reizend.« Ihm war klar, daß sie sonst nie aufhören würde, ihm etwas anzubieten.

»Ich werde dasselbe nehmen«, sagte sie und wollte das Zimmer verlassen. Auf halbem Wege hielt sie inne, drehte sich um. »Ich will gar kein Perrier – und du auch nicht.«

Escalante wartete wieder.

»Ich hasse das.«

»Was haßt du, Ashley?«

»Etwas hat von diesem Haus Besitz ergriffen. Etwas Furchtbares ist über uns gekommen, und niemand will mir sagen, was es ist.«

»Ich weiß nichts davon.«

»Wie kommt es, daß ich dir nicht glauben kann?«

Escalante zuckte die Achseln.

»Warum bist du hier?«

»Um Darryl zu sprechen.«

»In welcher Angelegenheit?«

»Es geht um ein Problem.«

»Welcher Art?«

»Ein persönliches Problem.«

Sie sah ihn mit ihren großen, blauen Augen an. »Diese verfluchte Heimlichtuerei von euch Männern!«

An der Eingangstür wurde ein Schlüssel im Schloß gedreht, und gleich darauf Paxtons Stimme: »Ich bin zurück.« Er hörte sich etwas matt an, ansonsten war seinen Worten nichts anzumerken außer der schlichten Meldung seiner Anwesenheit. Die Eingangstür schloß sich.

»Wir sind hier – im Wohnzimmer«, rief Ashley.

Paxton trat ein, nickte Escalante zu, ging zu Ashley und umarmte sie flüchtig. Er sah traurig aus oder erschöpft oder beides.

»Wie ist es gelaufen?« fragte Ashley.

Er blinzelte fragend.

»Na, in der ›Schlinge‹ . . . mit dem depressiven Kind.«

Paxton hob skeptisch die Schultern. »Man weiß nie, wo man dran ist mit Kindern. Jedenfalls habe ich mein Möglichstes getan.«

»Mehr ist auch gar nicht möglich«, bemerkte Ashley.

»Ja, das nehme ich auch an.«

»Kann ich dir etwas zu trinken holen?« fragte Ashley, immer noch unstet.

»Nein. Nein danke, Liebling.«

»Du siehst aus wie ein Mann, der einen Kaffee brauchen könnte.«

»Nein, wirklich nicht.«

»Laß mich doch etwas tun – *irgend etwas*!«

»Du tust mehr als genug.«

»Ich möchte das Gefühl haben, gebraucht zu werden«, sagte Ashley weinerlich.

»Das wirst du doch. Und du weißt es.« Paxton ließ sich aufs Sofa sinken.

»Warum lügst du mich dann an?«

Escalante, der auf die beiden hinunterschaute, sah Ashleys blaue Augen weit aufgerissen und ihre Hände, die außer Kontrolle geraten waren.

»Lieber Gott, Ashley, wann habe ich dich je belogen?«

»*Heute*! . . . Eben gerade . . . Ich habe in der ›Schlinge‹ angerufen, und man sagte mir, du seist nicht da! Du seist überhaupt nicht dort gewesen! *Wo warst du wirklich*?«

Paxton schüttelte einige Male unschlüssig den Kopf. Dann antwortete er kurz und bündig: »Unterwegs.«

Sie wirbelte herum zu Escalante. »Siehst du . . . es ist wirklich etwas Schreckliches über uns gekommen . . .« Dann sprach sie weiter zu ihrem Mann: »Was habe ich getan? Sag mir, was ich verbrochen habe, damit ich büßen kann . . .«

Er stand abrupt auf und schrie zurück: »Nichts . . . Du hast nichts getan . . .«

»Lügner!«

»Hör auf damit!«

»Lügner . . . *Lügner*!«

»Bitte . . .« Er versuchte, nach ihr zu fassen.

Dann geschahen zwei Dinge – fast gleichzeitig. Ashley versuchte, seinem Griff zu entgehen und wich zurück. In diesem Augenblick blockierten ihre Lider, so daß sie über den Kaffeetisch stolperte und hart auf den Holzfußboden fiel. Escalante wollte ihr zu Hilfe eilen, aber Paxton schob ihn beiseite, kniete neben seiner stöhnenden Frau nieder und hielt sie fest im Arm, bis sich der Lidkrampf löste, ihre Augen sich öffneten und das Blau wieder sichtbar wurde. Sie versuchte zu sprechen, aber er brachte sie sanft zum Schweigen, hob sie hoch, legte den Arm stützend um sie und brachte sie hinaus.

Er blieb zehn Minuten fort. Als er zurückkam, erklärte er: »Ich hab' sie zu Bett gebracht, das ist das Beste für sie. Ihre Nerven sind bis zum Zerreißen gespannt. Das passiert ihr immer, wenn etwas mit mir nicht in Ordnung ist . . . armes, kleines Geschöpf.«

Escalante beobachtete, wie Paxton sich wieder auf die Couch fallen ließ und dabei aussah, als wolle er nie wieder aufstehen. »Entschuldige, daß ich nicht hier war, um dich in Empfang zu nehmen. Ich habe mich länger als erwartet bei der Bank aufgehalten. Ich fürchte, ich hatte eine etwas naive Vorstellung von den Umständen, die es verursacht, anderthalb Millionen Dollar in kleinen Scheinen zu beschaffen.«

»Hast du überhaupt so viel Geld?«

»Natürlich nicht auf meinem laufenden Konto. Aber ich kann an die Summe – und an einiges mehr – herankommen, dank meiner Eltern. Morgen oder übermorgen wird alles geregelt sein, das hat man mir zugesagt.«

»Du wirst das Geld nicht brauchen, Darryl, glaub mir. Das alles ist nur ein schlechter Scherz von einem Verrückten, der sicher nicht riskieren wird, seine Identität zu lüften.«

»Trotzdem . . . wenn er es doch tut, wird das Geld bereitliegen.«

»Darryl?«

»Ja?«

»Willst du mir etwas erklären?«

»Wenn ich kann . . .«

»Warum willst du einer Lösegeldforderung nachkommen, wenn du doch keine Kinder hast?«

»Weil . . .«, begann Paxton, ». . . weil . . .« Dann schüttelte er den Kopf.

Escalante versicherte ihm, daß er sich Zeit lassen könne.

Paxton nickte.

Dann herrschte Schweigen.

Schließlich fragte Paxton, ob Escalante etwas zu trinken wolle. Etwas Alkoholisches oder vielleicht einen Kaffee?

Escalante schüttelte den Kopf.

Paxton schien in größter Gewissensnot zu sein. »Was ich dir gestern erzählt habe . . . alles, was ich dir gesagt habe . . . über unsere Entdeckung von früher, vor dreißig Jahren . . . über die Unfähigkeit, Kinder zu bekommen . . . über unsere Trennung, Ashley nach Europa, ich nach Afrika . . . unsere tiefe Verzweiflung über diese Trennung . . . unsere anschließende Heirat und die konsequente Entscheidung gegen Kinder – all das war die lautere Wahrheit . . . rundum richtig, jedes Wort. Mit einer Ausnahme – Ashley war steril, nicht ich . . . Darin habe ich dich gestern belogen, Nicholas, aber jetzt hab' ich dir die ganze Wahrheit gesagt . . .«

Escalante war dessen nicht so sicher. Er hatte es sich zur Gewohnheit gemacht, niemandem mehr ganz zu glauben, der ihn schon einmal belogen hatte. Und Paxton war im Augenblick zu verstört, um wirklich reinen Tisch machen zu können. Ohne Zweifel war vor dreißig Jahren etwas passiert mit diesen beiden, und möglicherweise stimmte die jetzige Version von Paxton. Er wollte es jedenfalls hoffen.

»Tut mir leid, dich belogen zu haben, aber ich wollte sie nur beschützen . . . Manchmal ist mir, als hätte ich mein ganzes

Leben damit zugebracht, sie zu beschützen . . . aber es ist hart, jemandem alles ersparen zu wollen . . .«

»Statt ›hart‹ könnte man besser sagen ›unmöglich‹«, sagte Escalante.

Paxton nickte. Er sah jetzt wirklich angegriffen aus, blaß und ausgezehrt. Keine Spur mehr von Spencer Tracy. »Jetzt wird es ziemlich . . . beschämend. Ich sollte vielleicht nicht weitersprechen.«

»Dann laß es.«

»Aber ich muß . . . weil ich eine Bitte habe.«

Escalante versicherte erneut, reichlich Zeit zu haben.

»Ich hätte nie auch nur im Traum daran gedacht, Ashley zu betrügen. Bis dann . . . es war kurz, bevor wir uns kennenlernten, du und ich . . . Ich fuhr allein nach Los Angeles für einen Tag, um für ›Owning God‹ ein paar Interviews zu machen – und da ist es passiert.«

»Du hast mit einer anderen Frau geschlafen.«

Paxton schüttelte den Kopf. »Mit zweien.«

Escalante hätte am liebsten »Hut ab« gesagt, entschied sich aber dagegen.

»Es war erstaunlich – sie waren beide sehr hübsch, und ich denke, sie würden mich auch heute noch reizen. Am späten Nachmittag schlief ich also mit der ersten und war danach selbstverständlich wie betäubt, machte mir die schlimmsten Vorwürfe und war ganz sicher, daß so etwas nie wieder vorkommen würde. In derselben Nacht passierte es dann ein zweites Mal. Ich habe keine der Frauen seither wiedergesehen, aber es ist immerhin möglich – wenn auch wenig wahrscheinlich –, daß ich eine von ihnen geschwängert habe.«

»Statt ›wenig wahrscheinlich‹ solltest du besser ›unmöglich‹ sagen. Ich nehme an, sie wußten, daß du reich und berühmt bist.«

»Mag sein.«

»Dann garantiere ich dafür: Wenn du Vater geworden wärst, hättest du längst von ihnen gehört.«

»Würdest du es für mich herausfinden? Würdest du hinfahren und das prüfen? Das wäre meine Bitte, Nicholas.«

»Ist das alles?«

Paxton fragte: »Bist du annähernd vertraut mit Los Angeles?«

An dieses ›annähernd vertraut‹ dachte Escalante immer noch, als er mit Paxton noch einmal die Tatsachen durchging und während er später mit Pinky mögliche böse Überraschungen abwog. Die Formulierung ging ihm auch nicht aus dem Kopf, als er mit Kinnick telefonierte, um ihm mitzuteilen, er habe ihn nicht vergessen, sich aber noch nicht entschieden. Und er dachte immer noch daran auf der Fahrt zum Flughafen, wo er die letzte Maschine erreichen wollte.

Ob er ›annähernd vertraut‹ war mit Los Angeles? Er war dort geboren und hatte die ersten fünfzehn Jahre seines Lebens in dieser Stadt verbracht – auf dem unbestritten größten Landsitz an der Stone Canyon Road, mitten im Herzen von Bel Air. Dort hatte er seinen guten alten Vater getötet . . . Oder nein, das war denn doch übertrieben. Er hatte ihn nicht getötet – er hatte ihn nur dazu veranlaßt zu sterben.

Und das war schließlich nicht ganz unwichtig . . .

Kapitel 2

Als Unbekannter in einem fremden Land

Immer wenn er in Los Angeles aufwachte, dachte er als erstes an Miranda.

An anderen Orten war es genauso, es brachte nichts, irgendwohin zu reisen – er konnte sie nicht aus seinen Gedanken bannen. Sie war einfach immer anwesend, auf seinen Augenhintergrund geprägt. Die schwellende Üppigkeit ihrer achtzehn Jahre, ihre dunkle Haut, ihre Augen so schwarz wie ihr Haar. Er sah sie in jener Nacht am riesigen Schwimmbecken. Er war damals noch fast ein Kind gewesen. Sie hatte ihn vom ersten Augenblick an betört. Es war eine sternlose Nacht, das einzige Licht kam von dem Unterwasserstrahler des Swimming-pools . . .

Das Grundstück lag verlassen da, nicht einmal Autos fuhren die Stone Canyon Road entlang. Escalante war allein auf dem Besitz und fing wieder an zu phantasieren . . . Sie war fort gewesen, auf dem College. Und jetzt war sie plötzlich wieder da, und sie beide schienen die einzigen Menschen an diesem Ort zu sein. Sie drehte ihm den Rücken zu, ihre Hände waren mit irgend etwas beschäftigt. Ihr Oberteil löste sich, fiel zu Boden, dann streifte sie das schmale Höschen ab. Sie drehte sich sehr langsam zu ihm, die Kraft dieser Bewegung traf ihn plötzlich und nachhaltig. Er konnte sie nur anschauen, ihren blendend schönen Körper, ihre dunkle Haut. Nur an den Stellen, wo ihr Badeanzug gesessen hatte, war die Haut blaß.

Sie lächelte ihn an. »Zieh dich auch aus . . .«

»Lieber nicht . . .«

Sie lachte. Er stand einfach da.

»Kein Interesse . . .?«

Er schüttelte den Kopf.

Sie zeigte auf seine Badehose. »Was willst du dann damit . . .?«

Er legte seine Hände über seine Badehose.

». . . Muß ich das ausziehen . . .?«

Er wußte, daß er besser daran getan hätte, wegzulaufen.

»Little Baby – alles muß man tun für little baby . . .«

Es war von Bedeutung, daß er jetzt ging, jetzt sofort, das wußte er. Nicht auszudenken, was passieren würde, wenn man sie hier zusammen sah . . . was dann?

Ihre Stimme fiel in einen Singsang: »Kind, Kind, tauch' nur ein geschwind . . .« Und dann kam sie langsam um den Pool herum auf ihn zu. »Ba-by . . . ba-by . . .«

Als sie dicht vor ihm stand, hielt sie an, küßte sacht seine Lippen und glitt mit ihren Händen an seinem Körper abwärts. Dann sank sie langsam vor ihm auf die Knie, streckte eine Hand aus, zog seine Badehose herunter, und sein Penis sprang steil heraus . . .

Genau um zehn Uhr früh hielt er mit seinem Wagen in Beverly Hills vor Arnold Wylies Haus, einem einfallslosen, standardisierten Fertigbau aus der Serie kalifornisch-mexikanischer Scheußlichkeiten zwischen dem Sunset Boulevard und Little Santa Monica.

Auf dem Beifahrersitz lagen Papier und Bleistift. Er griff

beides, stieg aus dem Wagen und eilte zur Haustür. Draußen regnete es, nicht sehr stark allerdings, denn der Regen hatte eben erst eingesetzt. Ausgerechnet jetzt trug er seinen besten und einzigen Anzug. Er war blau, dazu hatte er ein weißes Hemd, eine dunkle Krawatte und weiche Lederslipper kombiniert. Es war sein Ausgehanzug – zumindest war er für diese Zwecke vorgesehen.

Er klingelte und mußte nicht lange warten. Eine kleine Frau öffnete ihm die Tür. Sie war vielleicht einen Meter fünfundfünfzig groß, teuer gekleidet, etwa dreißig Jahre alt und hatte grüne Augen. »Mrs. Wylie?« fragte er.

Sie war es. »Sind Sie der Mann, der angerufen hat?«

Er nickte übertrieben eifrig und sprach mit verstellter Stimme – schneller und höher als gewöhnlich. Er gab sich betulich, was er immer schon gut gekonnt hatte und auch jetzt für eine geeignete Tarnung hielt. »O ja, genau der bin ich, und ich werde Ihnen immer dankbar sein, daß Sie mich empfangen. Sie sind wirklich äußerst entgegenkommend, mir so kurzfristig zur Verfügung zu stehen. Und ich schwöre Ihnen, ich werde Sie nicht lange in Anspruch nehmen – Sie haben mein Wort.«

Einen Augenblick lang betrachtete sie ihn prüfend, bevor sie sagte: »Dazu werden Sie auch gar keine Gelegenheit haben.« Sie winkte ihm, ihr ins Haus zu folgen. Während der nächsten zwanzig Schritte in die bücherleere Bibliothek wurde ihm plötzlich bewußt, daß seine Gastgeberin von vollkommener Schönheit war, und ›vollkommen‹ war genau das richtige Wort. Im Lauf der Jahre hatte er eine Anzahl schöner Frauen kennengelernt, aber normalerweise waren sie ihm sofort aufgefallen – Mrs. Arnold Wylie gehörte nicht zu dieser Sorte, man registrierte ihre Schönheit nicht auf den ersten Blick. Vielleicht lag es daran, daß sie klein war. Escalante erinnerte sich, daß er einmal auf irgendeiner Straße John Derek begegnet war, und es hatte eine ganze Weile gedauert, bis ihm aufgefallen war, daß er in Begleitung seiner berühmten Frau war. Es lag nicht daran, daß sie unauffällig gekleidet ging, nur – sie war auch so vollkommen, und er war sicher, daß sie überall hingehen konnte, ohne erkannt zu werden.

Sie nahmen Platz, und Mrs. Wylie warf einen Blick auf ihre Armbanduhr. »Ich sollte dieses Ding wirklich abnehmen – aber ich darf nicht zu spät kommen zu meinem Willenstraining, und bei diesem Wetter kann man die Verkehrslage nie voraussehen.«

Bemerkungen wie diese überhörte er normalerweise, aber Los Angeles hatte immer noch etwas Faszinierendes für ihn mit seinen individuellen und in Gruppen auftretenden Verrückten. Einem offiziellen Verzeichnis zufolge gab es hier gut zweitausend Organisationen zur »Selbstverwirklichung«, Gesellschaften, die das »Ende der Welt« verkündeten und dergleichen mehr. Niemand hatte eine Vorstellung davon, wie viele Tausende von Gruppen sich darüber hinaus inoffiziell formiert hatten. Los Angeles war tatsächlich Ausland und für Amerika ungefähr so repräsentativ wie Barbuda, Qatar oder Vanuata.

»Ich interesse mich auch sehr für Willenstraining«, sagte er. »Letztes Jahr hätte ich fast an einem Offenbarungsseminar teilgenommen. Das ist doch ungefähr dasselbe, nicht wahr?«

»Dasselbe? *Dasselbe*?« Die grünen Augen wurden plötzlich hell und lebhaft. »Offenbarung ist – und hier handelt es sich um eine simple Tatsache, mit der ich niemandem zu nahe treten möchte –, Offenbarung ist etwas für Snobs, für Leute, die sich einbilden, San Francisco wäre schick – aber ›Richtiges Wollen‹, das ist eine andere Klasse.«

»Sie wollen sagen, das ist echt Los Angeles, habe ich das richtig verstanden?«

Sie nickte. »Einer von uns, der letzten Monat seinen Abschluß gemacht hat, kam kürzlich vorbei und hielt uns einen Vortrag. Er hatte sich ein Haus auf Hawaii gewünscht, und wissen Sie, was passiert ist? Plötzlich starb einer seiner Vettern und hinterließ ihm genug Geld, eins zu kaufen.«

»Ich nehme an, der Wunsch macht es möglich – zumindest manchmal.«

»›Richtiges Wollen‹ ist nicht ›Wünschen‹. Jeder kann wünschen, aber für ›Richtiges Wollen‹ braucht man geistige Disziplin.«

Sie hatte geringschätzig ihren Kopf zurückgeworfen, als sie von »geistiger Disziplin« sprach, und daraus ließ sich manches schließen. Sie hielt sich offenbar für eine Schauspielerin, hatte diese Formulierung erst kürzlich aufgeschnappt, für gut befunden und ihrem Sprachschatz einverleibt.

»Irgendwie kommen Sie mir so bekannt vor . . . Habe ich Sie vielleicht schon auf dem Bildschirm gesehen? Ich möchte fast wetten . . .«, sagte er mit der Absicht, seinen ersten Eindruck gleich nachzuprüfen.

Sie strich beiläufig über ihr hellbraunes Haar. »Ich habe einen Werbefilm für Prell gemacht . . .«

»Wahrscheinlich ist es das«, sagte er lächelnd. Sie schaute jetzt in immer kürzeren Abständen auf ihre Uhr. Seiner Meinung nach war sie aber weniger eilig als nervös, betroffen, ängstlich und begierig, etwas zu erfahren. Er öffnete sein Notizbuch und zückte den Kugelschreiber. »Wie ich Ihnen schon am Telefon sagte, bin ich aufgrund meines Interesses für Darryl Paxton zu Ihnen gekommen. Um die Wahrheit zu sagen: Ich bin dabei, die hoffentlich umfassendste Biographie dieses Mannes zu schreiben . . .« Escalante unterbrach sich und versuchte ein zaghaftes Lächeln. ». . . offengestanden – es dürfte schwer sein, *nicht* die umfassendste Biographie zu schreiben, denn schließlich ist es überhaupt die erste – worauf ich aber eigentlich hinaus will: Ich hoffe einfach, vor dem Urteil der Zeitgenossen bestehen zu können.«

»Sprechen Sie weiter.«

»Nun – was mich betriff, Wylie, wenn ich mich daran mache, ein Buch zu schreiben – vor allem eine Biographie wie diese –, dann glaube ich, daß der ganze Erfolg eines solchen Unternehmens von gründlichen Nachforschungen abhängt. Ich glaube fest an den Nutzen erschöpfender Informationen – und natürlich ist das der Grund, warum wir hier sitzen, an diesem düsteren Morgen.«

Sie schwieg abwartend.

»Wissen Sie, obwohl das die entscheidende Biographie über Darryl Paxton werden soll, so ist sie doch – wenn ich ehrlich sein soll – gewissermaßen unbefugt . . . Aber aus befugtem Munde habe ich gehört, daß Sie vor ungefähr sechs Jahren mit Hochwürden Paxton zusammengetroffen sind, als er Los Angeles einen Besuch abstattete. Was ich nun – zumindest für den Anfang – gerne wissen würde, ist jede noch so kleine Ihrer Erinnerungen. Für mich wäre alles hilfreich – und auch für meine Leser, die so erfahren würden, wie er damals war.«

»Ist das alles, worauf Sie aus sind?«

Escalante nickte.

Sie fing an zu lachen. »Ach, du lieber Himmel, es tut mir ja so leid«, sagte sie dann. »Sie müssen mir verzeihen!«

»Natürlich, Madam, aber wofür?«

»Das alles ist ein Irrtum. Ich habe Sie nicht richtig verstanden am Telefon . . . Sie sagten ›Paxton‹, aber was ich heraushörte, war . . . Sehen Sie, der Mitbegründer meiner Gruppe hier in Los Angeles heißt Frank *Gaxton,* und ich dachte, Sie wollten . . . ich weiß auch nicht . . . vielleicht meine Meinung über diesen Kursus . . .«

»Sie kennen Darryl Paxton also gar nicht?«

»Nie gesehen, diesen Mann.«

Escalante stand unverzüglich auf. »Machen Sie sich keine Sorgen. Ich habe schon schlimmere Verwechslungen erlebt während meiner Nachforschungen. Und da ich im Wilshire wohne, ist das alles nicht mehr als eine vergebliche Fahrt von nur fünf Minuten. Verzeihen Sie also, daß ich Sie unnötigerweise belästigt habe.« Auf dem Wege zur Tür fügte er hinzu: »Ein schönes Heim – darf ich Sie etwas fragen?«

»Bitte.«

»Wonach streben Sie mit Ihrem Kursus – bei all dem, was Sie haben? Ihnen gehört schon so viel . . .«

»Ich will einen größeren Swimming-pool – ich betreibe Schwimmen als Sport – und einen Maserati zum Einkaufen . . . Es gibt eine lange Liste, glauben Sie mir.« Sie öffnete die Eingangstür.

»Auf Wiedersehen«, sagte Escalante und lachte unvermittelt.

»Ist es so komisch, bestimmte Dinge haben zu wollen?«

»Entschuldigen Sie, Madam, darüber habe ich keineswegs gelacht. Mir ist nur eben der Grund für dieses Durcheinander zu Bewußtsein gekommen. Sehen Sie, ich habe einen Fehler gemacht. Ich hatte gar nicht Sie treffen wollen, sondern *Mister* Wylie. Ja, genauso ist es.« Er öffnete sein Notizbuch und schrieb schnell etwas hinein. »Ich werde mich vom Wilshire aus bei ihm melden, sobald ich mit meiner nächsten Verabredung durch bin. Das wird voraussichtlich um die Mittagszeit sein, ich werde ihn sicher vor dem Essen erreichen.« Der Regen war inzwischen stärker geworden. Escalante schritt durch die Nässe zu seinem Wagen und war nicht sehr überrascht, als sie nach ihm rief.

»He!«

Er drehte sich um.

»Er ist ein vielbeschäftigter Mann, mein Arnie.«

»Daran zweifle ich nicht.«

»Mit Religion hat er nichts im Sinn.«

»Wer hat das noch heutzutage?«

»Ich glaube nicht, daß er diesen Paxton kennt.«

»Natürlich nicht«, sagte Nick Escalante.

Das Haus der Wylies mochte bereits eine Million Dollar wert gewesen sein, aber der Besitz von Dutton Granger ging mindestens für das Zehnfache dieser Summe durch. Er lag in einem der besseren Viertel – Marlon Brando und Jack Nicholson lebten angeblich in der Nachbarschaft –, und von der Straße aus, dem Mulholland Drive, hatte man keinen Blick auf das Wohnhaus, eine zweistöckige Villa im Mittelmeer-Stil. Aber wohl nicht nur die Zurückgezogenheit des Hauses bestimmte den hohen Preis – es war vor allem die unvergleichliche Aussicht auf die Stadt.

Zumindest, wenn es nicht regnete . . . Escalante, der an der Eingangstür wartete, hatte bei diesem Dezemberwetter nur die Aussicht auf eine graue Soße. Während der fünfzehnminütigen Fahrt von Beverly Hills bis hierher hatte auch noch ein donnerndes Gewitter eingesetzt, das keine Anstalten machte, weiterzuziehen.

Was immer die Uniform des Mannes an der Tür darstellen mochte – Butler, Chauffeur, Hausdiener oder sonstwas –, jedenfalls wies er Escalante an, in dem verglasten Patio zu warten. »Ich werde Sie Mrs. Granger melden«, sagte er mit stark britischem Akzent.

Escalante lächelte irgendwie schadenfroh. Er blieb allein zurück, blickte in das Grau draußen vor dem Fenster und hörte dem Regen zu, der gegen die Verandascheiben prasselte, immer stärker und in Hagel übergehend. Das Dach des Patio war ebenfalls aus Glas, und Escalante schaute zufrieden nach oben, wo die Regentropfen abgefangen wurden. Erst als ihm bewußt wurde, Gesellschaft bekommen zu haben, wandte er sich um.

Die Frau, die soeben eingetreten war, repräsentierte für ihn den kalifornischen Alptraum. Sie trug einen weißen Tennisdreß, ihre Haut war unangenehm braun gebrutzelt und sah aus wie gegerbtes Leder. Sie war Anfang Vierzig und trug ihr blondgesträhntes Haar in einer albernen Frisur, die theoretisch mädchenhaft aussehen sollte, sie tatsächlich aber nur älter machte. Wie viele chirurgische Schönheitskorrekturen sie bereits hinter sich hatte, ließ sich nicht mit Gewißheit sagen, aber offenkundig waren die Tränensäcke unter ihren Augen entfernt worden, und ihre Nase war bestimmt schon zum zweiten Mal korrigiert – einmal von außen, um sie zu straffen, zum zweiten innen drin, um die vom Kokaingenuß zerfressenen Knorpel zwischen ihren Nasenflügeln wiederherzustellen. Die Anzahl von Abnähern an Bauch und Hinterteil ließ sich nur vermuten, überhaupt war ihr Körper am schlimmsten zugerichtet – besser gesagt: das, was von ihrem Körper übriggeblieben war. Jede magersüchtige Oberschülerin wäre vor Neid geplatzt beim Anblick dieser Frau, die bei einer Größe von gut einem Meter siebzig höchstens neunzig Pfund schwer war. Wie immer das Traumbild einer Bewohnerin von Los Angeles einst ausgesehen haben mochte – sie war davon höchstens noch eine Karikatur.

Erst nach einer langen Pause fand Escalante seine Sprache wieder und brachte endlich mit einiger Mühe heraus: »Hallo, Miranda.«

Sie sah ihn verblüfft an.

Er klammerte sich an seinen Notizblock und wartete, daß sie ihn wiedererkennen würde.

Sie schaute immer noch ratlos.

»Es ist Nick Escalante, Miranda.«

Ein leichtes Flattern ging über ihre Augen. Sie kam näher und betrachtete ihn angestrengt. Er blieb ruhig stehen und überlegte, was sie so früh am Tag bereits getrunken haben mochte.

»O Gott, Nick – du hast dich so sehr verändert!«

»Ich weiß.«

»Du siehst so alt aus.«

»Du gar nicht. Du siehst aus wie damals.«

»Nun, ich tue auch viel dafür.«

»Das erklärt alles.«

Sie nickte. »Ich habe einen Privatlehrer für Krafttraining, der dreimal pro Woche kommt, und ich achte auf alles, was ich esse – man kann gar nicht vorsichtig genug sein mit seinem Körper und mit all den Konservierungsmitteln, die heutzutage in der Nahrung stecken.«

Er verlagerte sein Gewicht auf den anderen Fuß, während sie ihn immer noch betrachtete. Er hatte keine Ahnung, was sie da zu sehen glaubte.

»Nick Escalante«, sprach Miranda gedankenvoll.

»Das ist richtig.«

Sie lächelte. »Du bist sicher meinetwegen gekommen.«

Er nickte. »Wieder richtig. Du bist der Grund für mein Kommen.«

»Nein, nein – das hab' ich nicht gemeint. Ich wollte sagen, ohne mich hättest du Paxton nicht kennengelernt.«

»Davon weiß ich nichts.«

Sie nahm ihn bei der Hand und führte ihn zum Fenster. »Aber ich weiß es. Als ich Paxton seinerzeit traf, erzählte er mir, daß er dauernd jede Menge verrückter Drohbriefe empfing. Zur gleichen Zeit war ein Artikel über dich erschienen – jemand, den ich von früher her kenne, hatte ihn mir geschickt mit der Frage: ›Ist das nicht der Typ, der über eurer Garage in Stone Canyon gewohnt hat?‹ Als ich den Artikel las, wußte ich, daß tatsächlich von dir die Rede war. Die Zeitung war aus Las Vegas, wo auch Paxton herkam, darum hab' ich ihm gesagt, wann immer er sich gegen diese Verrückten zur Wehr setzen wolle, brauche er nur zu Nick Escalante zu gehen – der würde die Dinge für ihn regeln.«

Escalante nickte und dachte zurück an sein Gespräch mit Chefinspektor Galloway am Tag, bevor er die Paxtons kennenlernte. Galloway, der behauptet hatte, Paxton mehrere Namen gegeben zu haben, aus denen Escalante ausgewählt worden war. ›Er ist ein Geistlicher‹, hatte Galloway gesagt, ›vielleicht hat er deshalb etwas übrig für Minderheiten‹ . . . und in Wirklichkeit hatte Miranda dahintergesteckt.

»Danke für die Empfehlung.«

»Ich hab' es guten Gewissens getan . . . du warst schon immer so ein gutes Kind, gut erzogen und all das . . . und so stark – du hattest etwas Besonderes, alle meine Freundinnen waren hinter dir her.«

Er schwieg zu dieser Bemerkung.

Sie begann, den Faden zu verlieren. »Damals warst du in toller Verfassung – heute bin ich es.«

»Das ist wahr.«

»Ich tue viel daran, weil . . .«

Er nickte.

»Ich habe . . . ein Mann kommt wöchentlich dreimal . . . ein Trainer, er hält mich fit . . . wie haben wir früher noch gesagt? ›In bester Verfassung‹.«

»Genau das haben wir immer gesagt.«

Ihr Körper schien jetzt zusammenzufallen, und langsam rannen Tränen, als sie sagte: »Ach, Nick, alles ist so schrecklich . . .« Dann lag sie auf einmal in seinen Armen, küßte seinen Mund ab und umklammerte seinen Leib mit ihren knochigen Armen. Zuerst hielt er sie noch auf Distanz, aber dann gab er nach. Es wäre ein Akt unnötiger Grausamkeit gewesen, deshalb nahm er sie jetzt fest in den Arm, erwiderte den Druck ihres Körpers, der sich ungestüm an ihn preßte, und überließ seine Zunge ihren saugenden Lippen. Nun wurde sie ganz schlaff in seinen Armen, er hatte nun die Wahl, sie zu stützen oder fallen zu lassen.

Kaum hatte er sich dazu entschlossen, sie sanft in den Armen zu wiegen, machte sie sich noch schwerer, und er mußte sie tragen. Es war keine schwere Bürde, sie war fast gewichtslos, und seine größte Kraft lag in den Armen. Sie machte eine Geste in Richtung Tür. Als er mit ihr den Raum verließ, sah er eine breite Treppe, die er nun mit Miranda auf den Armen erstieg wie einst Clark Gable mit Vivian Leigh.

Unterwegs traf er auf den Butler – oder was immer dieser Mann mit dem Akzent war. Er wandte den Blick ab, und Escalante wollte ihn schon anhalten, aber wie sollte er jemandem klarmachen, daß er sich wie ein Vollidiot fühlte? So stieg er weiter treppan mit einer blonden, knochigen Frau, die an seiner Schulter weinte, und dem Bewußtsein, daß der Butler ihn auf dem ganzen Weg beobachtete.

Das Schlafzimmer war riesig, überall gab es deckenhohe Fenster, die bei anderem Wetter sicher einen sehenswerten Ausblick geboten hätten. Aber jetzt, als sie sich auszogen, pladderten nur Ströme von Regen nieder, begleitet von Donnerklängen.

Escalante wußte nie, wie er auf Frauen wirkte, wußte nur, daß ihm die Liebe Spaß machte, wenn die Frau ihn interessierte, wenn er gerne zärtlich zu ihr war. Aber er war nie sicher, ob die Frauen ihn lange im Gedächtnis behalten würden.

In derlei Fragen war Froggie die führende Autorität, und manchmal hielt er zu diesem Thema wahre Vorträge, die sich allerdings weniger mit Techniken als mit grundsätzlichen Überlegungen beschäftigten. Seiner Auffassung nach war die beste Art der sogenannte »Silber-Sex«, der immer dann möglich war, wenn zwei Menschen sich wirklich liebten. Unter solchen Voraussetzungen war der Sex wundervoll – allerdings trafen diese Voraussetzungen nie ein. Gleich danach kam der »Jetzt-erst-recht-Sex«, der auch Spaß machte, wenn man ehrlich genug war, den Tatsachen ins Auge zu sehen. Hart war der »Altmeister-Sex«, der aus geschäftlichen Gründen notwendig war, aber kein Vergnügen brachte. Das Schlimmste von allem aber – gewissermaßen der »Sex-Killer« selbst – war der »Was-wäre-gewesen-wenn-Sex«, der Versuch zweier Ehemaliger, die alte Liebe wiederzubeleben.

Genau in dieser Situation befand sich Escalante jetzt. Er schloß sie Augen, dachte nicht mehr an dieses lederne Skelett unter ihm, sondern nur an die Schönheit, die ihm einst am Swimming-pool gegenübergestanden hatte. Er sah wieder ihren Badeanzug langsam zu Boden fallen, sah ihre weißen Brüste, die sie nur für ihn entblößt hatten, beobachtete, wie sie langsam um den Pool herum auf ihn zuging, sich niederkniete, seine Badehose herabzog, seine lüsterne Nacktheit enthüllte . . .

Er betete, daß die Erinnerung an dieses Vergangene anhalten möge, als er sich jetzt auf Miranda legte. Er hoffte, daß die Erregung, die er aus der Erinnerung bezog, ihn in der traurigen Gegenwart nicht verlassen würde . . .

Sie verließ ihn nicht.

»Hast du irgendeinen Wunsch?« fragte Miranda später, als sie im Bett beieinander lagen und dem Niederrauschen des Regens zuhörten.

Er schüttelte den Kopf.

»Muntermacher oder Beruhigungstabletten oder ein bißchen Gras?«

»Nein.«

»Dann vielleicht Cola?«

Escalante schaute sie an und mußte an Ashley denken, die ihm noch am Tag zuvor mit wachsender Hysterie Kaffee, Tee oder Perrier angeboten hatte. »Vor dem Essen mache ich mir nicht viel aus exotischen Substanzen.«

»Aber du mußt irgend etwas wollen!«

»Ich will ja auch etwas – erzähl mir von dir und Darryl Paxton.«

»Was willst du hören?«

»Wie es begonnen hat.«

»Hast du schon irgendwelches Vorwissen?«

»Ja, wenn es dir dann leichter fällt: Ihr seid beide keine unbeschriebenen Blätter.«

»Das macht es leichter – und auch wieder nicht.« Sie setzte sich auf, schlug die Beine übereinander und wanderte mit ihren Fingern seinen Körper entlang. »Wie bist du an diese Narben gekommen?« fragte sie und wies auf seine Beine.

»Bomben.«

»Das hattest du noch nicht, als wir uns kannten. Ich erinnere mich nur zu gut an deinen Körper.«

»Wir waren bei dir und Paxton, Miranda.«

»Ich hab' ihn verführt, soviel ist klar. Er hatte offenbar keine Ahnung, wie attraktiv er war – sehr schüchtern, sehr anziehend.« Sie machte eine Pause. »Ich versuche gerade, mich zu erinnern, wann genau das war.«

»Vor sechs Jahren.«

»Ja, natürlich, wie dumm von mir. Ich war gerade einen Monat verheiratet, das hätte ich mir doch merken können.« Sie legte sich wieder hin und rückte dicht zu ihm. Als das nächste Donnergrollen sich verzogen hatte, setzte sie ihren Bericht fort. »Ich glaube, er war nur für eine Nacht in der Stadt für irgendeine Zeitschrift namens ›Owning God‹, wenn ich mich recht erinnere.«

»So war's.«

»Er war reichlich gefeiert worden. Interviews, Mittagessen und eine Dinnerparty, die jemand für ihn gab – all solche Sachen. Er war sehr gefragt, weil er einmal eine andere Sorte Star darstellte. Ich war zu diesem Mittagessen eingeladen, und damals sah ich anders aus – ich hatte dunkleres Haar, wog mindestens hundertzwanzig Pfund, war also ziemlich fett. Aber manchen Männern gefiel ich so, und ich kann dir sagen, daß Paxton dazu gehörte. Allerdings hatte er nicht die geringste Ahnung, wie er sich dem Ziel seiner Wünsche nähern sollte. Deshalb bot ich ihm nach dem Lunch an, ihn zu seinem Hotel zu fahren. Unterwegs fragte ich ihn, ob er jemals die wunderbare Aussicht oben von Mulholland genossen hätte. Er hatte nicht, und so fuhren wir hierher, in dieses Haus, in dieses Zimmer. Es war wirklich nicht schwer, ihn ins Bett zu kriegen.« Sie rückte noch ein wenig näher an Escalante und legte ihren Kopf an seine Wange.

Er lag ganz ruhig und fühlte, wie ihre immer noch tränenfeuchten Wimpern flatterten.

»Weißt du, das waren damals schlechte Zeiten für mich. Mein erster Mann war ein Versager, mein nächster stand auf Männern, und dann tauchte Dutton auf, reich und schön. Unsere Väter waren Konkurrenten im Grundstücksgeschäft, und insofern war unsere Heirat eher eine Firmenfusion. In jedem Fall – ich dummes Stück war zu dickköpfig, wahrhaben zu wollen, daß der liebe, wunderbare Dutton beides zugleich war – ein Versager und ein Homo. Und als nun dieser Geistliche – wenn auch kurz, in mein Leben trat, da begehrte ich ihn. Ich war fix und fertig, und ich brauchte seine Güte. Das ist sie, die ganze Geschichte.«

»Das glaube ich nicht, Miranda. Wenn das alles gewesen wäre, würdest du keine Tränen vergießen.«

Als sie sich wieder unter Kontrolle hatte, streichelte sie über seine Brust. »So ein kluger Junge . . .« Dann lauschte sie eine Zeitlang dem Donner, der unten im Tal widerhallte.

Escalante wartete ab. Es war seltsam, aus dem Fenster in

dieses dichte Grau zu schauen – ein Gefühl, als führen sie in einem Raumschiff durch eine Welt ohne Sonne.

»Also – zweiter und alles in allem wohl pikanterer Teil der Geschichte: die Schwangerschaft. Dutton war durchaus imstande, mit einer Frau zu schlafen, also hätte er auch der Vater sein können. Nur – er war's nicht, er hat nie erfahren, daß ich schwanger war, weil er sich nach Hawaii abgesetzt hatte – mit einem einfach unsäglichen, jungen Schuhverkäufer, den er bei ›Gucci's‹ aufgelesen hatte. Ich habe seit Jahren nicht mit Dutton gesprochen, wir sind nicht geschieden, auf diese Weise rettete er mich vor einer neuen Ehe. Man hat mir erzählt, daß er sich ein Grundstück auf einer der vorgelagerten Inseln gekauft hat, und was irritiert – er soll immer noch mit diesem verdammten kleinen Knülch aus dem italienischen Laden zusammenleben. Ich selbst habe mich eine ganze Weile nirgendwo blicken lassen, weil ich dachte, ich könnte das Kind hier austragen, aber es zeigte sich, daß mir dazu der Mut fehlte. Also ging ich in das bekannteste, stattlichste Heim in der Nähe von London und mietete mich dort ein bis zur Entbindung. Es war meine erste Geburt, und alles, was ich darüber von den meisten gehört hatte, war, daß man viele Schmerzen auszustehen hatte. Das stimmte natürlich auch – aber nicht für mich. Ich wußte immer – und trotz aller Schmerzen –, daß gleich meine Gefährtin kommen würde, für mich ganz allein. Und sie würde nie davonlaufen, ich würde nie wieder allein sein.«

»Dann hast du also ein Mädchen bekommen.«

»Schön wär's, weil . . . es tat ganz schön weh, als mir diese britischen Ärzte mitteilten, das Kind sei so hoffnungslos zurückgeblieben, daß es besser wäre, ich würde gar nichts darüber wissen, würde es nie sehen oder berühren. ›Streichen Sie es einfach aus Ihrem Gedächtnis‹, sagten sie zu mir. Liebenswert, diese männlichen Ärzte – als ob jemand schon eine Pille erfunden hätte für dieses ›Aus-dem-Gedächtnis-Streichen‹ . . . Wie auch immer – irgendwo da in England lebt Fleisch von meinem Fleisch, und mein Buchhalter schickt monatlich ausreichend Geld für dessen Bedürfnisse. Und das ist nun wirklich das Ende der Geschichte.«

Er hielt es für das Beste, sie in den Arm zu nehmen.

Sie hörten eine Zeitlang dem Regen zu, bis sie fragte:

»Erinnerst du dich an unser letztes Zusammensein im Stone Canyon am Swimming-pool?«

»Nein.«

»Dann mußt du das verdrängt haben. – Ich tu' das manchmal auch, wenn es sich um etwas handelt, über das ich nicht nachdenken möchte.«

»Dann muß ich das wohl getan haben . . .«

»Damals waren wir am allernächsten daran, miteinander zu schlafen. Wir waren ganz nackt, und ich kniete gerade vor dir, als mein Vater uns entdeckte – ich werd' nie vergessen, wie er gebrüllt hat. Ich dachte wahrhaftig, er würde durchdrehen, und ich hatte ihn nie so zornig gesehen. Es war ihm völlig egal, wie lange deine Eltern schon für uns gearbeitet hatten . . . Ich werde das in meinem Leben nicht vergessen.«

»Ich war völlig verknallt in dich, und sie wußten das. Ich kann mich noch erinnern, daß ich ihnen versprechen mußte, nie wieder in deine Nähe zu gehen. Vermutlich waren sie besorgt, daß irgend etwas passieren würde.«

»Ich war so böse auf meinen Vater, daß er deine Eltern gefeuert hat. Ich wußte zuerst nicht einmal davon, bis ich später hörte, daß er allen erzählte, deine Leute hätten uns bestohlen. Als ich es herausfand, war alles, was ich tun konnte, ihn an diesen Behauptungen zu hindern. Aber wenn du nur ein Kind bist und einen schwerreichen Vater hast – ich denke, das wirkt sich irgendwie aus auf deine Erziehung.«

»Die Reichen unterscheiden sich von dir und mir dadurch, daß sie mehr Erziehung haben.« Er setzte sich auf und stellte die Füße auf den Boden.

»Wohin bist du gegangen, nachdem wir euch hinausbefördert hatten?«

»An verschiedene Orte.«

»Mit deiner Familie?«

»Nun – mein Vater ist gestorben.« Escalante erhob sich.

Sie starrte ihn an. »Als du da unten hereinkamst . . . in derselben Minute wußte ich, wer du warst . . . du hast dich nicht verändert, ich habe dich belogen, weil ich es nicht ertragen konnte, daß du mich in diesem nicht sehr guten Zustand gesehen hast.«

»Du bist eine großartig aussehende Frau – das ist die Wahrheit.«

»Vermutlich. Aber ich weiß, ich würde es nicht sein, wenn ich nicht ständig auf mich achten würde.«

»Das ist eine sehr positive Art zu denken.«

»Jetzt, wo du weißt, wo ich wohne, wirst du doch wiederkommen.«

»Du kannst ja mal versuchen, mich daran zu hindern . . .«

»Machst du mir was vor?«

»Ich mache nie jemandem etwas vor.«

Sie verließ das Bett und schlang ihre Arme um ihn. Nackt wie sie waren, traten sie miteinander ans Fenster. »Dieser Blick – er ist wirklich umwerfend.«

»Er ist etwas, worauf man sich freuen kann.«

»Wir hätten so glücklich sein können miteinander, Nick.«

»Ich bin es jetzt«, sagte Nick Escalante.

Stumm horchte er auf den Regen . . .

Immer noch erschüttert und durchnäßt vom Regen, betrat er zur Mittagszeit die Halle des Beverly Wilshire. Er erkundigte sich, ob man Nachrichten für ihn hinterlassen hatte, und erfuhr, daß in den letzten anderthalb Stunden dreimal nach ihm gefragt worden war. Auf dem ersten Zettel stand »Rufen Sie mich an – Mrs. Arnold Wylie«, auf dem zweiten »Bitte um Rückruf – Rainbeaux Wylie«, und die dritte Botschaft lautete »Ich warte auf Sie – Rainbeaux«. Escalante fand die zunehmende Vertraulichkeit bemerkenswert und sagte sich, daß zumindest in diesem Fall seine Abwesenheit die Herzen hatte höher schlagen lassen. Auf dem Weg nach oben zu seinem Zimmer, wo er sich umziehen und telefonieren wollte, traf er Fred Astaire, der ihn freundschaftlich umarmte.

Natürlich war es nicht wirklich Fred Astaire, aber man mußte automatisch an diesen größten Tänzer denken, wenn man dem ›Segelflieger‹ gegenüberstand. Er mußte jetzt ungefähr sechzig Jahre alt sein und war wie gewohnt perfekt gekleidet – zum pudrig-blauen Seidenhemd trug er die lässig gebundene Ascot-Krawatte. Aber mehr noch als die Kleidung erinnerte etwas anderes an Astaire – kein anderer von Escalantes Bekannten bewegte sich mit soviel Sicherheit, mit dieser selbstverständlichen Grazie des ›Segelfliegers‹ – und darauf gründete sich wohl auch der Beiname.

Der ›Segelflieger‹ liebte Umarmungen, und so stand Escalante in der Lobby, während der kleinere, dünne Mann ihn umfangen hielt. »Nikki, Nikki, Nikki, was für eine wunderbare Überraschung! Komm schon, zeig wenigstens ein bißchen Rührung.« Escalante seufzte und erwiderte die Umarmung. Er wußte, daß ihn der ›Segelflieger‹ andernfalls nicht loslassen würde.

Sie ließen sich los und betrachteten einander prüfend. Es gab keinen Zweifel für den Mexikaner, daß dieses zufällige Treffen ein gutes Zeichen sein mußte. Niemand konnte ihn so gut aufheitern wie der ›Segelflieger‹ mit seinem schwarzen Humor. Sie hatten mehr als einmal miteinander gearbeitet, und der ›Segelflieger‹ war ihm aus verschiedenen Gründen verpflichtet.

»Kaffee«, sagte der ›Segelflieger‹. Es war keine Frage, sondern eher eine Feststellung, und so durchquerten sie die Halle, vorbei am Friseurladen. Escalante warf einen Blick auf die Hände des ›Segelfliegers‹, der selbst immer empfahl, das zu tun, weil man auf diese Weise schon vorher wußte, wie die Geschäfte mit ihm laufen würden – wenn seine Hände zitterten, konnte man alles vergessen. Das, was Escalante im Nahkampf war, war der ›Segelflieger‹ ab einer Entfernung von zwanzig Metern – er war der König der Handfeuerwaffen, und niemand reichte an seinen Thron heran. Das Schwarze auf der Schießscheibe mochte noch so klein sein – der ›Segelflieger‹ traf mitten hinein.

Er hielt seine Hände hoch. »Unerschütterlich wie Felsen«, sagte er.

»Ich bin nicht überrascht«, antwortete Escalante und fragte sich, wann der ›Segelflieger‹ wohl seinen Blick entdeckt hatte. »Aber ich staune über den Schmutz unter deinen Fingernägeln.«

»Schmutz? Schmutz? – *Wo?*« fragte der ›Segelflieger‹, blieb sofort stehen und untersuchte seine Hände. Er war geradezu besessen von Reinlichkeit, speziell im Hinblick auf seine Finger, und jetzt mußte er lachen. »O Nikki, Nikki, Nikki, schäm dich – in deinem Alter noch die Leute zu veralbern.« Sie betraten das Café, nahmen die Sitzecke gleich neben der Tür, und noch bevor sie es sich bequem gemacht hatten, fing der ›Segelflieger‹ an: »Eine Gorilla-Geschichte – also: Ein Gorilla geht in Muldoons Bar – du kennst doch Muldoon, drüben in Santa Monica?«

»Nie von ihm gehört«, sagte Escalante und lächelte, weil er insgeheim dachte, daß der ›Segelflieger‹ ihm so nicht davonkommen würde. »Das liebe Tier bestellt also einen Martini auf Eis, und der Barkeeper weiß nicht so recht, was er machen soll und geht nach hinten zu Muldoon, um sich zu beraten. Muldoon nun will einerseits nicht, daß irgendwelche Gorillas in seiner Bar herumhängen, andererseits hat er wenig Lust, sich von dem Vieh die Knochen brechen zu lassen. Deshalb sagt er: »Gib ihm seinen Drink, aber berechne ihm zwanzig Dollar.‹ Der Barmixer schenkt den Martini aus, der Gorilla zahlt die zwanzig Piepen, und während er an seinem Getränk nippt – höchst manierlich übrigens –, pirscht sich der Barmann von der Seite heran und meint: ›Gorillas sind nicht gerade oft hier zu Gast.‹ Darauf antwortet der Affe: ›Das wird sich auch kaum ändern – bei diesen Preisen.‹« Der ›Segelflieger‹ wartete Escalantes Lachen ab und stimmte dann mit ein. »Wirklich 'ne lustige Geschichte, nicht wahr?«

»Wirklich.«

Der ›Segelflieger‹ tat, als wolle er Escalante mit einem imaginären Getränk zuprosten und bestellte zwei Kaffee, als die Kellnerin an den Tisch trat. Sie nickte und ging wieder, und der ›Segelflieger‹ setzte zum nächsten Witz an: »Eine Geschichte vom Golf – Mulcahy und Ryan spielen Golf, und Ryan schmettert einen Ball ins Unterholz – ich muß hinzufügen, daß sie auf sehr schlammigem Gelände spielen –, und Ryan sagt: ›Das war mein liebster Ball, den will ich nicht verlieren.‹ Also taucht er ins Gehölz, wo er – bevor er noch seinen Golfball findet – eine Klapperschlange aufscheucht und so aus der Fassung bringt, daß sie Ryan in den Pimmel beißt. Ryan schwankt zurück zu Mulcahy, erzählt ihm, was passiert ist, bricht dann zusammen und kann gerade noch flüstern: ›Hol den Doktor.‹ Mulcahy rast zum nächsten Telefon, setzt dem Doktor die Sache auseinander. Darauf sagt der: »Beruhigen Sie sich, das ist kein Problem. Sie müssen nur zwei kleine Kreuze in die Bißstelle schneiden und dann mit dem Mund das Gift heraussaugen.‹ Darauf Mulcahy: ›Ich will sicher gehen, daß ich alles verstanden habe – also, ich mache zwei kleine Kreuze in die Wunde, lege meinen Mund auf die Stelle und sauge das Gift aus.‹ ›Genau‹, sagt der Doktor, und Mulcahy flitzt zurück auf den Platz zu Ryan, der ihn fragt: ›Was hat der Arzt gesagt?‹ Und Mulcahy antwortet: ›Er hat gesagt . . . du mußt sterben.‹«

Der ›Segelflieger‹ brüllte los vor Heiterkeit, und Escalante lachte mit. Kurz bevor ihr Kaffee kam, amüsierten sie sich noch immer, und Escalante begriff plötzlich, daß ihr Zusammentreffen keineswegs zufällig war.

»Danke, Liebste«, sagte der ›Segelflieger‹ zu der Kellnerin, und bevor sie noch den Rücken gewandt hatte, legte er wieder los: »Die Geschichte vom strubbeligen Hund . . .«

Escalante beugte sich hinunter, hob seine Tasse halb hoch und blies hinein, um die heiße Flüssigkeit abzukühlen. Er fragte sich, was das alles zu bedeuten hatte. Der ›Segelflieger‹ hatte schon Gott weiß wie viele Menschen umgebracht, er war ein Killer, aber er war nie hinterlistig gewesen. Und genauso gab er sich jetzt.

»Ein Arbeiter, ein großer, starker Kerl, öffnet sein Freßpaket, starrt auf seine Brote und schimpft: ›Erdnußbutter – ich hasse Brote mit Erdnußbutter!‹ Dann wirft er sein Frühstück in den Abfalleimer. Am nächsten Tag passiert dasselbe. ›Erdnußbutter – ich hasse Brote mit Erdnußbutter‹, ruft er und wirft die Dinger diesmal gegen die Wand. Am dritten Tag dieselbe Geschichte. ›Erdnußbutter – ich hasse Erdnußbutter.‹ Das hört ein Kollege, ein kleiner, schmächtiger Kerl, und sagt: ›He, Mann, warum sagst du nicht deiner Frau, was du magst und was du nicht magst.‹ Da dreht sich der große Kerl zu ihm um und brüllt: ›*Halt meine Frau da raus – ich mach' mir meine Erdnußbutterbrote selbst*.‹ Der ›Segelflieger‹ warf den Kopf zurück und ließ sein Lachen los.

Escalante nippte an seinem Kaffee.

Der ›Segelflieger‹ beruhigte sich. »He – hast du den eben gehört?«

»Ich hab' sie alle gehört.«

»Mit anderen Worten – du hast nur aufgehört, höflich zu sein?«

Escalante zuckte die Achseln.

»Sei nicht so unfreundlich zu mir, Lieber.«

»Niemand könnte unfreundlich zu dir sein – jedenfalls nicht für lange.«

»Das ist eben mein irischer Charme, nicht wahr?«

»Ich wüßte keinen, der mehr davon hätte.«

Sie wandten sich beide ihren Kaffeetassen zu. Draußen hatte der Donner wieder eingesetzt. »Ach, Nikki, Nikki, Nikki – mit dir kann man nicht harmlos plaudern. Du bist ein schlaues Kerlchen, ein harter, ein sehr harter Knabe.« Der ›Segelflieger‹ seufzte tief. »Oh, ich wünschte, heute wäre schon gestern . . .«

»Hör auf mit den Faxen.«

»Wie sag' ich's meinem Kinde? – Nun, obwohl es immer wieder eine Freude ist, dich zu sehen . . . aber diesmal war es strenggenommen keine Überraschung. Ich habe Pinky angerufen, und er hat mir mitgeteilt, daß du hier bist.«

»Das habe ich mir gedacht.«

Nach einem sehr langen Schweigen war plötzlich alle Liebenswürdigkeit verschwunden. Die Rolle des Spaßmachers war ausgespielt, die Augen des ›Segelfliegers‹ lächelten nicht mehr, sie wirkten alt und müde. »Der Frau geht's nicht gut«, sagte er wie nebenbei.

»Läßt sich ein Ende absehen?«

»Die Ärzte möchten, daß wir es glauben.«

»Das tut mir leid – sie war immer sehr nett zu mir.«

»Zu allen . . .«

Escalante blieb abwartend.

»Es gibt da eine Klinik in Mexiko, von der ich gerade gehört habe. Ich will sie dahin bringen . . . Etwas radikale Methoden, aber manchmal muß man jede Chance wahrnehmen.«

Escalante wartete.

»Leider ist die Angelegenheit nicht gerade billig. Da denkt man: Mexiko und der Peso, mit dem es nicht gut steht – das kann doch nur billig sein . . . Statt dessen sind die Kosten horrend.«

Von Escalante kam keine Reaktion.

Der ›Segelflieger‹ blickte über den Tisch zu ihm. »Du siehst nicht so aus, als wolltest du mir aus dem allen heraushelfen, oder?«

Escalante wartete weiter.

Der ›Segelflieger‹ griff über den Tisch und tätschelte Escalantes Hand. »Man hat mir siebzigtausend für dich angeboten, Nikki, eine vornehme, alte italienische Familie aus Lexington – die DeMarcos. Ich habe früher schon mit ihnen Geschäfte gemacht, aber nie in dieser Größenordnung. Du kannst stolz auf dich sein, Nikki – Joe Gallo hat für nur fünfzigtausend gehen müssen . . . Ist das nicht eine angemessene Würdigung deiner Verdienste?«

»Und – hast du ja gesagt?«

Der ›Segelflieger‹ winkte der Kellnerin und warf ihr ein Lächeln zu, das sie veranlaßte, schnell zur Stelle zu sein. »Wenn Sie mir davon noch etwas geben könnten, wäre ich ewig in Ihrer Schuld«, sprach er, wartete bis sie den Kaffee ausgeschenkt hatte, lächelte erneut und murmelte ein Dankeschön. »Ich hab' ihnen noch keine Antwort gegeben – nicht bis zu diesem Moment. Es ging nicht, ich wollte erst mit dir sprechen.«

Escalante blickte zu diesem professionellen Iren jenseits des Tisches. »Gütiger Himmel, bist du etwa hier, um dir die Erlaubnis zu holen, mich zu töten?«

»Du hast es erfaßt.«

»Wie geht's den Kindern?« fragte Escalante.

»Sie leben. Sind lebendig und wohlauf, danke der Nachfrage. Und glaub ja nicht, das wär' ein leichter Tag für mich – ich leide wirklich. Wenn das Honorar nicht so enorm wäre, dann hätte ich den Telefonhörer sofort draufgeknallt, das verspreche ich dir.«

»Und was ist, wenn ich nein sage?«

»O Nikki, Nikki, Nikki, das kannst du nicht, und das wirst du nicht tun. Du willst doch nicht meine Frau auf dem Gewissen haben . . . Du bist einfach sauer auf mich, und du willst gar nicht wissen, was ich tun werde, wenn du wirklich nein sagst. Vor allem aber bist du natürlich gespannt.« Er lehnte sich jetzt vor und begann zu flüstern. »Du und ich, Nikki – an uns soll erst mal einer rankommen. Du wirst sehen, man wird noch in vielen Jahren von uns sprechen. Wir werden legendär sein wie Ali und Frazier. Nikki, einzeln sind wir stark, aber als Gegner vereint – da werden wir unsterblich.«

Escalante griff gedankenverloren nach dem Salzstreuer,

schraubte den Metalldeckel ab und ließ seine Finger über die scharfe Glaskante wandern. »Warum bring' ich dich eigentlich nicht um – gleich jetzt?« fragte er.

»Weil du bist, wie du bist, und weil du mich magst. Du wirst es nicht tun, weil du es nicht tun kannst. Und tief da drinnen glaubst du nicht daran, daß ich dich töten werde . . . Ich schulde dir so viel.«

Escalante lehnte sich zurück und schloß für einen Moment die Augen. War es wirklich erst zwei Tage her, daß er die Felsenschlucht besichtigt und den Sonnenuntergang am Annapurna gesehen hatte? Und Bibel-Gesicht, der über diese nicht vertrauenswürdige Stadt gesprochen hatte? Und dann war Holly gegangen, während Miranda wieder in sein Leben getreten war. Und die ganze Vorgeschichte der Erpresserbriefe, die Verzweiflung der Paxtons und seine eigene Verzweiflung, als er zweihundertvierzigtausend in der Hand und alles auf einmal verspielt hatte . . . Escalante schüttelte den Kopf, seine Augen immer noch geschlossen. Zum ersten Mal fühlte er sich weder besiegt noch erschöpft, sondern einfach bereit, all dem ein Ende zu machen. »Wo und wann?« fragte er ganz ruhig.

»Oh, ich meine, Las Vegas wäre der richtige Platz. Ich muß noch einmal nach Tahoe zurück, um meine Sachen zu holen, aber bei Sonnenuntergang kann ich leicht in Vegas sein. Wann immer du dorthin zurückkommst – ich werde dich erwarten. Eins kann ich dir versprechen, als Gegenleistung für das, was wir einmal füreinander waren: Ich werde dir jede Chance geben, dich zu verteidigen oder wegzulaufen, wenn du das willst.«

»Mir scheint – wenn ich ein alter Stinker wäre und zu allem fähig, dann würde ich wahrscheinlich dasselbe gesagt haben wie du: ›Ich werde dich vorwarnen‹ – und dann würde ich es nicht tun, sondern mich bedeckt halten.«

»In der Tat – so weit könnte man gehen . . .«, sagte der ›Segelflieger‹ lächelnd und betrachtete prüfend den größeren Mann ihm gegenüber, »aber ich habe meine Zweifel. Ich hörte, was dir beim Blackjack passiert ist. Deine Vergangenheit scheint dich einzuholen, fürchte ich.«

»Soll das psychologische Kriegsführung sein?«

»O Nikki, Nikki, geliebter Nikki – ich hab' es nicht nötig,

mich in Tricks zu flüchten. Wir wissen beide, daß du gegen mich keine Überlebenschance hast.«

»Und warum?«

»Es steht in deinem Gesicht, Lieber, daß es dich nicht kümmert . . . Ich habe mehr Willen zum Leben als du, und deshalb werde ich leben – ich werde!«

Escalante nahm einen Schluck von seinem Kaffee. Es gab nicht mehr viel zu sagen. Wenn man die Wahrheit hörte, mußte man sie auch anerkennen . . .

»Sie und Schriftsteller – das war alles geflunkert, hab' ich recht?« fragte Mrs. Wylie, als sie wieder mit Escalante in ihrer bücherleeren Bibliothek saß. Alles übrige an der Situation war ebenfalls bekannt, nur der Regen hatte aufgehört, was der Donner mit gelegentlichem Krachen von bemerkenswerter Gewalt auszugleichen versuchte.

»Wir sind beide Spezialisten im Flunkern, Mrs. Wylie.«

»Rainbeaux. Das kommt von ›beau‹ wie ›schön‹ – nicht von ›bow‹ wie ›Bogen‹.«

»Der Name hat eindeutig Klasse«, sagte Escalante. Er saß auf dem Sofa und beobachtete, wie sie ihre Beine anzog und auf dem Sessel unter sich faltete.

»Das ist nicht mein Künstlername, ich bin damit geboren. Meine Mutter hatte einen Hang zum Exklusiven, und sie hoffte, ich würde das notwendige Talent dazu haben.«

Escalante nickte. Bei ihrem ersten Treffen war sie ganz damenhaft gekleidet gewesen, passend für ihr Willenstraining. Jetzt schien sie bereit für andere Unternehmungen. Sie trug einen kurzen, beigefarbenen Rock, eine weiße Seidenbluse und darunter nichts weiter als Haut – die Bluse war genau um einen Knopf zu weit geöffnet. Sie hatte schwer zu tragen, ihre sekundären Geschlechtsmerkmale waren kein leichtes Gepäck, und jetzt war der Koffer unverschlossen. »War es Ihr Talent, von dem sich Darryl Paxton angezogen fühlte? Sie haben ihn doch gekannt, wenn ich das richtig sehe?«

»Ich gebe zu, daß ich vorhin nicht so ganz bei der Wahrheit geblieben bin.«

Sie dachte über eine Antwort auf Escalantes Frage nach.

»Vermutlich – wenn Sie es unbedingt aufs Fachliche abgesehen haben.«

»Genau darauf.«

Sie ließ einen Fingernagel gegen ihre Vorderzähne schnippen. Escalante kam zu dem Schluß, daß dies zweifellos ein Zeichen für Nachdenken war.

»Okay . . . der Grund, warum ich vorhin gelogen habe – all dieser Quatsch von ›Gaxton‹ anstatt ›Paxton‹ –, der Grund war, daß ich sehen wollte, wieviel Sie eigentlich wissen von der Sache. Als Sie dann von Ihrem Buch sprachen, dachte ich, ich wäre sicher, und Sie wüßten gar nichts. Erst als Sie dann beiläufig bemerkten, meinen Mann sprechen zu wollen – da hab' ich begriffen, daß ich mich geirrt habe, daß Sie mich an der Nase herumgeführt hatten und vermutlich genau Bescheid wußten. Mir wurde klar, daß ich Sie besser von diesem Annäherungsversuch fernhalten sollte. Haben Sie meinen Mann angerufen?«

»Ich hätte es getan, wenn Ihre Anrufe nicht gekommen wären.«

»Das dachte ich mir.« Sie begann wieder, mit Fingernagel und Vorderzahn nachzudenken.

»Vor sechs Jahren haben Sie Paxton kennengelernt.«

»Sie haben's erfaßt.«

Escalante wartete, daß sie weitersprach. Tick-tick-tick, klapperte der Fingernagel. »Der Blick zurück ist mitunter schrecklich, soviel Mist liegt in der Vergangenheit herum.«

»Ich sehe, Sie haben Ihren Schopenhauer gut gelesen«, meinte Escalante.

Sie sah ihn einen Augenblick lang ratlos an.

»Das ist der, der an der Universität von Los Angeles lehrt, wie man Leute bescheißt.«

»Ach ja, richtig, richtig.«

Wieder tick-tick-tick. Dann: »Es war alles nur wegen Cheryl Ladd.«

»Tatsächlich?«

Rainbeaux stand auf, ging zu den Fenstern und lauschte auf den verhallenden Donner. »Sie müssen wissen, ich hätte fast eine Rolle in ›Drei Engel für Charlie‹ bekommen, als Farrah Fawcett aufhörte. Mein Agent schwor heilige Eide, daß die

Entscheidung zwischen mir und der Ladd fallen würde. Und dann hörte ich – oder besser gesagt: mein Agent, daß man vielleicht ein neues Gesicht brauchte und die Ladd damit ausfallen würde. Ich wollte diese Rolle wirklich, aber ich hatte Angst, einen Tritt zu bekommen, zu versagen. Mein Selbstvertrauen lag am Boden, ich war verdammt dicht umgeben von negativen Vibrationen, Sie verstehen? Genau da wurden Arnie und ich eingeladen auf diese Party für Paxton, der gerade in der Stadt war, um für irgend etwas zu betteln, und ich dachte mir in der Minute, in der ich ihn sah – der könnte meine Rettung sein. Verstehen Sie, da war er, ein guter Mensch, ein Geistlicher – was um Himmels willen konnte besser sein als ein Geistlicher, um die schlechten Vibrationen zu verscheuchen? Und . . .« – sie drehte sich um und sah Escalante an – ». . . außerdem – ich hatte noch nie mit einem Pfarrer geschlafen.«

»Schauen Sie mich nicht so an – ich auch noch nie . . .«

Sie kam zurück und setzte sich dicht neben ihn auf die Couch. »Er wohnte im Beverly-Hills-Hotel. Ich besprach mich mit meiner Mutter, sie rief an und sagte, sie sei krank. Ich machte Arnie klar, daß ich Mutter beistehen müßte, und sie wußte Bescheid, falls Arnie mißtrauisch werden würde – was aber nie vorgekommen war. Ich ging zu Paxtons Hotel, erreichte ihn am Haustelefon, entschuldigte mich für die späte Stunde damit, daß ich wirklich in einer verzweifelten Lage sei und ihn um Hilfe bitten müßte. Nun, nachdem ich einmal in seinem Zimmer war, ergab sich das Übrige . . . Das klingt vielleicht überheblich, aber das bin ich gar nicht. Es ist einfach so, daß es Männern nicht besonders schwerfällt, mit mir zusammen zu sein . . . Ich blieb nachher noch ein Weilchen bei ihm, und wir beteten ein wenig, für mein Wohl und für dies und jenes mehr. Und trotzdem – die Rolle habe ich doch nicht bekommen.« Sie rückte noch näher an Escalante heran und studierte seine Gesichtszüge. »Sie sehen aus wie dieser Tennisspieler . . .«, sagte sie. Tick-tick-tick.

»Ich weiß«, antwortete Escalante.

»Nastase – so heißt er!«

»Alle sagen mir dasselbe.« Einen Augenblick lang überlegte er, ob er sie gewähren lassen sollte, damit er – wie Paxton –

zweimal an einem Tag verführt werden konnte. Die Entscheidung fiel ihm nicht schwer – einmal war mehr als genug gewesen. Und nie war besser als oft, wenn einem die Partnerin nichts bedeutete. »Warum haben Sie bei alldem solche Angst vor Ihrem Ehemann?«

»Ich habe keine Angst, ich will nur die Kirche im Dorf lassen. Arnie könnte sonst wieder auf die Palme gehen – wie damals, in der Nacht mit Paxton . . .«

». . . da hat er Ihnen die Geschichte mit Ihrer Mutter nicht abgekauft.«

»Doch, aber als ich das Hotel verließ, bin ich einem Mann in die Arme gelaufen, dem Arnie Geld für irgendwelche Geschäfte geliehen hatte, und eine Woche später lief der wiederum Arnie in die Arme. Als ich dann schwanger wurde, dachte Arnie, Paxton könne der Vater sein und hat mich verprügelt.«

Escalante sah sie an. »Es war ein Mädchen – seh' ich das richtig?«

Rainbeaux nickte. »Sie heißt ›Sunshine‹. Ich habe ihr den Namen ausgesucht, weil sie auch das dazugehörige Talent hat, das kann ich Ihnen sagen.«

»Wo ist sie?«

»Ganz in der Nähe, sie spielt mit einem Freund. Ich möchte nicht, daß Sie sie sehen, sie könnte es Arnie erzählen. Sie gehört nicht zu den vergeßlichen Kindern, sie hat mein Aussehen und Arnies Intelligenz, und sie hätte beinahe schon in einem Werbefilm für Kellog's mitgewirkt.«

»Ist Paxton der Vater?«

»Möglich, aber ich glaube es eigentlich nicht. Es hätte auch Arnie sein können, aber da war auch noch ein Schallplattenproduzent, den ich oft und gern gesehen habe. Sehr oft, um genau zu sein, aber ihn hatte Arnie nie in Verdacht. Im Singen bin ich übrigens noch besser als in meinem eigentlichen Beruf als Schauspielerin, ich kann Linda Ronstadt leicht das Wasser reichen, aber ich schaffe den Durchbruch nicht.« Sie schüttelte den Kopf. »Dieser Produzent? Er ist vor vier Jahren bei einem Sturm in Malibu ertrunken. Junge – ich hab' wirklich ein Glück . . .« Ihre Augen wanderten jetzt zu Escalante. »Sie haben nicht zufällig irgendwelche Freunde in diesem Geschäft?«

»Leider nein.« Er war schon aufgestanden.

Sie erhob sich ebenfalls, knöpfte ihre Bluse höher und begleitete ihn zur Vordertür. »Wie ich die Dinge sehe, werden wir nichts mehr miteinander zu besprechen haben.«

»Sie sehen die Dinge richtig.«

»Und Sie werden nicht mehr herumschnüffeln und Arnie befragen?«

»Ich schwöre bei Gott«, sagte Nick Escalante.

»Mein Name«, sagte Nick Escalante zu Arnold Wylie, »ist Frank Gambino.« Er streckte seine Rechte aus und überließ Wylie den Sieg beim Händeschütteln. »Ich weiß es sehr zu schätzen, daß Sie mich empfangen. Ein Mann wie Sie . . . Hier, das ist meine Karte.« Er legte sie auf den Schreibtisch.

Arnold Wylie lächelte und sagte: »Nehmen Sie doch Platz, Mr. Gambino.« Er schaute auf die andere Seite seines Büros, das auf einem der oberen Stockwerke in einem Gebäude in Century City lag und einen sehr unkonventionellen Eindruck machte. Viel Plüsch und wenig Platz, nur ein kleines Vorzimmer und Wylies Raum.

Wylies einzige Angestellte stand im Türrahmen, der damit hinreichend gefüllt war, wie Escalante mit einem Blick nach hinten feststellte. Sie war Welten entfernt von Rainbeaux – ungefähr einsachtzig groß, breitschultrig, vollbusig, mit einer Hakennase und grimmigen Augen. Escalante drehte sich von ihr fort und wünschte sich, sie nie im Zorn erleben zu müssen.
»Das wäre alles, Miß Rucker«, sagte Arnold Wylie.

»Ja, Sir – Mr. Wylie«, antwortete Miß Rucker mit einer ganz unpassenden Stimme. Sie war sehr sanft, wie das Hauchen eines kleinen Mädchens – ein Klang von Jackie Onassis.

Als sie allein waren, nahm Arnold Wylie die Karte auf, die ihm Escalante übergeben hatte. »Roth GmbH . . . Ihre Firma ist mir nicht bekannt.«

»In Vegas kennt man uns. Fünfundzwanzig Anwälte, und jedes Jahr werden wir größer. Ich weiß, für jemanden aus Los Angeles ist das nichts Besonderes, aber funfundzwanzig und immer aufwärts – das ist da, wo ich herkomme, nicht zu verachten.«

»Darf ich das so verstehen, daß Sie ein Anwalt sind, Mr. Gambino?«

»Nein, nein, Sir, ich arbeite mehr im kaufmännischen Zweig unserer Praxis – so wie jetzt.«

Arnold Wylie sagte eine Zeitlang nichts. Er saß da, maß Escalante aus, ohne seinen Blick einmal von ihm abzuwenden. Stämmig war die richtige Bezeichnung für Wylie. Etwa einsfünfundsiebzig groß bei einem Gewicht von hundertzehn Kilo – so hätte er die Hauptrolle übernehmen können in ›Lou Grant‹, falls Ed Asner jemals krank werden würde. Er trug konservativen City-Look, Anzug mit Weste, Hemd mit geknöpften Kragenenden, gestreifte Krawatte. »Sind Sie echt?« fragte Wylie schließlich.

»Wie bitte, Mr. Wylie?«

»Ich habe geschäftlich viel in Las Vegas zu tun, fahre sehr oft hin, und ich wiederhole: Ich habe nie von euch Burschen gehört. Sie haben einfach so aufs Geratewohl angerufen und verkündet, Sie müßten mit mir über Geschäfte sprechen. Über Geschäfte, die uns beide vielleicht Millionen bringen könnten. Nun – diese Dinge sind einfach nicht üblich. Darum war ich bereit, Sie zu sehen, aus Neugier.« Er blickte auf seine Uhr. »Es ist zwei Uhr vierzig. Sie haben zehn Minuten.«

»Eine nette Art, mir die Pistole auf die Brust zu setzen, vor allem, wenn man bedenkt, was hier auf dem Spiel stehen könnte – finanziell gesehen.«

»Warum sagen Sie mir nicht einfach ganz schnell, was hier ›auf dem Spiel stehen könnte‹?«

Escalante zog an seinem Kragen. »Nun, wie ich schon sagte, wir sind sehr im Kommen . . .«

». . . Ich weiß, fünfundzwanzig und immer aufwärts.«

»Richtig. Und einer der Gründe unseres Erfolges liegt darin, daß wir aggressiv vorausdenken. Viele unserer Klienten haben eine Menge Geld, und wir finden manchmal Wege, daraus mehr zu machen. Der Grund für mein Hiersein ist nun – ich muß Ihnen nicht schmeicheln, Sie wissen selbst, wer Sie sind, Sie sind einer der größten zukünftigen Kapitalbesitzer in dieser Stadt.«

»*Zukünftig,* Mr. Gambino?«

»Richtig, ganz genau.«

»Ich glaube, ich sollte besser mit Ihrem Mr. Roth sprechen.«

»Es gibt keinen Grund, ihn zu belästigen! Die Sache ist ganz einfach – Sie geben Geld für neue Geschäfte. Jemand hat eine Idee – wenn sie Ihnen gefällt, unterstützen Sie ihn, und wenn er einschlägt, haben Sie die Rechte am Stammkapital. Mitunter ergeben sich Rückzahlungen von 72:1. Also, wir können so etwas für Sie arrangieren. Einige unserer Kunden wollen *Ihnen* Geld geben, damit Sie es an ihrer Stelle investieren – Sie bauen auf Ihren Ruf, Mr. Wylie.«

»In welchen Geschäften betätigen sich diese Kunden?«

»Im Hotelgeschäft.«

»Sind es die Besitzer oder die Geschäftsführer?«

Escalante wirkte für einen Moment nervös. »Sie arbeiten eigentlich eher auf der Schmuddelseite, wo sich alles ansammelt, was in Hotels so anfällt – Bettwäsche, Servietten, Tischtücher usw.«

Wylie lächelte, betätigte die Sprechanlage und sagte: »Miß Rucker, verbinden Sie mich bitte mit einem Mister Roth in Las Vegas.« Er las die Telefonnummer von der Visitenkarte ab.

»Mr. Roth ist wirklich sehr beschäftigt. Sie brauchen ihn nicht anzurufen.«

»Oh, aber ich möchte es«, erwiderte Arnold Wylie.

Escalante verlagerte seine Sitzstellung, zog wieder an seinem Hemdkragen und schaute aus dem Fenster. Das Wetter klarte auf, man sah jetzt ein paar blaue Flecken zwischen den Wolken. Genaugenommen waren es eher graue Flecken, die ohne den Smog hätten blau sein können. Schon meldete sich Miß Ruckers Kleinmädchen-Stimme: »Samuel Roth am Apparat für Sie.« Wylie drückte den Knopf, der den Lautsprecher in Betrieb setzte, lehnte sich zurück und sagte: »Hier spricht Arnold Wylie in Los Angeles.«

»Ja, bitte?«

»Beschäftigen Sie jemanden namens Franklin Gambino?«

Eine Pause entstand. »Sie meinen Franky? Aber ja. Warum fragen Sie, gibt es ein Problem?«

Wieder eine Pause, diesmal von Wylie. »Nein.«

»Warum rufen Sie mich dann an, Mr. Wylie?«

»Nur um sicherzugehen, Mr. Roth.«

Ein Seufzen am anderen Ende der Leitung. »Sie sind nicht der erste, der das tut, Mr. Wylie, und ich kann es Ihnen nicht verübeln. Zum Teil kommt es wohl von Frankys italienischem Namen, und der andere Teil ist diese schrecklich schlampige Sprache. Ich persönlich finde es manchmal auch kaum glaubhaft, daß er als drittbester Kaufmann abgeschlossen hat an der Universität von Chicago.«

Escalante lauschte Pinkys Stimme und wunderte sich, warum er ihn nicht gleich zum Klassenbesten gemacht hatte.

»Er ist wirklich ein ganz brillanter Kopf – ich wünschte auch, er käme mit einem etwas edleren Äußeren einher. Aber man kann nicht alles haben. Lee Iacocca war gestern hier, und an ihm gibt es immer noch eine Menge rauher Seiten – aber schauen Sie sich nur an, was er geschafft hat.«

»Ja«, sagte Wylie. »Sie haben ja so recht.«

»Kann ich noch etwas für Sie tun, Mr. Wylie?«

»Im Augenblick nicht – und entschuldigen Sie, daß ich Sie aufgehalten habe.«

»Keine Ursache. Auf Wiederhören, Mr. Wylie.« Und Pinky legte auf.

»Wenn ich dabei bin, sagt er nie so nette Sachen. Ich werde ihn umgehend um Gehaltserhöhung bitten«, sagte Escalante.

»Tut mir leid, daß ich Ihnen nicht ganz getraut habe, aber Sie müssen verstehen – Ihr Erscheinen hier war ein wenig ungewöhnlich.«

»Nun, das ist wohl der Preis für aggressive Geschäftspolitik . . . wenn man einfach so hineinspaziert und auftrumpft, um das Interesse des Kunden zu wecken.«

»Sie haben mein Interesse geweckt, Mr. Gambino.«

»Gut – und da nun dieses Gespräch mehr einer ersten Fühlungnahme diente, kann ich Ihnen noch keinen offiziellen Vorschlag unterbreiten. Ein bis ins letzte durchdachte Konzept wäre doch überflüssig gewesen, wenn Sie beispielsweise nicht hätten mitmachen wollen, nicht wahr?«

»Mit wieviel Geld wollen Ihre Klienten einsteigen?«

»Die ungefähre Summe? Zur Eröffnung? Nun – siebenstellig allemal, und wenn es klappt, wenn Sie einige Firmen ausfindig machen, die gerade anfangen, dann können wir sehr hoch drangehen. – Sie sagten, daß Sie oft in Las Vegas sind. Vermutlich, weil Sie gerne spielen, das trifft sich gut, weil unsere Mandanten bereit sind, das Spiel mit Ihnen zu wagen.«

Die Sprechanlage summte, und Miß Ruckers Stimme ertönte: »Ich sollte Sie an Ihren nächsten Termin erinnern . . .«

Wylie blinzelte und dankte ihr. »Lassen Sie mich so rasch wie möglich einen Blick auf Ihr fertiges Konzept werfen«, wandte er sich an Escalante. Dann schaute er auf die Uhr. »Ich bin spät dran, ich muß mich sputen.«

»Darf ich Sie irgendwo hinbringen?«

Wylie brachte ihn zur Tür. »Ich kann ganz gut selbst fahren, Mr. Gambino. Auf Wiedersehen.«

»Wir werden Ihnen unseren Vorschlag in Windeseile zukommen lassen, Mr. Wylie.«

Wylie nickte.

Jetzt ließ Escalante die Katze aus dem Sack. »Sie sagten, Sie seien oft in Las Vegas, um Geschäfte zu tätigen . . . Aber ich vermute, daß Sie auch zu Ihrem Vergnügen kommen. Welches haben Sie sich gestern gegönnt?«

»Ich habe nicht gesagt, daß ich gestern dort war.«

»Weiß ich, aber mir scheint, daß ich Sie in einem der Hotels dort gesehen habe . . . Da wußte ich natürlich noch nicht, daß Sie es sind . . .«

Wylie betrachtete seinen Besucher einen Moment lang, bevor er nickte. »Es hat sich wirklich so ergeben, daß ich gestern dort war. Die Gründe dafür werde ich Ihnen allerdings nicht verraten.«

Escalante wandte sich zum Gehen, passierte den Schreibtisch von Miß Rucker, warf ihr ein ›Auf Wiedersehen‹ zu und hoffte, daß sie seine Nervosität nicht bemerkte. Er war wirklich außerordentlich erregt, weil er soeben die erste vernünftige Information seit seiner Ankunft in Los Angeles erhalten hatte: Wer immer den zweiten Erpresserbrief – den mit dem Finger in Cellophan – abgeschickt haben mochte, er hatte es gestern getan. Und zwar aus Las Vegas.

Um zehn Minuten nach drei saß Escalante in seinem Mietauto und wartete auf Arnold Wylie. Er hatte sich so hingestellt, daß er sowohl den Eingang des Bürohauses als auch die Garagen gut im Blick behielt. Im Grunde gab es keinen zwingenden logischen Anlaß, Wylie zu folgen – ausgenommen die Tatsache, daß von allen Personen, die er hier in Los Angeles getroffen hatte, nur Wylie die Briefe geschickt haben konnte. Und nur deshalb hatte Escalante den Versuchsballon über Wylies Besuch in Las Vegas steigen lassen.

Der Absender der Erpresserbriefe mußte mindestens drei Eigenschaften erfüllen: Er mußte pleite sein, verrückt und zu allem fähig. Miranda hatte zwar eine Tochter, aber sie war bei weitem zu reich und viel zu verstört, um sich auf irgendein Ziel konzentrieren zu können. Ihr Ehemann wußte weder von Paxton noch von ihrer Schwangerschaft, weil er vollauf damit beschäftigt war, sich am Strand seiner Hawaii-Insel zu aalen. Rainbeaux hatte auch eine Tochter, aber andererseits reichte ihr Intelligenzquotient allenfalls für zweistellige Zahlen und das auch nur bei günstigen Mondphasen. Insofern war sie kaum geeignet, irgend jemanden zu bedrohen, und ihr Schallplattenproduzent-Liebhaber schied wegen Ablebens aus.

Blieb Wylie.

Er war unsympathisch, sadistisch, arrogant und in den Augen all derer, die er verlassen hatte, wohl auch zu allem fähig. Aber pleite schien er nicht zu sein, da er Escalante aus seinem Büro bugsiert hatte, obwohl Millionen von Dollars zur Diskussion standen.

Blieb die Frage, ob er verrückt war? Dafür sprach wenig, außer der Tatsache, daß diese Verabredung, für die er sich hatte »sputen« müssen, so schrecklich wichtig klang und sich jedenfalls nicht so anhörte, als ging es nur um einen Friseurtermin für den Pudel.

Es war 3 Uhr 15, und das Wetter in Los Angeles war inzwischen hell und sonnig. Escalante wendete seine Blickrichtung von der Garage auf den Eingang des Bürohauses. Seine Augen gingen beständig zwischen diesen beiden Punkten hin und her.

Um 3 Uhr 20 begann er sich zu fragen, ob es Wylie wohl gelungen war, ungesehen an ihm vorbei zu kommen. Um 3

Uhr 25 war er dessen sicher, und fünf Minuten später beschloß er, herauszufinden, wie Wylie das angestellt hatte. Er parkte seinen Wagen, stieg aus, rief von der nächsten Telefonzelle in Wylies Büro an und erreichte nicht Miß Rucker, sondern einen Anrufbeantworter.

Escalante hängte den Hörer zurück in die Gabel und wunderte sich, daß ihm plötzlich der Schweiß ausbrach. Er eilte zu den Fahrstühlen des Bürohauses, drückte auf Wylies Etage. Oben angekommen, ging er leise zu dem Büro, an dessen Tür die schlichte Aufschrift »A. Wylie« zu lesen war.

Escalante nahm seine Uhr vom Handgelenk, hielt das Lederarmband fest und bog den Verschluß um. Er griff die Lasche, dieses Metallstück, das in die Bandschlaufen paßte. Die Lasche war nachgeschliffen und dadurch besonders dünn, besonders scharf. Er drückte die Lasche zweimal gegen das Türschloß, drehte den Griff. Die Tür öffnete sich, er ging hinein und vorbei an Miß Ruckers leerem Schreibtisch. Wylies Zimmertür stand offen. Aus dem Raum drang ein klatschendes Geräusch und dann Miß Ruckers Babystimme: »Du Bastard.«

Wieder das Klatschen.

»Feiger Bastard.«

Jetzt ließ sich Wylie mit rauher Stimme aus trockener Kehle vernehmen. Er klang ganz anders als bei seiner Unterredung mit Escalante: »Du widerliches Monster.«

Erneut das klatschende Geräusch.

Escalante stand wie erstarrt, obwohl ihm Männer, die sich durch das Verprügeln von Frauen sexuell in Fahrt brachten, durchaus nichts Neues waren. Er hatte auch schon geahnt, daß Wylie von dieser Sorte war, weil Rainbeaux ihm erzählt hatte von Wylies Schlägen, als er dachte, Paxton sei der Vater ihres Kindes. Ein Teil von Escalantes Ich wollte unverzüglich in dieses Zimmer stürzen und Miß Rucker helfen, ein anderer Teil riet ihm, sich auf der Stelle davonzumachen, bevor die Dinge da drinnen noch schlimmere Formen annahmen. Allerdings mußte er unbedingt wissen, ob Wylie verrückt war, und was im Augenblick jenseits dieser Tür vor sich ging, hatte etwas ziemlich Verrücktes. Außerdem gab es Dinge, die man ein Leben lang täglich sah, ohne sie jemals wirklich wahrzunehmen, während man auf andere Dinge nur eben einen halben

Blick geworfen hatte und schon wußte, daß man diesen Eindruck trotz aller Anstrengungen nie vergessen würde, daß er unauslöschlich auf die Netzhaut geprägt war. Zu dieser zweiten Kategorie gehörte der Anblick, der Escalante zuteil wurde, als er für einen Moment in das Innere des Zimmers schaute. Wylie trug noch immer seine Krawatte, die Weste und das Jackett, aber seine Hosen und seine Unterkleidung hatten sich so verschoben, daß sie nunmehr an den Fußknöcheln hingen. In dieser Aufmachung saß er auf seinem Schreibtischstuhl, während die riesenhafte Miß Rucker barbusig über ihn gebeugt stand und ihre Brüste hin- und herklatschend über Wylies Gesicht schwingen ließ.

Escalante ging außer Sicht, konnte sich aber nicht losreißen, als die unnatürliche Szene ihren Fortgang nahm – »Du magst es doch, daß ich widerlich zu dir bin« – »Ich hasse es, ich hasse dich . . .« – Klatsch – »Du liebst es, und du liebst mich . . .« – Klatsch – »Ich liebe Rainbeaux, sie ist schön . . .« – Klatsch, klatsch – *»Ich bin schön* . . . sag es . . .« – »Nein . . .« – *»Sag' es«* – »Niemals . . .« – »Dann gehe ich, jetzt sofort, ich gehe weg, das kannst du mir glauben . . .« – Klatsch, klatsch – »Tu's nicht . . .« – »Was soll ich nicht tun? *Was*?« – »Mich nicht verlassen . . .« – »Warum nicht?« – »Weil . . .« – »Weil, weil?« – Klatsch, *klatsch, klatsch* – »Weil ich dich liebe . . .« – »Warum liebst du mich?« – »Weil . . . weil du schön bist . . . so schön . . . und ich liebe dich . . .« – »Und du haßt sie?« – »Ja . . . hasse sie . . . *ja* . . .«

Escalante hastete zur Tür, als die Stimmen im Rhythmus des Klatschens immer lauter wurden. Noch bevor er die Hand auf den Türknauf gelegt hatte, war ihm klar, daß Wylie nicht nur »zu allem fähig« war, sondern sich auch mit Leichtigkeit für »verrückt« qualifiziert hatte. Ob er »pleite« war, mußte sich noch herausstellen.

Das letzte, was Escalante auf seinem Rückzug hörte, war Wylies Weinen. Auf dem Höhepunkt seiner Lust brach er in Tränen aus, er weinte und kam, beides in einem Augenblick . . .

Gleich beim ersten Klingeln wurde der Telefonhörer abgenommen. »Hier Cyrus Kinnick.«

»Ich bin's – ich rufe aus Los Angeles an. Könnten Sie mir einen Gefallen tun?«

»Jeden – was immer Sie wollen.«

Escalante saß in seinem Zimmer im Wilshire-Hotel und schaute aus dem Fenster. Es war 4 Uhr nachmittags, und der Regen hatte wieder eingesetzt. »Ich bin nicht ganz sicher, ob Sie mir helfen können, aber es lohnt den Versuch: Sie sagten doch, Sie hätten sich damals selbständig gemacht mit irgendwelchen Computerteilen und wenige Jahre später alles wieder verkauft . . .«

»Genau . . .«

»Okay, dann also zu meiner Frage: Von wem kam das Startkapital, von Ihnen selbst, von Ihren Verwandten oder . . .«

». . . von meinen Verwandten? Sind Sie bei Trost? Ich hab' Ihnen doch gesagt, wer sie waren – Abschaum, Dreck . . . Und selbst wenn sie das Geld gehabt hätten, hätten sie es eher verschleudert, als es mir zu geben . . . An mein Kapital bin ich drangekommen wie alle anderen aus der Computerbranche auch . . .«

»Lassen Sie mich raten – Sie haben sich an einen Spekulanten gewandt?«

»Richtig. Massachusetts ist gleich nach Kalifornien der größte Bundesstaat für Computerhersteller. Ich bekam mein Darlehen und wurde reich – allerdings nicht so reich wie mein Geldgeber.«

»Stehen Sie immer noch gut mit ihm?«

»Aber sicher.«

»Gut. Ich vermute, daß diese Spekulanten sich untereinander kennen oder doch zumindest von ihren Konkurrenten gehört haben.«

»Das kann ich nicht sagen, Mr. Escalante.«

»Na schön, dann ist hier meine Bitte: Könnten Sie mit Ihrem Geldgeber in Verbindung treten und etwas herausfinden über einen Kalifornier namens Arnold Wylie, der sein Büro in Century City hat?«

»Was soll ich herausfinden?«

»Ich bin froh über jede Auskunft. Im Idealfall würde ich gerne wissen: Hat er seine Konten überzogen? Ist er verschuldet? Wenn ja, in welcher Höhe? Anderthalb Millionen würden mich nicht überraschen . . . Glauben Sie, daß Ihr Mann das feststellen kann?«

»Ich werde ihn fragen – wenn er etwas weiß, bin ich sicher, daß er es mir sagen wird. Soll ich Sie in Los Angeles anrufen?«

»Um 18 Uhr 30 geht eine Maschine nach Vegas, die ich nehmen werde. Ich rufe Sie wieder an.«

»Mr. Escalante?«

»Bitte?«

»Ist das eine Art Abenteuer, in dem Sie gerade stecken – beziehungsweise in dem *wir* gerade stecken?«

»Würde Sie das glücklich machen?«

»Oh ja.«

»In diesem Fall, Duke, ist es das – genau das.« Er legte den Hörer auf und hätte beinahe gelächelt, während er hinausborchte auf den strömenden Regen. Schließlich begab er sich ans Packen. Er war fast fertig damit, als er wieder zum Telefon ging und Paxton anrief. »Ist Ashley im Zimmer, oder kannst du sprechen?« fragte er, als Paxton sich meldete.

»Sie ist oben, weil sie ärgerlich ist über meine Geheimnistuerei.«

»Nun, vielleicht hat es bald ein Ende. Ich glaube, ich habe den Kerl. In ein paar Stunden werde ich zurück sein, dann weiß ich es sicher. Das heißt – wahrscheinlich.«

»Wir wollen's hoffen. Warum ›wahrscheinlich‹, Nicholas?«

»Ich bin gerade dabei, die Finanzen des Knaben prüfen zu lassen. Mein Partner beschäftigt sich eben damit.«

»Wer bitte? Ich will nicht, daß die ganze Welt über meine Angelegenheiten Bescheid weiß.«

»Sein Name ist Cyrus Kinnick, und er kann wahrscheinlich schnell an einige Informationen herankommen. Im übrigen weiß er nicht das geringste über den Grund meiner Fragen.«

Paxton geriet völlig außer sich. »Ich habe mich nur deshalb an dich gewendet, weil du vertrauenswürdig bist. Und jetzt hintergehst du mich mit diesem . . . diesem Kinnick . . . Du bringst mich völlig durcheinander, Nicholas . . . Du hättest mich fragen sollen, bevor du einen anderen da hineinziehst ... In einer Welt wie dieser kann man unmöglich wissen, wem man vertraut oder nicht ...«

»Beruhige dich«, unterbrach ihn Escalante. »Wie zum Teufel weiß ich denn, ob *du* vertrauenswürdig bist?«

Paxton machte eine Pause. Als er wieder anfing zu sprechen, hatte er seine Stimme weitgehend unter Kontrolle. »Tut mir leid – das alles war wohl einfach zuviel. Ashley macht mir solche Sorgen, daß ich dir wohl dankbar sein sollte, wenn meine Unannehmlichkeiten bald vorüber sind. Und wirklich – ich bin dir auch dankbar.« Er holte tief Luft. »Nicholas – dieser Mann, den du da in Verdacht hast ... warum macht der so etwas?«

»Noch bin ich nicht sicher, daß er es ist, und falls ich richtig liege, komme ich später vorbei und erkläre dir alles.«

»Aber was glaubst du, warum er es macht?«

»Wegen Geld und wahrer Liebe – und eins kannst du mir glauben: mich schaudert, wenn ich das sage ... Wiedersehen, Darryl.« Er legte den Hörer auf, packte seinen Koffer fertig und streckte sich auf dem Bett aus.

Vier Uhr fünfzehn.

Er schloß die Augen und sah dahinter Miranda. Die nackte und ausgemergelte Miranda, die an diesem Morgen neben ihm gelegen hatte. Er öffnete die Lider und konzentrierte sich darauf, diese Vision zu verscheuchen. Als er wieder die Augen schloß, sah er den halbnackten, geschlagenen Wylie in seinem Bürostuhl sitzen. Escalante verließ das Bett und begann, im Zimmer auf und ab zu gehen. Der Regen war unterdessen in Sturzbäche übergegangen. Was für eine beschissene Stadt – trotzdem fürchtete er sich vor der Rückkehr nach Vegas.

Natürlich würde der ›Segelflieger‹ dort auf ihn warten, und wahrscheinlich waren dies seine letzten sechs oder acht Stunden ... Er tat den Gedanken mit einem Achselzucken ab – wenigstens wäre er dann endlich heraus aus diesem Los Angeles. Als er den Hut aufsetzte, fragte er sich: War es nicht vielleicht wünschenswerter, in Los Angeles zu sterben?

Eine gute Frage ...

Kapitel 3

Eine Botschaft vom ›Segelflieger‹

Kinnick erwartete ihn, als er aus dem Flugzeug stieg. Wie gewöhnlich war er streng klassisch gekleidet mit Blazer und gestreifter Krawatte und ähnelte mehr denn je einem Storch, zumal er dauernd sein Gewicht von einem Bein aufs andere verlagerte. Dabei kratzte er sich unausgesetzt an seinem Arafat-Bärtchen. Escalante dachte sich, daß dies wohl Kinnicks Art sein mochte, seine Aufregung zu verbergen.

»Sie sagten, Sie wollten versuchen, diese Maschine zu erreichen . . .«

»Das sagte ich.«

»Und da dachte ich mir, was soll's – ich könnte doch versuchen, Sie hier zu treffen.«

»Dann darf ich wohl annehmen, daß Sie Neuigkeiten haben.«

Kinnick hatte offenkundig Mühe, nicht hochzuhüpfen. »Kann sein«, sprach er und gab sich den Anschein von dem, was er für Beiläufigkeit hielt. »Wiederum kann es auch nicht sein.«

Sie nahmen die Rollbänder, um das Flughafengebäude von Las Vegas zu durchqueren. Unterwegs hörten sie aus dem Lautsprecher die Stimme von Don Rickles mit irgendeinem dummen Witz und dem Hinweis, sich immer rechts zu halten. Danach gab die Stimme von Shecky Greene denselben guten Rat und einen anderen, jedoch gleichfalls schlechten Witz zum besten. Die nächste Platte mit Joan Rivers hatte einen Sprung und wiederholte ständig »Hier ist Joan Rivv . . . hier ist Joan Rivv . . . hier ist Joan Rivv . . .« Escalante fühlte sich an einen Billy-Wilder-Film erinnert, wo irgenwelche bösen Kommunisten den jugendlichen Helden mit der ewigen Wiederholung von »Itsy bitsy teenie weenie yellow polka dot bikini« folterten, bis er zusammenbrach.

»Sind Sie denn gar nicht neugierig?« fragte Kinnick. »Sie wollen nicht, daß ich weiterrede?«

Escalante wollte ihn eben dazu auffordern. Aber gerade als

Joan Rivers Stimme immer weiter in den Hintergrund trat, erblickte er vorne neben dem Förderband einen elegant gekleideten Mann. Er war nur von der Seite zu sehen, aber es mußte der ›Segelflieger‹ sein, und Escalante erstarrte, als sich der Mann umdrehte, eine Pistole in seiner Hand. Dann zeigte sich, daß die Pistole nur eine Pfeife war, und daß der Mann nicht einmal soviel Ähnlichkeit mit dem ›Segelflieger‹ hatte wie ein Cousin zweiten Grades.

Escalante verfluchte sich innerlich für seine zunehmenden Wahnvorstellungen.

»Alles in Ordnung?« kam es von Kinnick.

»Tut mir wirklich leid. Gehen Sie doch weiter.«

»Also, ich habe Max Felix in Boston angerufen. Er sieht übrigens aus wie ein Buddha und blinzelt sogar in Zeitlupe. Von ihm hab' ich das Geld geliehen.«

»Was hat er Ihnen gesagt?«

»Ich hab' nicht behauptet, daß ich zu ihm vorgedrungen bin . . . Vielleicht, vielleicht aber auch nicht.«

»Lieber Himmel, Ace, lassen Sie die Spielchen.«

»Nun, dann zeigen Sie, verdammt noch mal, auch ein wenig Interesse. Schließlich ist das für mich alles neu.«

»Ich bin interessiert, glauben Sie mir.« Es war nur zu wahr. Wenn ihm Kinnick die richtige Antwort gab, konnte er Paxton aufsuchen, den Fall sauber und anständig abschließen und brauchte sich nicht um offene Fragen zu sorgen, wenn der ›Segelflieger‹ tatsächlich auftauchte.

»Okay – ich hab' Max erreicht . . .«

». . . und ihn über Wylie befragt . . .«

»So einfach geht das nicht mit Max, er geht gerne ein bißchen um die Sachen herum. Man muß mit ihm plaudern – wie geht's, wie steht's? Warum haben Sie mich nicht öfter angerufen? Warum machen wir nicht wieder ein Geschäft miteinander? Vertrauen Sie mir nicht? Waren wir einander denn nicht nützlich? – Das alles nimmt seine Zeit in Anspruch, und manchmal tut er so gekränkt, als hätte er sich zuerst gemeldet. Ich habe das alles über mich ergehen lassen und ihn dann mit dem Namen überrascht, den Sie mir gegeben haben – Arnold Wylie.«

Inzwischen hatten sie den Ausgang erreicht. Escalante

zögerte einen Augenblick, bevor er in die Nacht hinausging und ein Taxi rief. Das Wetter draußen war ungewöhnlich warm, obwohl Weihnachten unmittelbar bevorstand. Am Taxistand wartete bereits etwa ein Dutzend anderer Fahrgäste, und sie stellten sich hinten in der Schlange an.

»Was hat er gesagt?«

»Zwei Worte: ›Dieser Gauner‹.«

Escalante fühlte, wie er erleichtert aufatmete: »Sprechen Sie weiter.«

»Sie werden sicher nicht alles darüber hören wollen . . . Um mich auf das Wesentliche zu beschränken: Wylie hat Max bei irgendeinem Geschäft übers Ohr gehauen – zumindest nach Ansicht von Max. Das muß schon zwanzig Jahre her sein, aber Max hat ein gutes Gedächtnis für Betrügereien unter Geschäftspartnern – und er hat Wylie im Auge behalten . . .«

»Und? Kinnick, um alles in der Welt, kommen Sie zur Sache!«

Kinnick lächelte. »Vor ein paar Jahren ist Wylie auf die Nase gefallen mit einer Investition für einen neuen Video-Spiel-Hersteller. Er steckte tief drin in der Sache – das war übrigens kurz bevor Atari pleite machte.«

Escalante packte Kinnick an seinem Blazer. »Er ist also in Schwierigkeiten, richtig?«

Kinnick zeigte wieder so etwas wie ein Lächeln und nickte. »Genaue Zahlen sind nicht bekannt, aber Max meint, daß es sich mindestens um eine Million handeln muß. Die Schätzung liegt bei ›mehr als einer, aber weniger als zwei Millionen‹. Und Max wäre nicht sehr traurig, wenn Wylie untergehen würde.«

Escalante sagte nichts. Er ließ Kinnick weiterreden und holte tief Luft. Alles in allem war die Angelegenheit damit wohl geklärt. Ein Erpresserbrief, in dem eineinhalb Millionen gefordert wurden, war verräterisch. Die Summe war zu seltsam – man konnte eine Million verlangen oder auch fünf Millionen, aber niemand forderte ausgerechnet anderthalb. Es sei denn, er hatte Schulden in genau dieser Höhe.

Was ihm jetzt noch zu tun blieb, war, Paxton davon zu unterrichten. Danach konnte Paxton selbst entscheiden, welche Schritte er unternehmen wollte. – Ein Taxi hielt, und sie stiegen ein. »Hab' ich es gut gemacht?« fragte Kinnick.

»Tadellos – wo kann ich Sie absetzen?«

»Wohin fahren Sie?«

»Zu meiner Wohnung, um aus diesen Kleidern herauszukommen. Danach muß ich einen Besuch machen.«

Kinnick begann, auf seinem Sitz herumzuzappeln. »Soso, Sie fahren also nach Hause und wollen mich loswerden? Ich erledige bestens Ihren Auftrag, ohne auch nur zu fragen, warum ich das tun soll – und Sie wollen mir nicht einmal Ihre Wohnung zeigen? Wissen Sie eigentlich, wie ich mir das vorgestellt habe, als ich meine Nachforschungen über Sie anstellte? Ich dachte, ich würde einfach bei Ihnen zu Hause vorbeischauen – und Sie, Sie bringen es fertig, mich auszusperren. Ich kann mir vorstellen, daß Sie einen phantastischen Fitneßraum haben, wo Sie sich in Form halten und neue Methoden probieren, um noch stärker zu werden. Und dann haben Sie sicher eine Feinschmeckerküche, nicht unbedingt groß, aber mit einigen Schränken für Ihre Gesundheitskost, weil so harte Burschen wie Sie alle auf Vitamine schwören, auf Fruchtmilch-Shakes mit rohen Eiern und dem ganzen übrigen gesunden Kram – es wäre einfach unmenschlich, wenn Sie mich jetzt am Hotel absetzen würden!«

»Die Putzfrau war nicht da, aber bitte sehr – was soll's«, sprach Escalante ergeben und gab dem Fahrer seine Adresse mitten im Nackt-Viertel.

Überraschenderweise war Kinnick ganz begeistert von seiner Behausung. Escalante beobachtete vom Eingang aus, wie Kinnick sich umschaute, die Hände wie zum Gebet faltete und ausrief: »O mein Gott, all diese Karten! Ich wußte ja gar nicht, daß Sie sich mit Landkarten auskennen . . . Ich liebe Karten, schon als Kind habe ich mein ganzes Zimmer damit vollgestopft . . . Jesus, diese hier – der Kongo! Sie haben den Kongo auf Ihrer Zimmerdecke . . .« Er blickte mit offenem Mund nach oben.

Escalante zog sich rasch um, entledigte sich des Anzugs und der Krawatte und schlüpfte in seine Khakihosen, die Tennisschuhe und das blaue Hemd. Er trat an den Kühlschrank, füllte zwei Gläser mit finnischem Wodka auf Eis und reichte Kinnick, der gerade die spanischen Küsten studierte, einen der Drinks. Dann begaben sie sich gemeinsam auf die Terrasse und schauten auf die Bonanza Street. Seltsamerweise war es inzwischen draußen noch wärmer geworden. Auf der Straße war es ungewöhnlich still, ein vereinzelter Trunkenbold hatte den Tummelplatz für sich allein. Er war voll von geistigen Getränken und vom Geist des bevorstehenden Festes, während er langsam einen noch festen Baß ertönen ließ mit »Stille Nacht, heilige Nacht, alles schläft, einer wacht . . .«

»›Einsam wacht‹, du Arschloch!« verbesserte ihn von irgendwoher aus dem Dunkel eine männliche Stimme. »Alles schläft, *einsam* wacht!«

»Danke, vielen Dank, liebes Herz«, antwortete der Sänger, und es klang ganz aufrichtig. Dann wandte er sich wieder der Musik zu: »Stille Nacht, heilige Nacht, alles schläft, einsam wacht nur das traute, hochleibige Paar . . .«

»Nicht ›hoch*leibig*‹!« schrie die andere Stimme wieder. »Das macht doch keinen Sinn, Mann! Was, zum Teufel, hat das alles mit dem Leibesumfang zu tun? Es heißt *›heilig‹*, du Armleuchter!«

Escalante lächelte und wollte eben etwas sagen, als der ›Segelflieger‹ zuschlug. Der Schuß schwirrte durch die Nacht, und Escalante warf sich blitzschnell auf den Boden der Terrasse. Er hörte Kinnick schreien, sah ihn straucheln und plötzlich Blut sickern aus seinem Blazer – oberhalb des Herzens. Kinnick sackte zusammen. Escalante packte ihn, während unten das Brummen des Wagens ertönte, mit dem der ›Segelflieger‹ davonfuhr. Escalante schleppte Kinnick ins Zimmer, befreite ihn von der Krawatte und von seinem Blazer mitsamt Schulterhalfter und Pistole. Kinnick bewegte sich kaum noch, als Escalante schließlich das Hemd wegzog und die dürre, haarlose Brust erblickte, aus der das Blut herausströmte. Escalante war wie betäubt – war es schon gewesen, bevor er die offene Wunde gesehen hatte –, und nun traf ihn ganz unvorbereitet ein noch schlimmerer Anblick: Kinnicks Brust war übersät mit den schrecklichsten Narben. Der Himmel mochte wissen, wie viele Stiche das waren. Das Narbengewebe leuchtete in einem dunklen, gräßlichen Rot – den Spuren von Brustamputationen.

Denn Cyrus Kinnick war einmal eine Frau gewesen . . .

Es war schon nach zehn, als die beiden Wagen vor Paxtons Haus eintrafen. Escalante, der vorgefahren war, bog in die Auffahrt ein, während Froggie und die beiden anderen Männer draußen auf der Straße parkten. »Ich werde euch nicht lange warten lassen«, sagte Escalante, ging zur Vordertür und klopfte.

Paxton öffnete sofort. »Du siehst nicht wohl aus, Nicholas«, sagte er. »Hat das einen bestimmten Grund?«

»Ja.«

»Nun, dann müssen wir darüber sprechen.« Sie gingen ins Haus zum Wohnzimmer. Escalante war noch nie zu so vorgerückter Stunde in diesem Raum gewesen und sah nun, wie gut sich die religiösen Bilder machten, wenn das Licht die Augen der Madonnas, der Christusporträts und der Kindergesichter betonte. Sie nahmen in zwei gegenüberliegenden Sesseln Platz.

»Wo ist Ashley?«

Paxton lächelte. »Ich weiß, daß dir immer übel wird bei solchen Sachen, Nicholas – aber Ashley ist oben und betet für mich. Du mußt wissen – heute abend, als sie so voller Angst war vor den Geheimnissen, von denen sie dachte, daß sie uns zerstören, da habe ich mich zu etwas entschlossen, von dem ich jetzt weiß, daß ich es längst hätte tun sollen. Du hast es selbst einmal gesagt, Nicholas: Niemand kann einen anderen Menschen von allem Übel fernhalten, ihn ganz beschützen . . . Deshalb habe ich ihr von meinen Seitensprüngen in Los Angeles erzählt, und – dem Himmel sei Dank! – sie hat mir verziehen. Jetzt betet sie für meine Sünden, Nicholas, und zum ersten Mal seit langem hat sie wieder ihren Frieden. Genau wie ich.«

Escalante sagte nichts, sah Paxton nur prüfend an.

Paxton lehnte sich zu ihm hinüber. »Was ist bloß mit mir los? – Du sagst, daß es dir nicht gut geht, und statt dich darüber zu befragen, schwatze ich immer nur von meinen Angelegenheiten. Verzeih mir, jetzt bist du an der Reihe. Was ist los, Nicholas?«

»Etwas früher am Abend hat jemand versucht, mich zu erschießen, Darryl.«

»Lieber Gott . . .!«

». . . zumindest mußte ich glauben, daß er es versucht hat.«

Paxton schaute verwirrt. »Du mußtest glauben? Ich bin nicht ganz sicher, dich richtig verstanden zu haben.«

Ashleys Stimme ertönte von der Treppe her: »Darryl?«

Paxton stand auf. »Wir sind hier unten, Liebling. Nicholas ist gekommen.«

Einen Augenblick später stand Ashley im Zimmer, ging hinüber zu Paxton und lehnte sich an ihn. »Guten Abend, Nicholas.«

Escalante nickte ihr zu.

Ashley blickte ihn erstaunt an. »Du hast nicht ›Madam‹ gesagt. Du sagst immer ›Madam‹, wenn wir uns sehen . . .«

»Er ist nicht ganz in Ordnung . . .«

»Ich vergebe dir, Nicholas, ich war auch ›nicht ganz in Ordnung‹ in den letzten Tagen.« Sie lächelte. »Weißt du, daß ich weiß?«

Escalante nickte wieder.

»Was ist los mit ihm?« fragte Ashley. »Ich glaube, sein Verhalten gefällt mir gar nicht.«

»Mir auch nicht, Ashley«, sagte Escalante, »heute war wirklich kein guter Tag.«

»Vorhin hat einer versucht, ihn zu erschießen«, erklärte Paxton.

Ashley schüttelte ungläubig den Kopf.

»Ich sagte: Ich ›mußte glauben‹, daß es jemand versucht hat. Und für eine Weile habe ich es auch getan, weil ich wußte, daß es möglich war. Aber dann fiel mir ein, daß der Mann, der hinter mir her ist, ein hervorragender Schütze ist. Nun weiß ich zwar, daß es nicht leicht ist, bei Nacht zu treffen, insofern ist es denkbar, daß er mich verfehlt hat. Aber ich weiß auch, daß eben dieser Mann mich unter keinen Umständen verfehlt hätte. Das heißt, wenn er wirklich auf mich gezielt hätte. Inzwischen glaube ich, daß er das nicht getan hat, tatsächlich bin ich sogar davon überzeugt, daß er gar nichts mit der Schießerei zu tun hat.« Escalante rieb seine Augen. »Was denkst du darüber, Darryl?«

»Was *ich* darüber denke? Daß du offenbar etwas sehr Schlimmes erlebt hast.«

»Ist das alles? Ich glaube, da wäre noch etwas, Darryl, und ich wünschte mir, daß du jetzt darüber sprichst.«

»Was soll denn sonst noch denkbar sein? Ich weiß nichts über die vielen Seiten deines Lebens. Warum irgend jemand ein Interesse daran haben sollte, dich zu erschießen oder nicht. Ich weiß nur, daß Ashley und ich den ganzen Abend hier verbracht haben, um uns wiederzufinden.«

Escalante zuckte mit den Achseln. »Gut, wenn du es so willst«, sagte er, stand auf und schritt zur Wohnzimmertür.

»Gehst du?«

»Nein, ich werde gleich wiederkommen.« Er ging hinaus zu dem zweiten Wagen, wo Pinky und Froggie auf den Vordersitzen warteten, während Kinnick auf dem Rücksitz lag und schwach atmete. »Ich nehme ihn jetzt mit«, sagte Escalante und öffnete die hintere Wagentür.

Froggie stieg aus dem Auto, um ihm zu helfen. »Denk daran, sei vorsichtig mit ihm. Die Wunde wird sich zwar nicht wieder öffnen, weil ich mich mit Schußverletzungen auskenne. Aber er hat eine Menge Blut verloren und nur Schwein gehabt, daß keine Knochen verletzt sind. Jedenfalls braucht er Ruhe, Mex.«

»Das hier braucht er noch mehr. Und drinnen werde ich ihn hinlegen.« Er streckte die Arme aus und sagte sanft: »Komm, Ace, wir müssen einen Besuch machen.«

Kinnick blinzelte. Welche Pillen ihm Froggie auch gegeben haben mochte, sie wirkten offenbar gegen die Schmerzen. Pinky öffnete die andere Hintertür des Wagens, und zu dritt manövrierten sie Kinnick heraus, ohne ihm übermäßig wehzutun. Nachdem er das Auto einmal verlassen hatte, nahm Escalante ihn stützend in Empfang.

»Sollen wir warten?«

»Nicht nötig.«

»Dann fahren wir jetzt nach Hause«, sagte Pinky. »Wir hatten nämlich vorhin eine zündende Idee.«

»Das ist wahr«, meinte Froggie. »Pinky hat die letzte schwache Stelle in unserem Roulette-System aufgedeckt. Wir haben immer einen Fehler gemacht mit der Doppel-Null, aber jetzt sind wir im Begriff, dieses Problem zu lösen. Ich sage dir, wir stehen schon mit einem Bein in der nächsten Concorde und werden uns schneller aus dem Staub gemacht haben, als du ahnst.«

Escalante schaute die beiden an. »Ich wünsch' euch viel Spaß«, sagte er. Dann führte er Kinnick vorsichtig über den Weg zum Haus der Paxtons.

»Kalt . . .«, sagte Kinnick, der noch dieselben Sachen trug, die Hosen, den Blazer mit Schulterhalfter und Pistole. Nur das Hemd war von Froggie.

»Soll ich Sie tragen?«

Ein Nicken.

Escalante hob ihn sanft hoch, ging ins Haus, schloß die Tür und stand im Eingang des Wohnzimmers. »Ich bitte hierfür um Verzeihung«, sprach er, »ich hasse Überraschungen, und sicher geht es euch nicht anders, aber dieser junge Mann, von dem ich dir, Darryl, am Telefon gesprochen habe . . . dieser Cyrus Kinnick ist ein wenig abenteuerlustig und hatte heute einen harten Tag. Ich dachte, wir könnten ihn etwas aufheitern. Cyrus, darf ich Ihnen Hochwürden Darryl Paxton vorstellen und Ashley, seine Frau?« Währenddessen war er am Sofa angekommen, kniete nieder, legte Kinnick behutsam auf die Polster und bettete ihn so bequem wie möglich.

Im Zimmer herrschte tödliches Schweigen.

Escalante setzte sich und überlegte, wie laut wohl die Schreie der Empörung, der Reue und der Pein klingen müßten, um vom menschlichen Ohr registriert werden zu können. Er betrachtete die drei Personen. Eigentlich hatte er diese Gegenüberstellung nicht gewaltsam herbeiführen wollen, aber Darryl hätte nie gesprochen, wenn er allein gekommen wäre. Er blickte zu Darryl, der den Eindruck machte, das Atmen eingestellt zu haben. Dann studierte er Ashleys Gesicht, und einen Moment lang glaubte er, daß sie gleich wieder einen Lidkrampf haben würde. Aber nichts dergleichen geschah, statt dessen griffen ihre Finger zu ihren blauen Augen, als wollten sie sich in die Pupillen bohren. Und wirklich wäre es fast soweit gekommen, wenn Darryl nicht zu ihr gegangen wäre, ihre Handgelenke nach unten gedrückt und sie so gehalten hätte, bis er sicher war, daß sie es nicht wieder versuchen würde.

Als er sie endlich losließ, herrschte erneut die Stille, bis

Ashley zu schluchzen begann. Ihre Hände hingen immer noch kraftlos an ihren Seiten, ihr Kopf bewegte sich hin und her, und die Tränen strömten. »Du hast gesagt, wir wären ihn los . . . du hast es versprochen . . .«

Paxton stammelte nur: »Ich dachte es . . . ich glaubte es wirklich . . .«

Zuletzt sprach Kinnick: »Niemals . . .«

Ashleys Schluchzen wurde stärker. Darryl versuchte, sie zu besänftigen, versprach ihr, alles würde gut werden, flehte sie an, nicht mehr zu weinen.

»Ich glaube nicht an deine Versprechen . . . nicht mehr . . . gar nichts wird gut werden, Darryl, nicht für uns . . .«

»Na, na, Liebste, ruhig, ruhig.«

»Vor dreißig Jahren hast du mich auch ›Liebste‹ genannt und mich angefleht, mit dir zu schlafen. Und ich hab's getan, weil ich dich auch liebte.« Sie wandte sich jetzt zu Kinnick. »Und vor neunundzwanzig Jahren bist du geboren.« Wieder kamen ihr die Tränen. »Was für ein herrliches Leben wir geführt haben . . .«

»Ach, Geliebte, nicht doch, nicht doch«, sagte Darryl.

Kinnick schaute zu Escalante. »Ist es nicht herrlich, sie so leiden zu sehen . . .?«

»Nein.«

»Davon habe ich geträumt . . . seit sechs Jahren, seit ich sie in der Donahue-Schau gesehen habe . . . Er sprach, aber die Kameras zeigten ihr Gesicht . . . und kaum hatte ich sie gesehen, da wußte ich alles . . . wir sahen uns so ähnlich, wir hätten Schwestern sein können . . . damals habe ich noch nicht so ausgesehen wie jetzt . . . diese Umwandlung hatte noch nicht begonnen . . . und dann rief ich in dem Fernsehstudio an, bei der Schau . . . ich kam durch . . . ich erzählte den Leuten, ich wäre mit ihnen verwandt, das war ja keine Lüge . . . als sie sich meldete, sagte ich ihr, wer ich war und daß ich sie liebte . . . aber sie wurde hysterisch und legte auf . . . ich konnte es einfach nicht glauben . . . mein ganzes Leben lang war ich das bravste Mädchen gewesen, das vollkommene Mädchen, weil ich wußte, daß ich eines Tages meine richtigen Eltern finden und dann wünschen würde, daß sie stolz auf mich sein könnten . . . und nachdem sie aufgelegt hatte, flog ich hierher . . . ich besuchte sie . . . ich sagte: ›Hier bin ich, ich bin's wirklich‹ . . . und sie warfen mich raus, sagten, sie hätten keine Kinder . . . ich habe sie angebettelt . . . immer war ich auf der Suche nach ihnen gewesen, mit einem Teil von mir, mein Leben lang . . . und als ich sie endlich gefunden hatte . . . da haben sie mich verleugnet . . . zweimal haben sie mich verleugnet . . . als sie mich weggaben und dann, als ich sie gefunden hatte . . . ich sagte ihnen, daß ich eines Tages wiederkommen und sie strafen würde . . . ich mußte sie bestrafen . . . genau wie sie mich bestraft haben . . .«

»Hättest du uns jemals in Frieden gelassen?« fragte Paxton.

». . . O Gott, nie . . . ich hätte immer weiter Briefe geschrieben . . . und dann, eines Tages, wenn ihr verrückt geworden wärt vor Angst, hätte ich das getan, was ihr am meisten gefürchtet habt . . . ich hätte es allen erzählt . . . ich wollte, daß die ganze Welt weiß, was für Heuchler ihr seid . . . wie ihr von allen verlangt, die Kinder zu lieben, während ihr das eigene haßt . . . öffentliche Demütigung, das wäre mein Geschenk für euch gewesen . . .«

»Ich wußte, daß du nie aufhören würdest«, sagte Paxton. »Ich wußte, daß dich jemand aufhalten mußte.«

Escalante betrachtete die drei Paxtons. Das Zimmer war randvoll mit Leid. Vor dreißig Jahren hatte ein Mann eine Frau beschlafen und sein Sperma verströmt. Beide waren ihren ganz normalen Trieben gefolgt, aber das konnten sich Darryl und Ashley in ihrem überheblichen Glauben an die eigene Güte nie verzeihen – und das Resultat ihrer Schande konnten sie nie vergessen.

Bei diesem Kampf der Paxtons erinnerte sich Escalante, daß für viele Menschen der Kampf eine Äußerungsform von Vertrautheit war, und er fragte sich, zu welchen Bestien sie sich wohl entwickeln würden, wenn sie auf sich gestellt wären und jeder gegen jeden antreten müßte. Manche Tiere – wie beispielsweise Wölfe, die ihre Nahrung erst töten mußten – hatten immerhin einen eingebauten Widerstand gegen das Töten ihrer Artgenossen. Andere Tiere, die mit der Fähigkeit des Fliegens ausgestattet waren – wie beispielsweise Turteltauben –, kannten überhaupt keine Tötungsabsichten. Aber die Paxton-Menschen waren dazu ausgerüstet.

Wölfe oder Turteltauben?

Escalante blickte zu Darryl, dessen größte »Sünde« bis zu diesem Abend darin bestanden hatte, in die Frau eindringen zu wollen, die er liebte. Er blickte zu dem ausgestreckt daliegenden Kinnick, der das Paar anstarrte mit weit offenen und glänzenden Augen von einer Farbe, die Ashleys Augen sehr nahekam. Und Ashley selbst, deren Tränen langsam trockneten – und deren Eltern sich immer einen Sohn gewünscht hatten. Jetzt hatte sie selbst einen Sohn, hier mit ihr in diesem Zimmer.

Turteltauben oder Wölfe?

Welchen Entschluß sie auch immer fassen würden – sie konnten ihn nur allein finden. Er war zu lange mit ihnen zusammen gewesen, wußte Geheimnisse, die kein Außenstehender je erfahren würde. Himmel, in den letzten Stunden war die Welt ganz schön aus den Angeln geraten! Er dachte zurück an Arnold Wylie, den er für den möglichen Bösewicht gehalten hatte . . . Aber dann, als der Schuß gefallen war, als er entdeckt hatte, daß Kinnick möglicherweise jemandes ›kleiner Fettkloß von Tochter‹ war und daß der ›Segelflieger‹ ihn keinesfalls verfehlt hätte – da war alles klar gewesen. Irgend etwas hatte sich vor dreißig Jahren zugetragen mit den Paxtons, und Kinnick hatte das richtige Alter für dieses ›irgend etwas‹. Außerdem war er geradezu besessen von Wut auf seine Eltern, und Paxton hatte am Telefon getobt, als Escalante Kinnick erwähnte.

Er hoffte, daß Kinnicks Zorn vergehen würde, ebenso wie Ashleys Ängste und Darryls Schuldgefühle. Aber all dies lag nicht in seiner Macht. Er erhob sich leise und wollte das Zimmer verlassen.

»Wohin gehst du?« fragte Paxton unvermittelt. »Gehst du zur Polizei?«

»Warum sollte ich, Darryl? Ich habe keinen schlüssigen Beweis, und es ist auch nicht meine Aufgabe. Ich war beauftragt herauszufinden, wer die Briefe geschrieben hat – und das ist geschehen. Außerdem – ich habe keine besondere Schwäche für die Polizei und mag euch alle drei. Ihr seid wirklich sehr nette Leute, ihr habt nur ein Problem, mit dem ihr zu Rande kommen müßt. Aber das ist euer Problem – ob du's glaubst oder nicht, ich hab' meine eigenen.«

Damit ging er – aus dem Zimmer, aus dem Haus, aus ihrem Leben. Er bestieg rasch sein Auto, fuhr rückwärts die Auffahrt hinunter, schaltete in den Vorwärtsgang und fuhr davon. Ihm war noch so, als hätte er irgendwo aus dem Dunkel eine Explosion schallen hören – eine Fehlzündung? ein Schuß? –, er war nicht sicher, aber er kümmerte sich auch nicht mehr darum. Das alles lag jetzt hinter ihm, war schon Geschichte. Daran war nichts Besonderes, auch er würde wahrscheinlich bald Geschichte sein.

Als er das Silver Spoon betrat, war Roxy im Dienst. Sie hatte offenbar eine Doppelschicht und sah etwas angegriffen aus. Escalante steuerte zu Tisch 75 und hatte kaum Platz genommen, als Roxy ihm mit dem Telefonhörer in der Hand zuwinkte. Er ging zu ihr an die Theke, und sie teilte ihm mit: »Du bist alle fünf Minuten angerufen worden.« Er wunderte sich noch, wer wohl so dringend nach ihm verlangen könnte, als ihm schon die Stimme des ›Segelfliegers‹ ans Ohr drang: »Ich bin's, Liebling – Eine Schauspielergeschichte: Einer meiner jungen Freunde hier aus Tahoe wollte unbedingt ein großer Shakespeare-Darsteller werden, wofür in Nevada – wie du dir denken kannst – die Möglichkeiten etwas begrenzt sind. Aber dann ergibt es sich, daß er in letzter Minute einspringen soll in einem Stück, das in weniger als einer Stunde Premiere hat. Man fragt ihn, ob er den Part übernehmen will. Er antwortet: ›Ich kann nicht binnen einer Stunde eine ganze Rolle lernen.‹ Darauf sagt man: ›Es ist doch nur eine Zeile, und die lautet *Horch! Ist es eine Kanone, die ich da vernehme?*‹ – Also, mein junger Freund ist ganz aufgewühlt von der Gelegenheit, die ihm da so plötzlich winkt, und sagt, er will den Part gern übernehmen. Er saust zum Theater und wiederholt unterwegs immer wieder seine Zeile – *Horch! Ist das eine Kanone, die ich da vernehme?* – Kurz vor Beginn der Vorstellung kommt er hinter den Kulissen an. Sie stecken ihn rasch in ein Kostüm, schmieren ihm etwas Schminke ins Gesicht, und währenddessen denkt er immerfort an seine Zeile – *Horch! Ist es eine Kanone, die ich da vernehme?* – Und dann führen sie ihn in die Bühnengassen, der Vorhang ist schon oben, das Stück hat begonnen, die Schauspieler kommen und gehen. Als es Zeit ist für seinen Auftritt, schieben sie ihn auf die Bühne, und im selben Augenblick ertönt plötzlich ein lauter Knall. Da dreht sich mein junger Freund erschrocken um und ruft: *›Was, zum Teufel, war das?‹*«

Escalante horchte auf das Gelächter des ›Segelfliegers‹. Es klang ein wenig angestrengt.

»Sag mir bloß nicht, du hast die Geschichte schon gehört – ich weiß, daß du sie kennst, ich selbst hab' sie dir ja mindestens ein halbes dutzend mal erzählt. Aber heute hat sie eine andere Pointe – und zwar diese: *Meine* Kanone wirst du nicht hören, Nikki. Die Frau hat das getan, was Frauen am besten können – du weißt, wovon ich rede.«

»Klär mich besser auf.«

»Sie hat ihre Meinung geändert – sie will nicht nach Mexiko. Ich habe vergeblich auf sie eingeredet – sie will in ihrem eigenen Bett sterben. Hast du je so etwas Abgedroschenes gehört?«

»Schwer zu entscheiden . . .«

»Du brauchst dich nicht zu entscheiden!« Die Stimme des älteren Mannes klang erregt, und Escalante wartete ab. Der ›Segelflieger‹ mußte immer zuerst Geschichten erzählen, bevor er seine wahre Absicht enthüllte.

»Ich habe DeMarco angerufen und ihm erklärt, daß ich seine siebzigtausend nicht brauche. Er hat geantwortet, es mache nichts aus, er habe ohnehin geglaubt, ich sei zu feige dazu. Außerdem würdest du den Morgen so oder so nicht erleben. Seither hab' ich pausenlos versucht, dich zu erreichen, um dich zu warnen – Nikki, Nikki, Nikki, du warst in einer miesen Verfassung, als wir Kaffee getrunken haben, und du mußt dich unbedingt wieder in den Griff bekommen . . . Es *muß nicht sein,* daß dich DeMarco erwischt, du mußt nur verschwinden. Versteck dich irgendwo, bis du wieder der Alte bist.«

»Ich bin nicht bereit, wegzulaufen oder mich zu verstecken.«

»Du mußt!«

»Wieso? Wo steht das geschrieben?«

Escalante verabschiedete sich, legte den Hörer auf, ging zu Tisch Nr. 75 und grunzte ein »Danke«, als ihm Roxy seinen

Kaffee, ein Brötchen und Butter brachte und ihn wieder verließ. Er saß eine Zeitlang ruhig da und fragte sich, wann ihn DeMarco und seine Männer wohl aufstöbern würden . . .

. . . in diesem Augenblick – um genau 23 Uhr 21 – begriff er endlich, daß sie ihn gar nicht aufzustöbern brauchten. Sie waren bereits da. DeMarco spazierte eben durch die Eingangstür mit einem Grinsen auf seiner Stallone-Visage. Escalante sah sich um und bemerkte, daß die beiden mächtigen Kerle an einem der nahegelegenen Tische zu seiner Linken ebenfalls zu DeMarco schauten. Desgleichen die beiden Männer einige Tische weiter rechts von ihm.

Jesus – das waren fünf, und er saß mittendrin. Ob sie ihn wohl hier niederknallen würden – in einem Café am Sunset Strip, in einem der besten Hotels dieser Stadt . . .?

Das waren zweifellos interessante Fragen, und die Antworten waren für ihn durchaus nicht von untergeordneter Bedeutung. Aber es gab schließlich kein Gesetz, das ihn zwingen konnte, tatenlos auf die Antworten zu warten . . .

Er lehnte sich mit seinem Stuhl zurück, zögerte und verlor dann absichtlich die Balance. Als der Stuhl umkippte, rollte er sich heraus. Hinter Tisch Nr. 75 lagen die Küchenräume. Dorthin lief er, hörte die Schreie in seinem Rücken, in die die Küchenhilfen um ihn herum nun einstimmten.

Escalante war nie vorher in der Küche gewesen. Er war fast sicher, daß sie ihn hier umlegen würden, aber dazu müßten sie ihn erst einmal fangen. Er rannte – aber nicht mit voller Geschwindigkeit. Wichtiger als Tempo war ihm im Augenblick das Entdecken des Ausgangs. Als er ihn endlich erblickte, beschleunigte er seinen Lauf und stürzte durch die Tür hinaus in die Nacht. Er sah sich rasch um – links, rechts, wieder links. Er befand sich nicht weit von der Stelle, wo er am Nachmittag zuvor noch mit Froggie gestanden hatte. So schnell er konnte, lief Escalante jetzt zu dem unbenutzten Eingang des Silver Spoon und zu dem Betonvorsprung, unter dem er mit Froggie gesprochen hatte. Der Überhang war etwa dreieinhalb Meter hoch, aber wenn er es richtig anstellte, konnte er ihn erreichen. Er mußte es im ersten Versuch schaffen, und es war dunkel. Aber da sah er schon das Vordach greifbar nahe, machte einen gewaltigen Satz in die Höhe, bekam den Sims zu fassen, schwang sich hoch und über die Kante. Oben legte er sich flach hin, war verborgen in der Dunkelheit – war sicher.

Sicher?

Er hörte ihre Stimmen. DeMarco hatte das lauteste Organ und schien in seine Richtung zu kommen. Escalante grub seinen Körper fast in den Beton, lag flach und still in der Hoffnung, daß sie seinen Atem nicht hören würden.

Hatten sie ihn gesehen?

Wohl kaum. Die Stimmen, die immer näher kamen, verrieten zu viele Fragen. Der genaue Wortlaut war nicht auszumachen, aber am Satzende hoben sich die Stimmen.

Sie näherten sich, kamen stetig dichter an sein Versteck. Er hielt den Atem an. Wenn er kein Geräusch machte, würde alles gutgehen.

»Gutgehen« war vielleicht etwas übermütig. Fünf Männer waren ausgezogen, um ihn zu töten – und er verbarg sich in der Dunkelheit und betete, seinen Atem unter Kontrolle halten zu können . . .

Was hatte er vorhin noch zum ›Segelflieger‹ gesagt? Daß er nicht weglaufen und sich nicht verstecken würde? Nun, was immer er jetzt gerade tat – es kam dem eigentlich sehr nahe.

Sie standen direkt unter ihm. DeMarco fluchte, weil sie den ›öligen Spanier‹ hatten weglaufen lassen. Escalante mußte sich anhören, wie DeMarco dicht unter ihm eine Ansprache hielt und wenig Gutes über ihn sagte.

Ich will das nicht hören, dachte Escalante und schloß die Augen, aber es blieb schwer genug, DeMarcos Tiraden nicht zuhören zu müssen. Deshalb beschloß er, in Gedanken eine Reise zu machen – an einen Ort, den er liebte. Die Schlucht des Annapurna schien das Richtige zu sein. Dort hatte er sich zwar kürzlich noch aufgehalten, aber das Gelb des Sonnenuntergangs lohnte sich immer. Escalante wollte es sich noch einmal ansehen . . .

. . . aber diesmal war der Berg nicht gelb, er war rot. Ein Berg aus Blut. Escalante fühlte, daß es wieder anfing. Das Feuer stieg in seine Lenden, das Reptilhirn wachte auf . . .

Die fünf Männer setzten sich in Bewegung, kamen unter dem Überhang hervor. Er konnte ihre Schießeisen sehen, einige waren mit Schalldämpfern ausgerüstet. Alle fünf Männer waren schwer bewaffnet . . .

. . . ach was, das waren alles Spielzeugpistolen! *Er allein* hatte die wahre Macht! In einer Hand den Kaffeelöffel, das Buttermesser in der anderen – genug, um ein ganzes Bataillon niederzumachen . . .! Er schloß wieder die Augen, sah wieder dasselbe Rot. Es war intensiver geworden, und die Hitze war höher gestiegen . . . Er hob sich vorsichtig auf die Knie und schaute auf die fünf Männer hinab.

Was hatte Holly gesagt beim Abschied? So etwas wie: »Du könntest auch mit fünf solchen Typen fertig werden, nicht wahr, Mex?«

Und was hatte er geantwortet? »Vielleicht nicht ganz so fröhlich.«

Wie hatte er sich nur so irren können? Das Feuer in ihm – das machte fröhlich genug . . . Leise richtete er sich ganz auf. Es würde schnell vorbei sein, wenn er immer noch der ›tödlichste lebende Mann‹ war. Und war er das? Es würde sich zeigen – in der nächsten Minute. Einmal einen längeren Kampf – aber von sechzig Sekunden höchstens . . . (Er dauerte 42 Sekunden.) DeMarco würde er sich bis zum Schluß aufsparen . . . (DeMarco fiel zuletzt.) Er warf sich aus der Luft auf seine Gegner wie ein Racheengel.

Das Feuer brannte zwischen seinen Lenden . . .

ENDE

Band 13 061

William Goldman

Tinsel

Deutsche Erstveröffentlichung

Tinsel – der amerikanische Begriff für Flitter, Glitzer, Lametta – wie geschaffen für Hollywood, wie geschaffen auch für diesen aufrüttelnden Roman.
Zwei Frauen und ein Mann stehen im Mittelpunkt von Tinsel: Dixie, Tochter eines Gemüsehändlers, erfolgreiche Schauspielerin, jetzt wohlhabende Zahnarzt-Ehefrau. Verfällt sie der Lockung, sich noch einmal im Schaugeschäft zu tummeln – obwohl sie weiß, daß sie ihre Ehe aufs Spiel setzt?
Ginger, die Frau, die bereits alles genossen hat, was Hollywood bieten kann. Früher hat sie nach Ruhm gehungert – wird sie sich ihren Traum erfüllen, den man weder mit Liebe noch mit Geld kaufen kann?
Julian Garvey, der Produzent. Er weiß, wie weit Frauen gehen, um die Rollen in dem sensationellen Film zu bekommen – noch nie hat es einen so dramatischen Hollywood-Roman gegeben!

BASTEI LÜBBE

Sie erhalten diesen Band im Buchhandel, bei Ihrem Zeitschriftenhändler sowie im Bahnhofsbuchhandel.